# 아내의 바다

## 서광걸 에세이

청어

# 아내의 바다

서광걸 지음

발 행 처 · 도서출판 청어
발 행 인 · 이영철
영　　업 · 이동호
기　　획 · 이용희
편　　집 · 방세화
디 자 인 · 이혜니 | 이수빈
제작부장 · 공병한
인　　쇄 · 두리터

등　　록 · 1999년 5월 3일
(제321-3210000251001999000063호)

1판 1쇄 인쇄 · 2018년 10월  5일
1판 1쇄 발행 · 2018년 10월 15일

주소 · 서울특별시 서초구 효령로55길 45-8
대표전화 · 02-586-0477
팩시밀리 · 02-586-0478

홈페이지 · www.chungeobook.com
E-mail · ppi20@hanmail.net
ISBN · 979-11-5860-585-8(03810)

이 도서의 국립중앙도서관 출판시도서목록(CIP)은 서지정보유통지원시스템 홈페이지
(http://seoji.nl.go.kr)와 국가자료공동목록시스템(http://www.nl.go.kr/kolisnet)
에서 이용하실 수 있습니다.(CIP제어번호: CIP2018005633)

# 아내의 바다

어둠이 주위를 온통 감싸 안고 천지에 고즈넉한 정적이 흐르면 나는 잠자리에 들며 라디오를 켠다. 그때 먼 산의 메아리처럼 은은하게 다가오는 감미로운 소리의 향연, 일순 내 영혼은 무지갯빛 오로라의 환상 세계로 빨려 들어간다.

나는 미약에 취한 듯 혼미함 속에서도 우주와 인생, 삶과 죽음, 선과 악을 생각했다.

향연이 감미로움을 더해 가면서 육신은 비누처럼 녹아 사라져 가는 듯 느꼈고 그것은 행복감의 절정이었다.

아, 죽음의 축복이여! 나는 훗날 내 죽음을 그렇게 맞고자 소망했다.

그러자 죽음은 불안이 아닌 즐거운 기대로 바뀌어 다가왔다.

# 차 례

## 8. 인생길 Ⅰ

## 9. 인생길 Ⅱ

# 1
# 여보, 당신

오늘 밤, 잠든 남편과 아내의 손을 더듬어 찾아

그대의 심장 위에 살며시 얹어 보자.

삶이 힘겨울 때마다 서로의 마음에 머물러 쉬어가는

아름다운 그대들의 이름은 '부부'다.

부부는 서로에게 가장 귀한 보배요,

끝까지 함께하는 사람이다.

## 🌿 부부란

　지하철에서 내려 집으로 가다 보면 도로의 한쪽 모퉁이에서 길바
닥에 배추며 무 따위 야채를 벌여놓고 오가는 주부들을 상대로 장
사를 하는 할머니가 한 분 있다. 대체로 혼자 앉아 있는 편이지만
가끔은 남편인 듯 보이는 이마가 훤한 노인이 옆에 앉아서 야채를
다듬어 주기도 한다. 두 분이 말없이 제 할 일에만 열중하고 있지만
소리 없이 감도는 분위기가 참으로 은근하다.

　한번은 저녁나절에 그곳을 지나고 있었는데 이마가 훤한 노인이
주거단지 쪽에서 나타나 느린 걸음으로 할머니에게 다가가 아이처
럼 손을 내밀었다. 할머니는 기다렸다는 듯 냉큼 저고리 앞섶의 돈
주머니에서 꼬깃꼬깃한 천 원짜리 지폐를 서너 장 꺼내 준다. 몇
마디 말을 건네는데 보기에 정겹다. 돈을 받아든 노인은 말없이 돌
아서 큰길 쪽으로 가고 할머니는 기꺼운 표정으로 노인의 뒷모습을

물끄러미 바라보고 서 있었다.

'해가 기웃해지자 할아버지가 약주 생각이 났던 게지. 한잔 술에 기분이 거나해져 행복해 하는 남편을 지켜보는 맛이 또한 제격이겠지.'

왠지 그런 그림이 그려졌다.

일순 그들이 지나왔음직한 삶의 도정들이 안개처럼 희미하게 눈앞에 어른거린다.

눈보라치는 황량한 들판을 지나면서

차가워 얼어 가는 몸을 서로 부둥켜안고

저들은 어떤 격려의 말들을 나누었을까.

검은 파도 넘실대는 거친 바다 위를 건너며

서로의 눈물을 닦아주던 저들이

다짐하고 맹세한 것은 무엇이었을까.

들리는 듯하구나!

가슴속 저 깊은 곳에서

샘처럼 은밀히, 안개처럼 은은히,

솟아나며 뿜어지던 애달프고 구슬픈 한의 소리.

아, 긴긴 세월 힘겨운 삶의 도상에서

얼마나 많은 가슴 저미는 추억거리를

저들은 만들어 놓았을까…

# 여보 당신

여보와 당신이란 단어의 뜻을 아는가? '여보'는 같을 여(如), 보배 보(寶), 그래서 '보배와 같이 소중한 사람'이란 뜻이며, '당신'은 '당연히 자신의 몸처럼 사랑해야 할 사람'이라고 한다.

나쁜 남편과 사는 지혜로운 아내가 있었다. 어느 날 아내는 남편을 뒤뜰 나무 아래로 이끌었다. 그리고 이렇게 고백했다.

"당신이 술을 마시고 나를 때리며 욕할 때마다, 그리고 외도를 했을 때도 나는 이 나무에 못을 하나씩 박았습니다."

그날 밤 남편은 아내 몰래 크고 작은 못들이 수없이 박힌 그 나무를 끌어안고 울었다.

세월이 흐르고 아내가 또 남편을 나무 아래로 이끌었다.

"보세요. 당신이 고마울 때마다 못을 하나씩 뺐더니 이제는 다 없어졌네요."

남편이 울면서 말했다.

"못은 없어졌지만 자국은 그대로 남아있질 않소."

두 사람은 서로 부둥켜안고 하염없이 울었다고 한다.


한 부부가 은혼, 금혼을 넘어 결혼 60주년이 되는 회혼식을 맞이하기까지는 그저 무심히 세월이 흐른 것이 아니다.

진정한 여보, 당신은 사랑과 미움의 파도를 타고 절망과 희망의 계곡을 넘어 가난과 풍요의 벽을 깨치며, 심지어는 그 어렵다는 권태의 늪을 함께 건너온 동지이자 전우라 말할 수 있다.

오늘 밤, 잠든 남편과 아내의 손을 더듬어 찾아 그대의 심장 위에 살며시 얹어 보자. 삶이 힘겨울 때마다 서로의 마음에 머물러 쉬어가는 아름다운 그대들의 이름은 '부부'다. 부부는 서로에게 가장 귀한 보배요, 끝까지 함께하는 사람이다.

## 🌿 꿈 이야기

우리 내외가 모처럼 친구 부부와 어울려 어딘가를 다녀오던 길이었다. 언덕 위에 차를 세워 놓고 잠시 쉬고 있는데 웬 녀석이 갑자기 나타나 아내의 지갑을 탁 채가는 것이었다. 나는 황급히 일어나 녀석을 뒤쫓았다. 녀석이 얼마나 빨랐던지 죽을힘을 다해 쫓았으나 좀처럼 거리를 좁힐 수 없었다.

그렇게 꽤나 오래 쫓으며 달렸던 모양이었다. 어느 새 날이 어둑어둑해지고 있었다. 숨이 가빠 잠시 멈추고 주위를 돌아본 순간 눈에 어슴푸레 보이는 주변 경관의 낯섦에 등골이 섬뜩했다. 광활한 우주의 한복판, 그 심연 속에 내팽개쳐진 듯한 느낌이 전신을 엄습했다. 길을 잃은 것 같았다.

불현듯 아내 생각이 간절했다. 긴요한 일이 있었던 터라 친구 부부는 분명 기다리지 못하고 먼저 갔을 것이었다. 어둠이 내리고 있는 황혼녘에, 어딘지도 모르는 한적한 시골 길 언덕배기의 한쪽 모퉁이에 오도카니 홀로 앉아 이제나 저제나 하며 하염없는 시름에 잠겨 나를 기다리고 있을 아내의 모습이 눈에 선히 떠오르자 갑작스레 치솟는 애틋한 마음에 숨이 막힐 듯했다.

'오, 내 아내, 내 사랑……'

그리움에 애태우며 나는 서슴없이 신께 맹세했다.

'신이시여, 나의 맹세를 받아 주오. 지금의 이 애절함이 기억 속에 살아 숨 쉬는 한 결코 아내를 향한 사랑의 불꽃을 꺼뜨리지 않을 것입니다.'

얼마나 헤매었을까, 천지간에 이미 먹장 같은 어둠이 꽉 들어차 있었다. 어렵사리 마을 기슭 어귀에 이르러 안도하며 언덕께를 바라보니 언덕바지에서 아래쪽을 향해 애처로운 눈길을 보내고 있는 아내의 실루엣이 달빛 아래 흔들리고 있었다.

'아, 기뻐라, 달빛이여, 정적이여, 어둠의 정령이여, 내 그대들을, 이 순간을, 이 감격을 영원토록 잊지 않겠노라……'

깨고 나니 꿈이었다. 시간이 많이 지나면서 색이 바라지기는 했지만 지금도 그 순간의 간절했던 느낌이 남아 있는 듯하다.

상품, 그중에서도 관광 상품의 경우, 스토리가 큰 역할을 한다. 역사적 진실이건 허구적 일화이건 문제가 되지 않는다. 그 내용이 얼마나 사람들의 심금을 울릴 수 있는가의 여부가 중요하다.

가족 경영에 이를 응용해 보는 것은 어떨까? 사랑이 시들해질 무렵, 절절한 사연을 담은 스토리를 꾸며내서 아내와 남편이 주인공이 되어 보는 것이다. 관중 없는 공연도 좋고 여의치 않으면 감동 스토리를 상기하는 것만으로도 상당한 관계 회복의 효과를 볼 수 있을 것이라 기대된다.

# 🌿 밥상 차리는 남자

'밥상 차리는 남자'라는 드라마. 삼십 수년의 자랑스러운 직장 생활을 마치고 남자는 새로운 삶, 아내와의 알콩달콩한 삶을 꿈꾸며 행복에 젖어 있다. 그러나 그를 기다리고 있는 것은 아내의 졸혼 통보다.

처음 남자는 배신감에 치를 떤다. 시간이 지나며 그는 도리 없이 나름으로는 많이 양보하며 타협점을 찾기에 힘을 기울인다. 주위 사람들의 조언도 있었지만 무엇보다 자신의 현실적인 애로를 감당키 어려웠던 것이다.

그는 아내에게 다짐하고 맹세한다. 아내의 불만사항, 곧 권위주의적인 의사결정방식을 지양할 것이며, 아내의 말을 잘 들어주고 무시하지도 않을 것이라고. 또한 애련한 추억이 서린 곳으로 데려가 젊었을 적의 타는 듯한 사랑을 되새기며 호소하기도 하고, 친구의 잘못된 처방에 따라 비아그라를 복용하기도 한다.

아내의 마음은 다소 흔들린다. 과거의 아름다웠던 추억이, 남편의 변치 않는 사랑이 아내의 발목을 잡는다.

그러나 흔쾌하지 않다. 근본적인 문제가 해소되지 않고 있음을 본능적으로 직감한다. 더욱 답답한 것은 남편이 아내의 마음을 전혀 헤아리지 못한 채 이제 모든 갈등은 끝났다고 생각하고 있다는 점이다.

특정 사안이라는 조건을 달았지만 남편의 독선과 독주는 계속된다. 아마도 이 드라마는 공식대로라면, 남편이 온갖 갈등과 우여

곡절을 겪은 끝에 마음이 순화되어 화목한 가정을 이루는 것으로 마무리되지 싶다.

현실에서 이들 부부는 어찌 되어 갈까? 개연성이 좀 더 높은 쪽은 불화와 불행이 아닐까 싶다. 전 연령대를 통틀어 황혼 이혼의 비율이 30%대로 가장 높다는 점은 시사 하는 바가 크다.

사람은 쉽게 변하지 않는다. 경제력과 건강이 받쳐주는 한 남편의 특정 사안 지정은 기상천외한 구실을 달고 다양한 갈래로 확대해 갈 것이다. 그에 따라 부부 간의 갈등도 깊어질 것이다.

'40이 넘으면 개과천선은 없다.'

오죽하면 이런 말이 있겠는가.


## 🌿 황혼 이혼

황혼녘에 불화를 겪고 있는 가정이 많다. 경제 문제, 성격 차이, 남편의 권위주의적 행태 등이 주원인으로 거론된다. 여기서 한 가지 반드시 짚고 넘어가야 할 문제점이 있다. 인성이다. 그것은 설령 이혼의 직접적인 원인은 아니었다 해도 이혼 진행 과정에서 아주 중대한 요소로 작용하는 것이어서 자세히 들여다보아야 한다.

이해를 돕기 위해 쉬운 예를 들어보겠다. 누군가 자신의 친가 피붙이 중에, 어린 자식들을 남겨놓고 불의의 사고사를 당한 형제가 있다고 가정해 보자. 다행히 적지 않은 재산이 남겨졌고 그 관리자가 되었다고 설정해 보자. 그는 이때 어떤 모습을 드러낼까?

인간은 대체로 탐욕스럽고 이기적이다. 이 험준한 관문을 무사히 넘어서기가 쉽지 않다. 그런 터에 우리는 자신을 바로 보지 못하는 반면 상대를 파악하는 눈은 비교적 밝다. 수십 년을 함께 살아오면서 서로가 배우자의 인성을 속속들이 파악했을 터, 정의롭지 않은 남편이었을 것이며, 신뢰할 수 없는 아내였을 것이다.

서로가 한편이었을 때는 설령 그 행태가 비도덕적이었다 하여도 눈에 확연하지 않았지만 세월이 가면서 서서히 사랑도 식고 연대감도 사라지게 되자 비로소 바로 보였을 것이다. 실망이 컸지만 자식이 둘 사이를 엮는 질긴 끈이었다.

마침내 자식들을 여의게 되니 그 끈마저 떨어져 나갔을 테고 이혼은 다만 절차에 지나지 않게 된 것이다. 그 절차가 차마 입에 담기 어려운 추잡하고 볼썽사나운 이전투구의 양상을 띠는 경우가 허다한 것도 어쩌면 아주 당연한 수순이다.

언젠가 들었던 세종기지 탐험대장의 진정한 리더십이 새삼 가슴에 와 닿는다. 부부 사이의 관계에서도 꼭 필요한 덕목일 듯해 소개한다.

- 진실하게 대하라. (스스로 진실한 사람이어야 할 것이다.)
- 그만의 장점을 찾아 끊임없이 인정하라. (사랑과 신뢰를 위해 끊임없이 노력한다.)
- 조직의 위기 때 희생할 수 있는 분이라는 인식을 심어 주어라. (배우자가 나를 위해 언제든 몸을 내던질 수 있는 사람이라는 확신을 갖게 한다.)

# ✒️ D에게 보낸 편지

이 책은 84세의 남편이 스무 해 넘게 불치병과 싸운 83세의 아내에게 보낸 연애편지다. 앙드레 고르는 1983년 아내 도린이 척추 수술 후유증으로 거미막염이라는 불치병에 걸리자 모든 사회 활동을 접고 간병에만 매달린다. 그는 아내의 죽음이 가까워 오자 자신들의 사랑을 글로 남기겠다고 마음먹는다. 글을 써야 하는 심정을 이렇게 밝혔다.

'우리가 함께한 역사를 돌이켜보면서, 나는 많이 울었습니다. 나는 죽기 전에 이 일을 해야만 했어요. 우리 두 사람의 삶에서 가장 중요한 부분이 우리의 관계였기 때문입니다. 나는 이 글을 대중들을 위해서 쓰지 않았습니다. 오로지 아내만을 위해 썼습니다.'

『D에게 보낸 편지 －어느 사랑의 역사』는 이렇게 탄생되었다. 이 책에서 고르는 '우리는 둘 다 한 사람이 죽고 나서 혼자 남아 살아가는 일이 없기를 바란다'고 고백하였다. 1년 뒤인 2007년 9월 22일, 부부는 소도시 보농에서 극약을 주사해 함께 목숨을 끊는다. 시신은 이틀 뒤 발견됐다. 유언에 따라 화장한 재는 부부가 말년을 보낸 집 뜰에 뿌려졌다.

'당신은 라 졸라의 드넓은 해변에서 바닷물에 두 발을 담근 채 걷고 있습니다. 당신은 쉰두 살입니다. 당신은 참 아름답습니다.'

책의 마지막에는 그가 아내와 함께 죽을 것을 결심한 듯한 구절이 있어 가슴을 아프게 한다.

'밤이 되면 가끔 텅 빈 길에서, 황량한 풍경 속에서, 관을 따라

걷고 있는 한 남자의 실루엣을 봅니다. 내가 그 남자입니다. 관 속에 누워 떠나는 것은 당신입니다. 당신을 화장하는 곳에 나는 가고 싶지 않습니다. 당신의 재가 든 납골함을 받아들지 않을 겁니다. 캐슬린 페리어의 노랫소리가 들려옵니다.

–세상은 텅 비었고, 나는 더 살지 않으려네.–

그러나 나는 잠에서 깨어납니다. 당신의 숨소리를 살피고, 손으로 당신을 쓰다듬어 봅니다. 우리는 둘 다, 한 사람이 죽고 나서 혼자 남아 살아가는 일이 없기를 바랍니다. 우리는 서로에게 이런 말을 했지요. 다음 생이 있다면, 그때도 둘이 함께하자고.'

우리 모두가, 황혼녘 인생의 갈피에서

배우자를 두고 먼저 가는 것도, 떠나보내고 홀로 남는 것도 단장의 아픔이어서

아직, 아니 죽음의 그 순간까지 풀 수 없는 숙제로 남겨 둔 채

그윽한 시선, 안타까운 마음 서로 주고받으며 사랑을 승화시켜 갈 수 있었으면…….

## 🍃 깨우침의 축복

30년쯤 전, 어느 날 퇴근길에 부하 직원이 운전하는 차를 얻어 타고 어딘가로 가고 있었다. 뒤에는 직원의 처가 타고 있었다. 그런데 하필 화제가 아주 민감한 내용이었다. 정의감이 넘쳤던 나는 몹

시 흥분했고 언성이 높아졌다.

며칠 후 말끝에 직원이 말했다.

"과장님을 굉장히 무서운 분이래요. 내가 아무리 부드럽고 좋은 분이라고 해도……."

직원은 아내를 이해할 수 없다는 듯 연신 고개를 갸웃거렸다. 나 역시 여자를 이해할 수 없었다. 그날 내가 흥분하여 큰소리를 낸 것은 우리의 화제 속 사람이 파렴치가 도를 넘어선 상태였던 탓이 었고 더욱이 당시의 상황에서 그렇게 격한 반응을 보이지 않을 경우 오히려 비겁하고 기회주의적인 상사로 낙인찍힐 상황이기도 했던 것이다. 전후 사정을 헤아리지 못한 나이 어린 새댁의 오해려니 하면서도 아쉬운 생각을 떨칠 수 없었다.

그 즈음이었을 것이다. 퇴근해서 집에 들어서니 손님이 와 있었다. 나도 잘 아는 아내의 친구였는데 명문대 출신에, 미모에, 남편 마저 대기업 간부여서 상당한 존재감이 느껴지는 여자였다.

저녁 식사를 마치고 차를 마시다 우리의 가정사며 부부간의 문제가 화제에 올랐다. 당시 우리는 썩 좋은 상태가 아니었다. 아내는 늘 다른 사람들에게 나에 대한 불만을 늘어놓았고 그런 말이 들려올 때마다 나는 아내를 쥐 잡듯 다그쳤고, 처음에 기세 좋게 달려들던 아내는 나의 논리가 명료해서 대응할 수 없게 되면 순식 간에 몸을 낮춰 다소곳 듣는 자세를 취했지만 마음속으로는 전혀 반성하지 않고 있었다.

그런 아내를 나는 도무지 이해할 수 없었다. 논리상 하자가 없는 나의 주장에 대해 당당히 맞서 이견을 내지 못하고 침묵했었다면 자신의 잘못을 인정한 셈이 아닌가? 그럼에도 아내는 여전히 사람들에게 나에 대한 불평과 비난을 계속했던 것이다.

나는 그동안의 억울했던 일을 하소연하는 심정으로 아내의 친구에게 가슴에 품고 있었던 이야기를 모두 털어놓았다. 아내의 친구는 말없이 듣고 있었다. 가끔은 고개를 까딱이기도 했다. 나는 자신이 생겨 더욱 강한 톤으로 말했으며 그녀에게 협조를 요청하기까지 했다. 그날 두 사람은 내게 한마디도 반론이 없었다.

이제 좀 달라지려니 은근히 기대했지만 이후로도 아내는 조금도 달라지지 않았다. 마침내 그날 아내 친구의 표정에 서려 있던 어딘가 석연치 않아 하던 기색이 새삼스런 느낌으로 크게 다가오기까지 했지만 나는 고개를 갸우뚱했을 뿐 별다른 생각은 없었다.

이후로도 실생활에서 이런 유의 갈등에 수시로 부대꼈지만 그럼에도 불구하고 아내에 대한 사랑이 간절했었던 터라 크게 개의하지는 않고 지냈다. 20년이 지나고 30년의 세월이 다 가도록.

시간이 더 흘러 정신이 어느 정도 익어서였을까, 불현듯 내 마음에 깨달음이 찾아들었다. 비로소 보였던 것이다. 당시의 상황 모두가, 누가 감히 나를! 하는 듯 사자후를 토하던 기세등등한 내 모습이, 그 꼴불견이, 그것을 바라보며 탄식했을 아내의 마음이, 한숨지으며 고개를 저었을 아내 친구의 마음이 눈앞에 선명히 그려졌다. 나는 심히 부끄러웠다.

생각해 보니 긴 세월을 지나오면서 아내로부터 또는 주위 사람들로부터 직간접으로 여러 차례 그 점에 대해 귀띔을 받았었던 것 같다. 또 어느 기간 고치려고 마음을 기울인 적도 있었던 것 같다.

다만 그것은 마음에서 우러나온 것이 아니라 삶의 이해관계 또는 현실적 필요성 때문에 수동적으로 받아들였던 것이었고 당연히 길게 가지 못했다.

이번의 경우는 그 성질이 전혀 달랐다. 어떤 계기도, 누구의 지적도 없었다. 그냥 어느 순간 뭔가가 훤하게 확 트이는 느낌이 들었던 것이다. 옹색한 비유이긴 하지만 그토록 첩첩산중이던 수학이 한눈에 들어오고, 영어가 귀에 들리는 그런 느낌이라고나 할까.

두둥실 구름 위를 떠다니는 희열을 나는 만끽했다. 그런 가운데 허탈감이 소리 없이 찾아들었다.

'겨우 이것이었나, 주위의 모든 사람들이 한눈에 느끼고 알 수 있었던 것을 나만이 모르고 있었단 말인가? 주관과 객관, 주체와 객체의 사이에 놓인 담장이 이리도 높다니!'

그러나 허탈감은 오래 가지 않았다. 처음에 추상적, 관념적 이벤트에 불과한 듯 여겨졌던 깨달음이 하루, 이틀 시간이 지나가면서 점차 구체적, 현실적 일상에서의 변화된 모습으로 나타났다.

가장 특기할 만한 대목은, 내 생각과 다른 말을 들었을 때, 또는 무고성 언설을 접했을 때 그 대응 방식이 이전과는 전혀 달랐다는 점이다.

'흥분하거나 분노하지 않고 조분조분 내 생각을 말하기, 크게 웃어 주거나 유머로 웃음 만들기, 당신 생각도 일리가 있네, 라고 양보하기'와 같은 일들이 아주 자연스레 행하여졌다.

이 같은 변화는 나의 실질적 삶에 눈부신 성과를 가져다주었다. 아내와 함께 살아오면서 긴 세월 질기게 되풀이되었던 갈등과 질시, 원망과 불행의 구도가 관용과 이해, 사랑과 행복의 구도로 바뀌어 갔던 것이다.

어느 가정이나 다 한가지겠지만, 우리 가정 또한 처음에는 아주 대수롭지 않은 일로 부부가 말씨름하다가 부지불식간에 감정싸움으로 치달아 급기야 상처주고 상처받으며 앙앙불락하는 일이 다반사였다.

깨우침의 날 이후, 우리는 더 이상 원망과 질시의 합주곡을 연주하지 않게 된다. 그 경위를 자세히 들여다보자.

부부가 서로 사소한 일로 말씨름을 하다가 논리에 궁색한 아내가 어느 순간 감정이 격해져 공세적이 되고 거기에 걸맞게 억지스런 말을 쏟아낼 때, 나는 피가 거꾸로 솟았던 이전과 달리 얼른 한 발짝 뒤로 물러나 사안 전체를 손바닥 위에 올려놓는다.

동시에 아내의 격정이 인간 일반의 본질적 속성에 지나지 않는 것이며 따라서 이 순간만 탈 없이 넘기면 무책임한 격정이 배설해 놓은 오물은 흔적도 없이 스러져버리는 그림자 같은 것임을 온몸으로 느낀다.

그리하여 내 마음은 호수같이 잔잔해져 부드럽게 말하고, 양보하고 웃음까지 머금는다. 격렬하게 타올랐던 아내의 투쟁심은 급격히 동력을 잃고 이내 평정심을 되찾는다. 그 같은 일이 몇 차례 반복되자 아내 역시 변화된 모습을 보였다.

아내는 혹 내가 실언이라도 하면 불쾌하게 생각하며 곧바로 전투태세를 갖추던 이전과 달리 나에게 다가와 때리는 시늉을 하며 장난스레 말한다.

"그런 소리 하면 내가 좋아한다? 싫어한다?"

나는 얼른 두 손을 들어 항복의 신호를 보내며 말한다.

"싫어…… 하신다."

"앞으로 또 그런 말 한다? 안 한다?"

"또…… 에…… 안 하지 않지 않는다……."

"말을 그렇게 복잡하게 하는 거 내가 좋아한다? 좋아하지 않는다?"

"좋아…… 한……."

아내가 때리는 시늉을 하고 나는 얼른,

'안 한다'라 말하고는 이내 덧붙인다.

"그렇지만 나는 억울하다. 폭력에 내 정당한 의견이 짓밟히다니……. 오, 폭력이여, 그대를 저주하노라."

잠시 동안을 두었다가 아주 코믹한 목소리로,

"그래도 나는 좋다. 마누라가 무조건 좋다."

그렇게 소리친다. 이쯤 되면 완전히 코미디다. 아내도 웃고 나도 웃으며 상황은 부드럽게 마무리된다.

크고 작은 일상의 일들이 이런 식으로 진행되었다. 다만 세상 일이 다 그렇듯이 아내와의 이러한 유희 역시 성패는 그것의 지속성 여부라는 것을 잘 알고 있었다. 살아가면서 수없이 반성하고 맹세하고 그리고 새롭게 시도하지만, 언제나 그것들은 시간과 함께 사위어 갔었던 것이다.

그러나 이번만은 달랐다. 달이 가고 해가 갔지만 아내는 오늘도 종주먹을 들이대는 시늉을 했고 나는 거짓 호소했고 두 사람은 함께 크게 웃었던 것이다. 바야흐로 우리는 가정의 화목을 이루어 가고 있는 것이다.

이쯤에서 실전을 기록으로 남겨놓는 것도 의미가 있을 듯하다.

자, 실전이다. 지금부터 아내의 바다를 항해해 보자.

# 2
# 아내의 바다

당신과 그 시절의 추억을 나누고 싶어

이 글을 보내오.

아, 세월이 많이도 흘렀소.

그만큼 우리의 외양도 변했구려.

우리의 사랑도 변했소.

눈 속의 사랑에서 가슴 속의 사랑으로 말이오.

지금의 사랑을 나는 더 좋아하오.

가슴 떨리는 대신 마음 편하게 하고,

불길처럼 뜨거운 대신 봄볕처럼 따스하니 말이오.

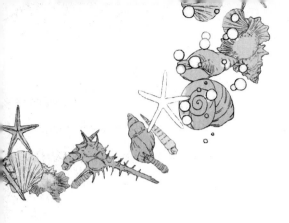

## 🌿 아내의 방

아내가 감기 기운이 있다. 감기에는 휴식이 약이라 하자 한잠 자야겠다며 방으로 들어갔다. 나는 하던 청소를 마치고 나서 이제 잠들었겠지, 생각하고 방문을 살그머니 열었다.

"아이, 1분만 있다 열지. 왜 지금 열었어. 나 지금 막 자려고 했단 말야."

아내가 보고 있던 TV를 얼른 끄더니 애교가 철철 넘치는 음성으로 투정하듯 말하고는 이불을 덮으며 자리에 눕는다. 그 동작이 개구쟁이 같다.

"그게 무슨 말이지?"

나는 잠시 어리둥절했다.

"나 창피하단 말야……."

솔직한 속마음을 장난기 섞인 어조로 말하며 이불로 머리를 덮는다. 비로소 알 듯했다. 아내가 낮에 방에서 주로 하는 일은 텔레비전 보기, 책 읽기, 일기 쓰기, 바느질하기, 낮잠 자기다. 이 중에서 TV 시청에 할애하는 시간이 그 중 많고 다음으로 바느질, 일기 쓰기, 책 읽기, 낮잠 자기 순이다.

언젠가 TV를 많이 보는 사람들은 치매에 취약하다는 이야기를 듣고 아내에게 그대로 전해 준 적이 있었다. 그래서 그런가 유독 TV 보는 것을 창피스럽게 생각하는 것 같다.

사실 아내는 건강한 프로그램을 주로 본다. 그러므로 설령 조금 많이 본다 싶을 때도 전혀 개의치 않는다. 치매 얘기도 그때 딱 한 번 말했을 뿐이었다. 그럼에도 TV를 보면서 나를 의식하고 있었다는 것이 의외다 싶었다.

순간 아내의 방에 CCTV를 설치할까 하는 생각이 재빨리 뇌리를 스쳤다. 그렇게라도 해서 아내가 내게 보이고 싶은 것만 보고 싶다.


## 🌿 명품 가방

아내가 양어깨에 메고 다니는 조그만 가죽 가방을 내게 보이며 말한다.

"이 가방 어때요?"

"이런 가방 질색이잖아?"

아내는 평소에 모자 달린 옷과 잔등에 메고 다니는 가방을 아주 싫어했다.

"이 가방은 예외야. 예쁘잖아. 어떤 가방인지 인터넷에서 좀 찾아봐 줘요."

"어디서 난 건데? 경비가 또…….."

대답은 들으나 마나다. 아주 종종 있는 일이다. 아내도 경비도 딱히 그 물건이 꼭 필요하다거나 탐이 나서라기보다는 아직 쓸 만한 고급 제품들이 버려지다시피 하는 것을 견디지 못하는 것이다.

그렇게 주워 모은 것들은 솜씨 좋은 아내의 손을 거쳐 제법 그럴듯한 물건이 되지만 대부분 주위의 지인들에게 대가없이 건네지는 것으로 보아 아내의 마음을 충분히 헤아릴 수 있었다.

나의 경우는, 비록 내가 직접 버려진 물건을 주워 오는 일은 없지만 또 그런 행위를 그리 탐탁히 여기지도 않지만 그들의 마음을 충분히 헤아리고 있고 또 아내가 행복해 하는 것 같아 굳이 말리지 않는다.

상표를 보고 검색해 보니 외제 가방이다. 가격대는 알 수가 없었지만 아내의 기분을 생각해서 꾀 고가품인 것 같다고 말하자 아내가 너무 좋아하며 가방을 잔등에 멘다.

"나, 이제부터 집에서도 이렇게 메고 있을 거야."

말하는 품이 즐거움이 넘쳐난다.

"마음에 든다고 아무 데서나 메고 다니지 마. 바로 우리 동에서 나온 물건일 수도 있으니까. 버린 사람 눈에 띄면 속으로 얼마나 흉볼 거야. 동네방네 다니면서 201호 아줌마가 내가 버린 가방 메고 다닌대요. 얼레리 꼴레리, 하구 놀려 대면 어쩔 거야. 어휴! 창피해라…….."

장난스레 놀려 댄다. 아내는 그러나 가방이 좋기만 하다.

"실컷 놀려 대라지요. 남이야 뭐라 하건 난 상관 없으니께롱."

"그 가방 비싼 맛에 메고 다닐 모양인가 본데 사람들이 알아보지 못하면 어쩌누?"

잠시 생각하는 듯하더니 아내가 불쑥 말한다.

"비싼 가방임. 그렇게 써 붙이면 되지롱."

나는 순간 봇물처럼 터져 나오는 웃음에 옆으로 몸까지 기울어졌다. 아내도 따라서 크게 웃었다.

"그렇지만 사람이 양심이라는 게 있지, 돈 한푼 안 들인 걸 어떻게……."

아내가 또 한 번 불쑥 말하는데, 이 역시 홈런감이다.

"옆에다가 경비 아저씨가 주운 것임, 그렇게 쓰지롱."

말이 끝남과 동시에 누가 먼저랄 것도 없이 우리는 집이 떠나가라 웃어댔다.


## 🌿 생선 세 토막

식탁의 프라이팬에 생선 세 토막이 놓여 있다. 그런데 한 토막이 많이 탔다.

나는 얼른 그것을 내 접시에 옮긴다. 그럴 리야 없겠지만 혹 가족 중에 누군가 암에 걸려야 한다면 내가 걸리고 싶다. 스스로 생각해도 가상하다. 문제는 그러한 가상함이 가족에게 국한한다는 점이다. 바깥의 모임 같은 데서도 그런 갸륵한 마음일 수 있을까?

바람직한 사회를 이루기 위해 구성원에게 필수적으로 요구되는 덕목이 아닐까 싶다.


## 🌿 등 좀 긁어줘요

새벽에 아내의 방에 가보니 막 잠에서 깨어나 정신을 가다듬기 위해 침대에 걸터앉아 있다. 어제 저녁에 로맨틱한 영화를 보았는데 멋진 장면이 떠오른다.

문득 장난기가 발동해 아내를 모처럼 분위기 있게 포옹해 주기 위해 팔을 벌리고 다가간다.

"오, 마이 달링!"

아내도 팔을 벌려 나를 맞는가 싶었는데, 이내 속옷 상의를 훌렁 벗어젖히더니 고개를 두 무릎 사이에 박으며

"나 잔등 좀 긁어 줘." 한다.

"그러면 그렇지……."

나는 크게 웃고 만다.

"어떻게 여자가 무드라는 걸 모르지?"

잔등을 긁어 주며 말하자 그 말은 들은 척도 하지 않고

"아니, 그 왼쪽, 조금 아래, 약간 위로"라고만 말할 뿐이다.

# 🌿 죽음, 아내와의 영원한 이별

새벽녘에 아내가 내 방에 찾아들었다.

어둠 속에서 더듬더듬하며 내 얼굴이며 팔을 만지기도 하고 이마며 뺨을 가슴과 얼굴에 비벼대기도 했다. 꿈을 꾸었으려니 생각이 들어 아내를 꼭 안아 주었다.

"무슨 꿈을 꾸셨을까?"

"당신 교통사고."

"죽었어?"

"죽진 않고 의식 불명이었어."

말하며 바싹 파고든다. 아내의 지금 심정이 어떤 것인지 내 마음인 듯 훤히 보인다. 나는 그런 꿈은 아직 한 번도 꾸어 보지 못했지만 아내의 환청에 가끔 사로잡힌다. 속삭이는 듯, 애소하는 듯 아주 낮은 음성으로 아빠, 아빠 하고 부르는 것이다. 깜짝 놀라 돌아보지만 아내가 있을 리 없다.

아내가 외출하여 집안이 죽은 듯 고요할 때 그런 현상이 나타나면 한동안 넋을 잃고 앉아서 마음을 추스르곤 했지만 깊은 밤이나 새벽녘 아내가 옆방에서 자고 있을 때 그런 일이 생기면 아내에게로 가서 지금 아내가 내게 하듯 나도 아내에게 그리 했었던 것이다.

그런 일이 있을 때마다 자연스레 찾아드는 상념이 있다. 죽음이다. 세월은 속절없이 흘러가고 죽음 또한 머지않아 필연적으로 찾아올 터, 어찌 감당해야 할지 두렵고 공포감마저 든다. 먼저 가고 싶지만 남겨질 아내가 나 없이 어찌 살아낼지 걱정이고, 먼저 보내고 나 홀로 살아간다는 건 더욱 상상조차 싫다.

일본 왕실의 서자로 태어나 우리의 원효대사만큼이나 명망이 높은 이큐스님은 '걱정하지 마라, 어떻게든 해결된다'라고 제자들에게 일렀다고 한다. 도력이 깊은 스님의 가르침이고 보니 한결 위안이 되기도 하지만 그렇다고 거기에만 의지하기에는 뭔가 아쉽고 부족한 느낌이다.

## 🍃 옙, 여왕 폐하!

일주일에 한 번씩 오는 아들이 반갑기야 그지없지만 대신 빨래하는 일이 늘 다급하다. 아침에 아들 빨래로 바쁜 아내가,

"알아서 찾아 잡숴요."

한마디 하고 세탁기에 매달린다.

"옙, 각하 부인."

장난스레 받고 혼자서 밥을 챙겨 먹는다.

식사를 마치고 설거지를 하려는데 아내가 부른다. 탈수까지 마친 수북한 빨래를 가리키며,

"이것 좀 베란다로 옮겨요."

명령조다. 이해하지만 듣기에 썩 즐겁지는 않다. 그럴 때의 암호가 있다.

"하이, 히틀러 각하!"

"어때요? 내가 들 수 있겠어요?"

그 마음 왜 모르겠는가. 그러나 이대로면 너무 밋밋하여 재미가 없다. 나는 아내를 살짝 들었다 놓는다.

"옙, 여왕 폐하! 충분히 들 수 있을 겁니다. 그렇지만 폐하는 꾀쟁이니까 안 드는 겁니다. 나는 그러나 꾀쟁이가 좋습니다. 건강을 지켜야 하니까요."

아내도 나도 웃는다.


## 🌿 아이스크림

아침을 짜게 먹어서 그런가 목이 말라 부엌으로 가 냉장고 문을 열려는데 아내가 냉장고 옆 한쪽 귀퉁이에서 ××× 아이스크림을 통째로 들고 먹다가 내게 발각되자 숨이 넘어갈듯 웃는다. 내 기미를 눈치 채고 급히 먹느라 입에다가 잔뜩 물고 있었다.

"아이구, 이런 철딱서니, 당신 때문에 내가 못 살아!"

말은 그렇게 하지만 나 또한 터져 나오는 웃음을 참을 수 없다.

"아니, 나이 들어가면서 점점 더 어린애가 되냐 말야. 이렇게 속 썩이는 거 내가 좋아한다? 안한다?"

"안한다."

"알면서도 자꾸 그러면 서방님이 화낸다, 안낸다?"

"화낸다."

"좋아. 이번 한 번 용서해 주면 또 서방님 몰래 먹는다, 안 먹는다?"

"다시는 안 먹는다."

말하고 아내는 공손히 내게 아이스크림 통을 건넨다. 나도 아내도 시종 장난하듯 웃으며 말을 주고받았을 뿐이다. 요즘 들어 종종 발생하는 일이다. 시작을 내가 했다.

얼마 전에 마트에 우유를 사러 갔다가 큰 통의 ××× 아이스크림이 하나 더 세일을 해서 두 통을 샀다. 더위가 기승을 부리면서 그것이 가끔 간절히 먹고 싶었기 때문이다. 예정에 없던 물건을 샀을 때 늘 그렇듯이 이번에도 아내는 그리 탐탁해 하지 않으려니 했었는데 의외로 반색을 했다.

거기까지면 좋겠는데 아내는 아이스크림을 때 없이 찾았다. 그것도 나처럼 그릇에 덜어서 조금만 먹는 것이 아니라 통째로 들고 먹었다. 그게 아니라도 요 몇 달 새 몸이 불어 은근히 걱정인데 아이스크림이 좋을 리가 없다.

자연 내가 제지에 나섰고 숨바꼭질이 시작되었다. 그러나 웃음의 숨바꼭질이었다. 그도 그럴 것이 내가 사다 주지 않는 한 그것을 아내 스스로는 절대 사먹지 않는다는 것을 알고 있기 때문이다. 정 아니다 싶으면 다시 안 사오면 되는 것이다. 그런 만큼 마음에 여유가 있다. 더욱이 내게는 아무도 모르는 나만의 기쁨이 있다. 대체로 아내에게 잔소리를 듣는 편인 터라 비록 장난스런 잔소리이지만 묘한 승리감이 느껴지는 것이다.

한번은 이런 일도 있었다. 내 방에서 책 정리를 하고 있는데 아내가 아이스크림을 먹지 않겠느냐고 물었다. 순간 장난기가 번뜩인다.

"당신 뭔가 착각하고 있는 것 같은데, 나 그거 별루야. 순전히 당신 때문에 산 거야. 얼마나 갸륵한 마음이야, 내가 당신 생각하는 거 반만 나를 생각해 줘 봐. 우리 집에 웃음이 사라질 날이 없을 테니까."

"예, 예 어련하시겠나이까. 서방님."

다음에도 그 다음에도 우유를 사러 마트에 갔을 때 ××× 아이스크림은 하나 더 세일을 했고, 나는 마음속으로 이 하나 더 행사는 1년 내내 하는 것이리라 생각하면서도 사고 또 샀다.

우리는 웃음의 숨바꼭질을 어김없이 했고, 다음에도 또 나는 아이스크림을 샀지만 이번에는 망설이다 샀고, 다행히 아내가 자제하는 낌새를 보였고 오늘 나는 조금의 망설임도 없이 아이스크림을 샀다.


## 🌿 아내와 마트에 가다

아내와 함께 ××마트로 가고 있었다. 늘 지하철만 타다가 오랜만에 승용차를 타서 그런지 출발하자 곧 멀미가 나기 시작했다. 아파트 단지를 벗어나 막 큰길로 접어드는 지점에서 아내가 급제동을 했는데 그때부터 멀미가 더욱 기승을 부렸다. 속이 메슥거리고 이마엔 식은땀이 흥건히 맺혔다. 차창의 유리를 투사해 와 내 온몸을 뜨겁게 달구는 7월의 햇볕이 참으로 야속했다. 어서 도착해서 냉커피를 마시며 넓고 시원한 마트의 공간을 즐기고 싶었다.

그런데 아내가 길을 잘못 들었다. 혼잡한 사거리 신호등 앞에서 두리번거리기만 할 뿐 나아가지 못하고 있었다. 이런 일이 일어날까 걱정되어 출발할 때 평소에 늘 다니던 길로 가자고 말했지만 아내가 큰소리쳤고 길눈이 밝은 아내를 믿었던 것인데 이 모양이 된 것이었다. 뒤에서 빵빵 대며 어서 가라 재촉이 심하다. 순간 피가 팍 솟구쳤다.

"일단 가!"

나도 모르게 목소리가 급하고 뾰족하게 나왔다. 아내는 조금은 당황할 법한 상황임에도 오히려 명랑한 체 웃음까지 보이며 마구 말을 쏟아냈다. 나는 슬그머니 찌증이 났다.

'아이, 시끄러워. 길이나 잘 찾아 봐!'

그렇게 소리칠 만도 했지만 나는 짜증을 슬쩍 유머로 바꾼다.

"어젯밤 꿈자리가 뒤숭숭하더니…… 어이구, 내 팔자야……."

"무슨 꿈인데?"

얘깃거리라면 차고 넘친다. 적당한 것을 금방 골라 낸다.

꿈에 나는 아내의 내연남이었는데 아내의 집에 방 한 칸을 얻어 그들 부부와 한 지붕 아래서 살고 있었다. 아내의 남편은 거구에 인상이 몹시 험상궂은 사람이었는데 아내가 겁도 없이 사랑에 너무 적극적이어서 나는 늘 불안감을 느끼며 살고 있었다.

아내는 예상대로 기절할 듯 웃어댄다. 웃음은 만병통치의 영약, 짜증스럽던 기분이 한결 누그러진다. 그러하기는 아내도 마찬가지일 것이다. 모르긴 해도 아내는 겉으로 드러내지 않았을 뿐 방금 전의 내 불편한 심기가 꽤나 거슬렸을 것이다.

"꿈속에서 그렇게 애먹인 것도 모자라 이젠 길까지 잃어서 멀미하는 서방을 이렇게 골탕 먹이다니. 쯧쯧."

"죄송해요. 우리 서방님. 내가 잘 모실 테니 조금만 참으세용."

조금 헤매기는 했지만 이내 우리는 마트에 도착했다. 넓고 시원한 공간에서 냉커피까지 마시자 기분이 맑게 갠다. 그런데 미곡 코너에서 아내가 비슷한 또래의 여성과 쌀의 가격표를 가리키며 뭔가 옥신각신하더니 저쪽 여자가 개운치 않은 말을 던지고는 발길을 돌렸고 아내가 가는 여자의 등을 향해 조금은 높은 톤으로 쏘아대듯 말하는 것이었다.

"……비싼 쌀 먹으면 똥이 갓을 쓰고 나온답디까?"

나는 순간 깜짝 놀랐다. 이런 천박한 말을 하다니!

"어떻게 처음 보는 사람한테 그런 식으로 말을 할 수가 있지?"

아내는 그러나 수긍하는 자세를 보이지 않았다. 나는 계속해서 아내를 몰아세웠다.

"아니, 외모만 그럴듯하면 뭐 해. 말이 완전히 걸렌데. 실망, 대실망이야."

아내는 끝내 납작 숙이지는 않았지만 대응이 잦아들었고 나 또한 슬쩍 후퇴해서 내막을 물어주었다. 아내는 기다렸다는 듯이 자세히 경위를 설명한다.

두 사람이 쌀 가격에 대해 이야기하던 중 아내가, 값이 저렴해도 밥 짓는 요령에 따라 얼마든지 맛있게 먹을 수 있다고 말하자 저쪽에서, 값이 싼 것은 다 이유가 있기 때문이라며 마치 아랫사람에게 가르치기라도 하듯이 강압적으로 말하는 바람에 순간 감정이 상했다는 것이었다. 나는 부드러운 음성으로, "그랬었구나. 저쪽에서도 잘한 거 없네……." 라고 말해 주었다.

장을 다 보고 나가는 길에 그 여성을 다시 만났다. 아내는 그녀에게로 다가가더니 좀 전의 거친 말을 사과하는 듯했다.

집으로 돌아오는 차 안에서 아내가 말했다.

"옛날 같으면 오늘 두 번 난리 났을 건데 확실히 많이 달라졌어요. 서방님."

길을 놓쳤을 때와 교양 없이 처신했을 때를 이르는 말 같았다.

"나도 나지만 당신도 많이 달라진 것 같던데. 잘못을 인정하구 또 사과까지 하구……."

"난 나이 안 먹나 뭐."

나도 아내도 한바탕 크게 웃었다.


## 🌿 온수 요금

"지난달에 온수 많이 썼어요?"

아침에 나가려는데 아내가 골똘한 표정으로 묻는다.

"온수? 나야 늘 똑같지 뭐. 샤워할 때 잠깐 쓰는 거. 그런데 그건 왜?"

"온수 요금이……."

이달에 온수 요금이 많이 나왔다며 아내는 그 원인을 요금 산정에 기술적인 문제가 있지 않을까 의심했다.

아내의 의문인즉슨 수도를 쓰다 보면 분명 찬물을 틀었는데 더운 물이 나올 때가 가끔 있다는 것이다. 그런 경우 원하지도 않는 더운 물을 쓰고 온수 요금을 내게 되지 않겠느냐는 것이었다. 하기야 그런 경험은 나도 여러 차례 겪었지만 대수롭지 않게 생각했었는데 이제 아내가 관리실에 문제 제기를 해야겠다며 수사관 같은 표정을 지었다.

"온수 요금이 얼마나 나왔는데?"

"사천 원요."

나는 피식 웃고 말았다. 몇 만 원이라면 모를까 사천 원 나온 것을 가지고 따져 묻는다는 것이 아무리 생각해도 그건 아니지 싶었다.

"하지만 여름철에는 보통 이천 원 정도 나왔었는데 두 배나 껑충 뛴다는 게……"

"아무리 그래도 절대 액수가 너무 적어. 관리실 사람들이 쩨쩨하다고 흉 봐."

내 말이 일리 있다 생각했는지 더는 말하지 않았지만 표정만은 그리 개운치 않아 보인다. 나는 새삼스레 아내와 한편이라는 것이 고맙고 축복이라 생각했다.


## 🌿 시장에서 지인을 만나다

아내와 ××시장에 갔다. 집에 일이 있어서 좀 늦게 가는 바람에 시장에 들어서기가 무섭게 닭튀김 가게로 갔다. 가게 안은 손님들로 법석였다.

우리는 겨우 자리를 잡고 앉아 닭튀김 한 마리와 소주 한 병을 시켰다. 술과 고기가 나오고 첫 잔을 들려는데 아내가 함빡 웃음 머금은 얼굴로 자리에서 일어났다. 아는 사람이 있다며 가게 안 한 가운데께로 가더니 이내 낯선 남자를 데려와 내게 인사를 시켰다.

정 상무님이라는 말을 들으니 나도 알 만한 사람이었다. 전에 아내가 건강식품점을 운영할 때 손님으로 인연을 맺은 사람인데, 장사를 그만두고서도 누님, 동생 하며 십 년 넘게 연을 유지하며 지내는 사이였다. 중소업체이지만 꽤 알찬 기업에서 근무하는 것으로 알고 있다. 아내와는 가끔 전화로 서로의 안부 정도나 주고받는 듯했다.

정 상무의 외모는 준수했다. 드문드문 하얀 머리는 검은 머리와 사이좋게 어우러져 원숙미를 느끼게 해 주었고, 표정에서 풍기는 노숙하고 은은한 맛은 황혼녘 노을빛인 양 고상한 아름다움이 돋보였다.

우리는 가볍게 인사를 나누었다. 그는 진심으로 우리와의 만남을 기뻐하고 있었다. 서빙을 불러 우리 테이블 계산을 자신에게 올리라고 말했는데, 아내를 위해서라면 북적대는 가게 안 모든 사람들의 음식 값도 치루고 싶은 태세였다. 아내와 몇 마디 더 나누고 그는 자신의 자리로 돌아갔다.

나는 그의 테이블 쪽을 슬쩍 보았다. 친구로 보이는 남자가 두 명 앉아 있었다. 순간 뭔가 신선한 느낌이 가슴에 짠했다. 동시에 아내에 대한 인간적 신뢰감이 새삼스레 일었다. 정 상무에 대해 신선한 느낌이 들었던 것은 아마도 이런 이유일 것이다.

이제껏 살아오면서, 휴일의 대낮쯤에 공원이나 음식점 같은 장소에서 우연히 친구나 지인들을 만났을 때, 그들이 함께 자리한 상대는 거의가 이성이었다. 그리고 한결같이 불순과 무책임, 퇴폐와 향락의 냄새를 물씬 풍기고 있었던 것이다.

또 아내에 대해 새삼 신뢰감이 더해졌던 것은,

'그러면 그렇지, 그 정도 인품의 남자가 아니고서는 아내에게 어림도 없었겠지.'

하는 생각 때문이었다.

손님은 계속해서 밀려드는데 두 명이서 4, 5명 정원의 자리를 차지하고 앉아있기가 불편했다. 나는 서둘러서 소주 한 병을 혼자서 다 비웠다.

아내가 정 상무에게 작별인사를 하기 위해 갔고, 그가 아내를 따라서 다시 내게 왔다. 그의 자리에는 사람이 하나 늘어나 있는 듯 보였다. 나는 그와 작별 인사를 나누며 솔직한 내 심정을 말했다.

"남자 분들끼리만 있는 것이 보기에 참 좋습니다."

튀김집에서 나와 우리는 시장 안 여기저기를 돌아보며 다녔다. 과일 가게에서 아내가 걸음을 멈추더니 큰 바구니에 가득 담겨 있는 귤을 바라보고 있었다. 집에 귤이 많이 있지 않느냐고 하자 정 상무한테 사 주고 싶다고 했다. 나는 얼른 좋다고 했고 아내가 귤을 사서 그에게 갖다 주었다.

우리는 다시 시장 안을 돌았다. 생선도 좀 사고, 미역도 샀다. 호떡 가게에서 호떡 두 개를 사서 먹었는데 이번에는 내가 정 상무에게 갖다 주자고 했다. 아내가 얼른 네 개를 더 사서 정 상무에게 갖다 주었다.

우리는 다시 시장 안을 쏘다녔다. 이번에는 옷가게에서 한참을 보냈다. 옷 구경을 실컷 하고 사지는 않았다. 웬만큼 다녔다 싶자 시장에서 빠져나왔다.

지하철 역사 쪽으로 가다가 한 노점상에서, 커다란 냄비에 익은 옥수수가 듬뿍 쌓여 있는 것을 보았다. 김이 모락모락 피어오르고 있었는데 먹음직스러웠다. 이심전심. 아내가 두 개들이 한 봉지를 샀다. 하나씩 나누어 먹으며 아내가 말했다.

"정 상무가 옥수수 좋아하는데……."

술 마시고 나면 이것저것 먹고 싶은 것이 많다. 어차피 먹을 것이라면 옥수수가 다른 기름진 음식보다 좋을 것이다. 내가 고개를 끄덕이자 아내가 한 봉을 사들고 오던 길을 돌아 다시 그리로 갔다. 혹시 다 끝나서 가지나 않았을까 싶었지만 그들은 그때까지도 자리에 있었다. 정 상무가 뭐든 사 주겠다고 하는 것을 억지로 뿌리치고 왔다며 얼추 비슷하게 되지 않았느냐고 내게 물었다. 나는 얼른 알아듣고, "이때껏 그거 계산하고 사다가 준 거야?"라고 물었다.

"아니 뭐 꼭 그런 건 아니지만 고맙잖아요. 마음 쓰는 것이. 그러니 나도 그만큼 해 주고 싶었던 거지요."

나는 속으로 가만히 계산해 본다.

닭고기 하나 7,000원, 소주 한 병과 무가 5,000원이니 12,000원이다. 그런데 귤 한 바구니 6,000원, 호떡 4,000원, 옥수수 2,000원이니 역시 12,000원이다.

"처음부터 작정하고 사다가 준 것처럼 딱 맞아 떨어지네."

내가 빙그레 웃으며 그렇게 말하자 아내도 따라서 가볍게 웃어 보였다.


## 🌿 아내가 고구마순을 팔다

뭔가를 한 짐 들고 나간 아내가 30분쯤 지나서 짐은 없이 중년의 낯선 여성을 한 명 데리고 들어왔다. 두 사람이 부엌의 식탁으로 가 한동안 이야기의 꽃을 피우는가 싶더니 낯선 여성이 오른손에 부피가 꽤 되는 보따리를 들고 나가며 내게 인사까지 한다. 여인을 보내고 아내가 경쾌하게 말한다.

"다 팔아버렸어. 이제 냉장고가 숨 좀 쉬겠네."

고구마순이 너무 많아 냉장고에 넣을 자리가 없어 그걸 팔러 밖에 나갔는데 사람들이 벌떼처럼 달려들어 순식간에 다 팔아버리고 다른 것은 없냐고 묻는 여자가 있어서 집에까지 데리고 왔던 것이며, 덕분에 너무 많아서 고민이던 쑥 하고 뽕잎까지 팔아치울 수 있었다며 신바람이 나서 말한다. 그러더니 5만 원짜리 한 장을 흔들어 보였다.

나는 벌떡 일어나 아내의 오른팔을 높이 치켜들며 "승, 챔피언!" 하고 소리쳤다. 아내도 "챔피언, 나는 뭐든 할 수 있다!"라고 맞장구치며 깔깔대고 웃었다.

아내가 올해 밭농사를 다시 시작했던 것이다. 손바닥만 한 땅에 순전히 운동 삼아, 취미 삼아 하고 싶다고 몇 번이고 간청해 마지

못해 허락했었다.

부부 사이에 텃밭 일구는 정도의 농사를 놓고 허락을 하니 마니 한다는 것이 의아할 수도 있지만 아내는 무슨 일이건 꼭 내게 묻고 상의하고 흔쾌히 동의해 주기를 바란다.

어지간한 사안이라면 굳이 내 동의 없이 단독으로 결정해도 상관없다 생각하지만 미리 상의해 주는 것이 고맙기도 하다. 특히 농사 건은 내게는 그리 호락호락한 문제가 아니다. 바로 아내의 건강과 직결되기 때문이다.

무릎 관절이 썩 튼튼하지 못한 사람이다. 아직 병원 치료를 본격적으로 받을 정도는 아니지만 칼슘제를 처방받아 복용하고 있다. 더욱이 장모님은 아내 나이에 인공 관절 수술을 받고부터 농사일에 아예 손을 놓으셨다.

농사일이 쪼그려 앉아서 하는 일이 많은데 관절 건강에 아주 나쁘다고 한다. 그런 터에 아내는 농사일을 썩 즐긴다. 한번 시작했다 하면 시간 가는 줄 모르고 일에 빠져 든다.

곁에서 아내를 돕고 싶은 마음이야 굴뚝같지만 내게 사정이 있다. 늘 아픈 눈이 밖에서는 더욱 아픈 것이다. 거기다가 지독한 기립성 저혈압까지 있다. 쪼그리고 앉아 일하다가 언제 앞으로 고꾸라질지 모른다. 앞으로 고꾸라져 얼굴을 다친 경험도 두 번이나 있고, 고꾸라질 뻔한 경험은 수도 없이 많다.

아내가 수년 간 안 하던 농사를 다시 하고 싶다고 했을 때, 나는 오직 아내의 관절이 나빠지지나 않을까 하는 우려와 그토록 하고 싶은 일을 함으로써 얻게 되는 행복감 사이에서만 고민했었다. 수

확물의 처리에 대해서는 예전의 흔쾌하지 않았던 경험에도 불구하고 미처 생각을 못했었다.

수확물의 처리는 그때나 지금이나 역시 골칫거리였다. 농사 시작하고 불과 한 달도 안 된 듯싶었는데 아내는 오후에 밭에 가기만 하면 상추며 가지, 고추, 토마토, 깻잎, 뽕잎, 고구마순 따위 농산물을 거의 매일이다시피 한 보따리씩 가지고 왔다. 이 얘기 저 얘기 아내에게 주워들은 얘기를 종합해 보건대 먼저부터 하고 있던 사람들을 도와주고 얻어오는 것도 꽤 되는 듯했다.

문제는 그놈들을 먹어 치우는 것이다. 상추가 어떻고 깻잎은 어디에 좋고……. 밥상머리에서 쉴 새 없이 홍보를 하는데 안 먹자니 죄짓는 기분이고 먹어 주자니 내가 너무 불쌍하고 불행하게 생각되었다.

또 두 사람이 모두 먹어 치운다는 것이 아예 불가능한 것이기도 하다. 그럼에도 며칠은 아내가 권하는 대로 먹었다. 그러나 일주일을 채 넘기지 못하고 손을 들 수밖에 없었다. 결국 예전처럼 지인들에게 나누어 주어야 하는데 그것이 그리 녹록치 않다.

밭에서 거두어 오는 것만으로 끝나는 일이 아니다. 나누어 주기까지 표 나지 않는 자잘한 일이 많다. 씻고, 다듬고……. 깻잎이며 뽕잎은 며칠씩 널어놓고 말리는데 선풍기까지 동원해야 했다. 그뿐인가, 두 내외가 몇 시간씩 탁자에 앉아 허리를 비비 꼬며 손질해야 하는 경우가 허다하다. 그런 다음 전화해서 허락받고 택배비까지 물고 보내 주게 된다.

문제는 보낸 이후다. 딱히 명시적인 대가를 바란 것은 아니겠지만 그래도 마음 한 구석에 뭔가를 기대하는 것은 인지상정일 터, 그 부분에서 늘 제동이 걸렸다. 남에게 베푼 것은 물 위에 새기고, 받은 것은 가슴 속에 깊게 새겨 넣어 두라는 말이 전한다. 그런 말이 사람들 입에 오르내린다는 것은 역설적으로 사람들이 그렇게 못하고 있다는 의미일 것이다. 또한 원수는 은혜로부터 나온다는 말이 있다. 농사를 시작한 첫 해에 아내가 열심히 주위의 지인들을 챙길 때 내가 탐탁해 하지 않았던 것은 바로 그 이유 때문이었다.

실망하고 비방하면서도 몇 해는 나누는 일을 계속했지만 어느해인가 마음을 모질게 먹는 듯했다. 그 좋아하는 농사일을 그만둔 것이다. 저간의 사정이 그러했던 것이다. 그런데 망각의 동물답게 예전의 일을 까맣게 잊고 다시 시작했던 것이며 난제에 맞닥뜨리게 되자 아내가 멋지게 해결책을 찾은 것이다.

오만 원짜리 한 장을 흔들어 대며 아내는 더없이 행복하다. 오만 원이라는 돈의 가치보다 보관할 곳이 없는 것을 치워버렸다는 것에 더 의미가 있을 것이다. 나도 같은 생각이지만 내게는 하나가 더 있다. 아내가 흡족해 하는 것이 무엇보다 기쁘다. 그러면서도 마음 한 구석에 소리 없이 스며드는 생각을 지울 수 없다.

'불과 오만 원이다. 올 농사 다 팔아도 수십 만 원을 넘지 못할 것이다. 우리 가정에 크게 의미 있는 액수가 아니다. 그것을 지인들에게 예전처럼 나누어 주었다면 설령 가시적으로는 그에 상응하는 대가가 없었다 해도 그 이면에서 소리 없이 피어나는 고마움의 감정, 따스한 기운의 가치가 몇 배, 아니 수십 배는 되지 않았을까?'

# 🌿 아내의 얼굴에 광채가

언젠가 아내를 따라 ××시장에 갔다가 우연히 닭튀김을 먹었는데 의외로 맛이 있었다. 그날 이후 가끔 그곳을 찾는다. 나도 나지만 아내 때문이기도 하다. 회를 좋아할 뿐 육식을 거의 안 하는 것으로 알고 있었는데 의외로 닭튀김을 잘 먹었던 것이다.

어제 다시 아내와 그곳에 갔다. 역시 손님이 바글바글했다. 재래시장 안의 가게라 그런지 젊은이들은 거의 없고 대부분 나이가 지긋한 사람들뿐이었다. 아내는 홍일점이었다. 그날따라 붉은색 원피스 차림이었고, 가게 안의 더운 공기, 두어 잔의 소주에 두 눈 주위가 발갛게 달아올라 있었다.

모처럼의 부부 동반 외출에 아내는 한껏 기분이 고조되어 있었다. 쉬지 않고 말했고 깔깔깔 웃어댔다. 어느 순간 나는 아내의 얼굴 주위에서 광채가 피어나는 느낌을 받았다.

"와, 왜 이렇게 오늘 이쁘실까. 당신 얼굴 주변에서 광채가 떠다니는 것 같아."

솔직한 내 감상에 아내는 더욱 요염하게 깔깔깔 웃었다.

"잘 봐 주셔서 고맙습니다. 우리 서방님."

환갑, 진갑 다 지난 마누라한테 무슨 광채씩이나……. 이거야말로 닭살? 그런 생각이 살짝 스쳐갔지만 내게는 진실이라는 강력한 응원군이 있는 것이다. 그날 저녁, 아들에게까지 나는 기어이 그 이야기를 하고 말았다. 아내는 부끄러운 척했지만 행복한 표정을 짓고 있었다.

# 화 장

-시바타 도요

아들이 초등학생 때

너희 엄마

참 예쁘시다

친구가 말했다고

기쁜 듯

얘기한 적이 있어

그 후로 정성껏

아흔일곱 지금도

화장을 하지

누군가에게

칭찬받고 싶어서


## 🌿 아내가 토라지다

아내가 건강보조식품을 내보이더니 건강 관련의 온갖 지식을 다 동원해서 홍보에 열을 올린다. 나는 흥미도 관심도 없다. 그저 한숨만 나온다. 크기가 아기 분유통만 한 것으로 보아 아침저녁으로 한 숟갈씩 떠먹어도 두어 달은 족히 걸릴 것 같다. 워낙 남에게 뭐든 잘 주는 사람이라 누군가에게 선물로 받은 모양이다. 아내로서도 어쩔 수 없었을 것이다. 문제는 내가 이미 포화 상태라는 점이다.

나는 천마가루와 누에환을 먹고 있다. 들기름도 매일 한 숟가락씩 마신다. 거기에 비타민제까지. 밥 세 끼 말고 이만큼 따로 챙겨 먹는다는 것이 그리 호락호락하지 않다.

그런데 이제 또 건강보조식품까지 먹게 된 것이다. 내가 선뜻 응낙하지 못하자 아내는 더욱 혼신의 힘을 쏟아 나를 설득했다. 결국 빠져나갈 구멍이 없음을 알아채고 받아들이기로 마음을 정했지만 뭔가 석연치 않다.

나는 수차례에 걸쳐 먹을 듯 말 듯 아내의 속을 태운다. 끝내 아내는 토라져서 팩 하고 돌아선다. 순간 정신이 번쩍 들었다. 남을 설득한다는 것이 얼마나 어려운 일인가. 그것을 두 번, 세 번 반복하게 했다. 그것도 순전히 아내를 골려 줄 속셈으로. 나는 미안한 마음에 장난이었다며 먹을 의향을 분명히 보였지만 아내는 화를 풀지 않았다.

심리학에서 말하는 '도덕적 허가' 현상에 걸려들었던 것이 아니었을까 생각해 본다. '도덕적 허가' 현상이란, 친숙한 사이의 관계에서 한쪽 사람이 그 친숙함을 빌미로 멋대로 상황을 재단해서 언행을 주도하는 것이다. 그 과정에서 상대방은 큰 상처를 입는 경우가 많다. 허물없이 지내는 사이에 앙금이 켜켜이 쌓여 있는 경우를 흔히 보게 되는데, 바로 도덕적 허가 현상에 기인하는 것이다.

'가까운 사람일수록 예의를 다 하라.'

아마 이러한 불미스런 경우를 상정해서 하는 말인 듯하지만, 거듭되는 일상에서 무심코 지내다 보면 본의 아니게 우를 범한다.

일상에서 이와 유사한 사례는 참으로 많다. 그것은 지루한 일상에 윤활유의 역할을 하기도 하지만 자칫 경계를 넘어 상대를 불쾌하게 하는 것이다.

나는 새삼스레 마음에 다짐한다.

'앞으로 결코 오늘과 같은 장난은 하지 않으리라.'

'평소 아내가 늘 말하던 무조건 아내 편들기 청마저 들어줄 것이다.'

'아내의 어떠한 말에도 일단 긍정의 신호를 보낼 것이다.'

'무언가를 물을 때 또는 물어올 때 처음 대하는 사람에게 하듯이 예절을 다하자.'

내 진실한 참회가 통한 것인지 아니면 아내가 워낙 아쉬워서인지 이내 만회할 기회가 찾아왔다. 아내가 스마트폰이 이상하다며 나를 불러준다. 나는 전과 다르게 최대한 다정하게, 자상하게 원리를 설명해 주며 스마트폰을 작동시켜 준다. 아내의 기분이 완전히 회복된다.


## 🌿 아내의 젊음이여

거리에서 또는 음식점이나 마트에서 사랑의 결실인 어린 아이를 사이에 두고 모처럼의 동반 외출이 즐거운 듯 도란도란 행복에 겨워하는 젊은 커플을 종종 보게 된다.

'참으로 보기 좋구나. 부럽구나.'

그렇게 중얼거리며 나도 모르는 사이에 슬그머니 내 젊은 시절로 돌아간다. 지금은 성인이 되어 덩치가 산만 하지만 어린 시절

엔 어느 집 어린이 못지않게 귀여웠던 아들, 상큼하기 그지없던 아
내……. 아마 그 당시 나이 지긋한 어르신들은 우리를 부러움 가득
한 시선으로 바라보았으리라. 내 지금의 심정으로.

그러나 이면을 파고들면 거리에서 세인들에게 비친 꽃처럼 아름
답던 모습은 어디에도 없었다. 당시 나는 먹고사는 문제, 재산 형
성, 사람들과의 관계, 갈등 따위로 늘 시달렸던 것 같다. 그것이 내
일상이고 삶의 전부였다.

이제 생애의 저물녘에 조용히 지난 세월을 돌아본다. 가장 아쉽
고 미련이 남는 것은 아내의 젊음이다. 일상의 고단함에 떠밀려 그
고품격의 가치를 헐값에 세월의 강물에 흘려보내 버렸던 것이다.

다시 그 시절로 돌아가게 된다면 이렇게 하리라 다짐한다.

예쁘게 치장한 아내가 내 앞에서 다양한 포즈를 번갈아 가며 취
하게 하고 싶다. 귀엽게, 새침하게, 우아하게, 요염하게…….

나는 신이 내린 예술 작품이라도 감상하듯 아내의 아름다운 모
습을 욕심껏 즐길 것이다.

나는 한껏 찬미할 것이다. 화사하게 빛나는 가늘고 긴 목을, 부
끄러워 수줍은 듯 선보이는 신비의 계곡을, 볼록하게 도드라진 두
개의 젖무덤을, 활력과 관능이 넘쳐나는 허벅지살의 탄력을.

나는 아쉬움에 탄식할 것이다. 시간이여, 멈추어 다오. 젊음이
여, 싱그러움이여, 내 곁에 오래 머물러 다오. 오, 세월의 속절없음
이여!

어찌 사소한 문제로 아내를 힐난하고, 소리치며 성내고 마침내는
울리고야 마는 바보 같은 짓거리를 할 수 있으랴.

# 🌿 세상을 헛살지 않았다고요?

TV 토크쇼. 부부 간에 신장을 떼어 주는 문제를 소재로 여러 말들이 오가고 있다.

"어떻게…… 사모님께 떼어줄 수 있겠습니까?"

베테랑 기자 출신 진행자가 검사 전력의 변호사 쪽을 향해 질문을 던졌지만, 딱히 그를 꼭 집어서 묻는 것은 아닌 듯했다. 50대 후반답지 않게 동안인 변호사는 입술만 움찔움찔할 뿐 선뜻 입을 열지 못한다. 전직 장관, 교수, 작가, 전직 국회의원 등 쟁쟁한 출연진들이건만 누구 하나 명쾌한 답을 내놓지 못하고 서로의 눈치만을 살피고 있다. 그런 가운데서도 입안엣소리로 슬쩍슬쩍 한마디씩 던지는데 대체로 공여에 부정적인 말들이다. 거기에 힘을 얻은 탓일까? 마침내 변호사는 용기를 내서 말한다.

"쉽지 않을 것 같아요."

그렇게 말은 했지만 뭔가 좀 어색한 표정을 지어 보인다. 좌중에 가벼운 웃음이 번진다.

"그럼, 쉽지 않지. 내 목숨까지 위험할 수 있는 건데……."

이런 유의 말들을 조심스레 한마디씩 던진다.

나는 순간 생소한 느낌이 들었다. 대부분 공여를 당연시할 것으로 생각하고 있었던 것이다. 딱히 현실에 당면해서 수술과 죽음에 대한 본능적 두려움으로 혹 공여를 망설이는 것은 인간으로서 불가항력적인 영역이니 도리가 없을 것이다. 그렇지만 아직 일어나지 않았고 그 개연성이 희박한 현시점에서조차 거부 의사를 보인다는 것이 나로서는 얼핏 이해가 되지 않았던 것이다.

출연자 대부분이 50대 중후반이다. 30년 가까운 세월을 온갖 풍상 다 함께 겪으며 부부의 정을 쌓아 온 사람들이다.

그런 터에 아내가 고통받고 신음하며 죽어 가는데 두 개 있는 것 중에서 하나 떼어 주는 것조차 거절한다면 대체 그들은 세상을 어떻게 살아왔단 말인가!

불운을 만나 삶이 궁지에 몰렸다가 지인들의 도움을 받아 재기한 사람들을 가끔 본다. 그들이 한결같이 하는 말이 있다

'아, 내가 인생을 헛살지 않았구나.'

어려울 때 선뜻 도움을 베풀어 주는 지인이 있다는 것은 결코 가볍지 않은 가치일 것이다. 그럼에도 나는 그들에게 묻고 싶다.

'아내를 위해 신장을 떼어 줄 수 있습니까?'

그리고 나는 자신 있게 말할 수 있다.

'아내를 위해 또는 공의를 위해 내 귀중한 목숨마저도 내놓을 수 있는 마음을 지닌 사람이어야, 정신이 그런 경지에 도달한 사람이라야 비로소 헛살지 않았다 말할 수 있습니다'라고.

## 🍃 아내의 종아리 근육

저녁나절 소파에 비스듬히 누워서 TV를 보고 있는데 아내가 다가와 까치발로 서며 종아리를 보인다.

"나 종아리 좀 봐요. 알통 생겼어요."

힐끔 보았지만 잘 모르겠다. 그러나 귀찮게 할 것 같아서 한마디 해 준다.

"조금 생긴 거 같네."

그 정도로는 성에 차지 않는 모양이다.

"만져 보란 말이에요. 얼마나 딴딴해졌는지."

그 가느다란 종아리에 근육이 붙었으면 얼마나 붙었겠으며 딴딴해졌다 한들 얼마나 대단할까 싶지만 아내의 마음은 그렇지가 않은 모양이다.

"여자들은 종아리에 근육 생기는 거 안 좋아하지 않나?"

"난 알통 생기는 게 좋단 말이야. 건강해지는 것 같으니까. 그러니까 빨리 만져보란 말이에요."

이쯤 되면 도리가 없다. 나는 소파에서 몸을 일으켜 아내의 종아리를 찔러 본다. 별것도 아니다. 그러나 나는 수선스레 말한다.

"와아, 딴딴한데, 축구선수 같아!"

장난기 섞인 찬사지만 아내는 그래도 흡족한 모양이다.

"그럼, 그렇게 말해 줘야지. 그래야 내가 기분이 좋지."

아내가 비로소 자리를 비켜 준다.


## 🍃 그 정도야 뭐

아랫집에서 천장에 물이 샌다고 연락이 왔다. 아내가 잘 아는 동네 설비업자를 불렀는데 다짜고짜 아랫집 천장부터 뜯어야 한다고 했다. 문득 이게 아닌데 싶었다.

우선 인상이며 태도에서 일을 마구잡이로 하는 사람이라는 느낌이 들었다. 주워들은 것이 있어서 누수탐지기가 있느냐고 물었다. 없었다. 그렇다면 만일에 누수가 엉뚱한 곳에서 시작되고 있는 것이라면 공연히 일을 크게 벌이는 것이 아니냐고 따져 묻자 그럴 리가 있겠느냐며 혹 꼭 그 지점이 아니라 해도 그 근방이 아니겠느냐고 말하는데 그럴 개연성이 많다 여겨지면서도 도무지 그의 말에 신뢰가 가지 않았다.

적당히 구실을 붙여 그를 돌려보내고 인터넷에서 누수 전문 업체를 찾아서 불렀다. 발원은 엉뚱하게도 우리 집이 아니라 우리 위층 부엌께의 하수관이었다. 누수 지점을 찾는 과정에서 우리 집 부엌까지 파헤쳐졌다.

헛돈 쓰게 생겼다. 아내의 말마따나 굳이 경우를 따지자면 윗집에 비용 중 일정액을 부담하게 할 수도 있겠지만, 논쟁의 여지가 있는 사안이고 무엇보다 그 집인들 무슨 잘못인가 싶었다.

아내도 쉽게 물러서 주었다. 그 대신 파헤친 김에 우리도 하수관을 교체하기로 했다. 다른 집이 누수가 된 지점이라면 우리 역시 그럴 수 있지 싶었기 때문이다.

그러나저러나 아랫집 천장을 뜯지 않은 것이 정말로 다행스런 일이었다. 나는 그것만이 고맙게 생각되었다. 그래도 남아있는 찜찜한 기분을 나는 아들로 푼다.

'아들 녀석이 한 달만 쉬면 300만 원이다.'

지금은 전에 비해 많이 좋아졌지만 불과 얼마 전까지만 해도 빽

하면 다니던 직장을 그만두곤 하였다. 그리고 면역이 되어서 그랬 겠지만 언젠가부터는 녀석이 사직서를 내든 말든 그다지 신경을 쓰 지 않았던 것이다. 하물며 고작 기십만 원 정도에 뭘 그리 마음을 쓰랴.

## 🌿 아내가 부럽다

아내가 식탁에 앉아 조금 전 슈퍼에서 배달해 온 콩 값을 계산 하느라 열심히 계산기를 두드리고 있다. 셈에 좀 약한 편이어서 내 보기에 별것도 아닌 걸 가지고 참으로 오래도록 낑낑댄다 싶기도 하지만 반드시 그런 것만도 아니지 싶다.

아내는 지금 즐기고 있는 것이다.

평소에는 비싸서 사기가 꺼려졌던 검정콩을 거의 절반 값에 10kg 이나 사들일 수 있었던 행운을, 평상시의 콩 값과 견주어 가며 계 산하고 또 계산해 봄으로써 행복을 만끽하고 있는 것이다.

그런 아내의 모습을 보면서 나는 아내가 부럽고 한편 그런 사람 이 늘 내 곁에 있다는 사실에 나도 덩달아 행복감에 젖어 든다.

아내의 일상이라야 주부의 일이 늘 그렇듯 단조롭고 반복적인 일이다. 즐거워 행복하기보다는 지치고 힘에 겨워 짜증스럽기가 십 상일 것이다.

더욱이 삶의 석양 무렵, 온몸이 수시로 결리고 쑤시는 아내의 입 장에서야 오죽할까 싶다. 아내는 그러나 전혀 그런 기색이 없다. 아주 사소한 일에도 최선을 다하고 즐거워한다.

아내는 바느질을 잘하는데 그런 탓에 장롱 속에 오래 방치되었던 옷을 꺼내 수선하기를 좋아한다. 기장을 줄이기도, 팔을 잘라내기도 한다. 그런데 특기할 것은 그 일에 임하는 아내의 자세다. 혼신의 힘을 다 쏟는 것은 물론이고 무한한 즐거움과 행복 속에 파묻혀 있다는 점이다. 지인 중 누군가가 아파트와 주식으로 대박이 났건, 어느 유명 스타가 금년에 천문학적인 돈을 벌었건 오불관언이다.

'나는 나의 길을 가련다. 내가 가는 길이 비록 잡풀 우거진 초라한 길일지라도 내게는 최상의 길이다.'

마치 그렇게 말하는 듯하다. 아니, 그런 생각 자체를 하지 않는 듯싶다. 한껏 아름다운 소리로 지지배배 노래하는 숲속의 예쁜 새들처럼.

나도 아내처럼 그런 마음이고 싶다. 나름에는 많이 익었다 자부하지만 아직 멀었다. 지금도 보이고 들리는 것이 그리 쉽게 소화되지 않는다. 걸리고 부대끼고 생채기가 난다. 세상의 모든 것에 초연한 듯한 아내가 너무 부럽다.

돈이 다 무슨 소용인가. 사람이 아침에 일어나고, 밤에 잠자리에 들며, 그 사이에 하고 싶은 일을 한다면 그 사람은 성공한 것이다.
　　　　　　　　　　　　　　　　　　　　　　　　　　　　－밥 딜런

# 🌿 아내에게 보호본능을 느끼다

아침 식사 시간에 아내가 아들에게 봉급날이 다 되지 않았느냐고 묻는다. 나는 아들에게 돈과 관련한 이야기를 전혀 하지 않는다. 장가들기 전까지 한푼이라도 더 모아서 미래에 대비했으면 하는 생각뿐이다. 아내의 생각은 나와 좀 다르다. 돈 버는데 왜 공짜로 부모 신세를 지느냐는 것이다.

나의 주장에 대해서는 부모한테 얼마간 용돈 준다 해서 돈을 못 모을 녀석이라면 어차피 저축은 못 할 것이라고 항변한다. 우리 부부 사이가 한쪽 생각을 무조건 강요하는 단계는 지난 지 이미 오래고 또 아내 생각도 일리가 있다. 그런 까닭에 그 사안에 관한 한 굳이 아내에게 하라, 하지 마라 소리를 하지 않아온 터이다. 다만 내 앞에서까지 아들에게 돈 얘기를 꺼내는 것만은 용납하지 않았다.

그런데 오늘 뜻밖의 드라마가 펼쳐진다. 아들이 봉급 받는 날을 말하자 아내는 슬며시 돈 이야기를 할 태세다. 내 눈치가 심상치 않음을 감지한 아내가 대뜸 공격 모드로 전환한다.

"아들한테 돈 받아서 내가 쓰는 거 아니잖아요? 다 당신 줄 거예요."

늘 느끼는 것이지만 아내는 뒤통수치는 데 일가견이 있다. 나는 어이없어 웃음을 터뜨린다.

"돈 주면 좋아하고, 돈 안 주면 돈 또 안 주나 해서 졸졸 따라다니면서……."

아들이 시조라도 낭송하듯 읊어댄다. 아들의 얼굴 표정에 개구쟁이 같은 웃음이 돈다.

"엄마가 그렇게 아버지 핑계대면서 돈을 달래는구나!"

아들이 빙그레 웃는다.

"와. 이 정도면 예술이다, 예술……."

나는 크게 소리 내 웃으며 자리에서 벌떡 일어나 아내의 한 팔을 번쩍 치켜 올린다. 아내는 아들 녀석이 너무 솔직하게 고해바치자 조금 당황한 표정이다가 내가 아무렇지도 않다는 듯 호탕한 웃음을 보이자 안도하는 듯하다. 솔직히 나 자신도 이 시점에서 마구 웃어댈 수 있다는 것이 의아하고 대견스럽기까지 하다.

실상 아내가 아들에게 한 말은 사실과는 거리가 멀다. 그 가운데서도 졸졸 따라다니며 돈을 달라고 했다는 말은 진실과는 정반대여서 아내가 오히려 나를 졸졸 쫓아다니며 돈을 받아 달라 애걸하곤 했었다.

다분히 장난기 섞인 사랑놀이 같은 것이었는데 말하자면 이런 식이다. 우리 부부는 사랑의 표시를 돈으로 하려는 경향이 있다. 아내가 좀 더 강하다. 돈이라야 일, 이만 원, 많아야 오만 원인 경우가 대부분이지만 액수는 문제가 되지 않는다. 주는 기분, 받는 기분이 더 중요하기 때문이다.

가끔 아내는 돈을 건네면서 생색을 낼 때가 있다. 그 소리가 썩 기분이 좋은 것은 아니지만 그렇다고 기분을 상할 정도도 아니다. 그럼에도 나는 화난 척하며 돈 받기를 거절한다.

아내는 이제 사과는 말할 것도 없고 별의별 애교를 다 떤다. 나는 그것이 재미나서 자리를 피하면서까지 거부하고 아내는 졸졸 따라다니며 기어이 돈을 받게 하고야 마는 것이다.

내가 돈 주면 좋아한다고 한 것도 그리 합당한 말이 아니다. 나는 돈쓸 일이 거의 없다. 술도 여자도 관심 밖이다. 허구한 날 도서관에 가서 책보는 것이 일인데 무슨 돈이 필요할까. 아내가 주는 돈 잘 보관해 두었다가 이삼 일 지난 다음 도로 돌려주거나 아니면 시장에서 장봐다 주는 것이 전부다. 아내도 아들도 너무나 잘 아는 사실이다.

아마 내가 소리 높여 웃었던 것은 명백한 진실을 외면한 채 아주 터무니없는 거짓말을 아무 거리낌 없이 진실인 양 말할 수 있는 아내의 심리 구조에 대해 기이함을 넘어 경이와 신비스러움까지 느꼈기 때문이었다.

"그런 터무니없는 말이 어떻게 가능했을까?"

나는 아내의 얼굴을 바라보다가 신기한 느낌에 이마와 머리를 꾹꾹 눌러본다. 꼭 갓난아기 머리를 만지는 것 같다. 세게 누르면 쑤욱 들어갈 것 같은 느낌이 든다. 불현듯 아내에 대한 강렬한 보호 본능이 인다.

'이토록 가녀린 사람을 상대로 사랑해 주는 것 말고 다른 무엇을 할 수 있을까.'

그런 가운데 다른 한편에서는 어쩌면 아내의 그 말이 아내 입장에서는 나름의 이유가 있을 수도 있다는 생각이 가슴 속을 파고든다. 아내는 이렇게 생각했을 것이다.

'세상에 돈을 마다할 사람은 없다. 고로 남편도 돈을 좋아한다. 돈을 받으면 행복할 것이다. 남편이 행복해 하는 모습을 보는 것이

내 유일한 낙이다. 고로 나는 남편에게 돈을 주기 위해 가능한 범위 내에서 최선을 다할 뿐이다.'

나는 장난기도 조롱기도 거둔다.

"우리 마누라, 나한테 한 푼이라도 더 주고 싶어서 애쓰는 거 너무 고마워. 하지만 나 때문에 당신이 힘든 거 싫은데 어쩌지?"

"나 하나도 힘 안 들어요. 오히려 재미있어요."

"그렇다면 오케이 땡큐 베리 마치!"


## 🌿 온종일 성내는 사람

아침에 화장실에 앉아서 신문을 보고 있는데 부엌에서 식사 준비하던 아내가 똑똑 노크를 하고는 살그머니 문을 연다. 그래놓고 무슨 말인가를 꺼내는가 싶더니 웃기부터 한다. 웃음 중에도 계속해서 뭔가 말은 하는데 말 반, 웃음 반이라 무슨 말인지 통 알아들을 수가 없다.

나는 나대로 '알아듣게 이야기를 하고 나서 같이 웃어야지, 혼자만 그렇게 웃기부터 하는 법이 어디 있느냐'라고 이야기하려는데, 봇물처럼 터져 나오려는 웃음을 애써 억제하는 과정에서 코에서부터 비집고 나오는 아내 특유의 그 웃는 모습이 우스워서 나 역시 말 반 웃음 반일 수밖에 없었고 따라서 제대로 의사소통이 안 되는 상태에서 둘은 서로 마주보며 한동안을 그렇게 배꼽을 잡고 웃었다.

웃음이 어느 정도 진정되자 비로소 아내가 또박또박 말한다. 방금 라디오에서 들은 이야기인데 '성을 내는 사람은 잘 관찰해 보면 늘 성이 나 있는 상태'라고 하더라는 것이었다. 한순간 아내가 지금 떠올리고 있을 친정 아저씨, 깡마른 체구에 언제나 잔뜩 찌푸린 얼굴로 '씨팔, 씨팔'을 입에 달고 살던 분, 그러나 조카딸인 아내에게만은 유독 다정했던 그분의 모습이 번개처럼 눈앞을 스쳐가자 벼락치듯 웃음이 터져 나왔고 아내 또한 마구 웃어댔다.


## 🌿 청첩장

아직도 청첩장이 가끔 날아든다. 새카만 후배거나 또는 젊은 시절 아주 구차했던 친구였는데 자식이 사회적으로 이미 안정권에 들어서서 보란 듯 성대하게 잔치를 치르거나 할 때 마음이 한동안 울적하다.

하나뿐인 아들인데 학창 시절 공부를 잘 못해 사회적 기반이 서른이 넘도록 신통치 못한 것도 속이 상하고, 그럴 양이면 연애라도 잘하면 좋으련만 그렇지 못한 것도 안쓰럽고 언짢다. 어쩌겠는가. 그냥저냥 시간이 지나면 아픔도 웬만해지지만 기다렸다는 듯이 또 날아든다.

어제 오후에 처남이 전화를 걸어 왔다. 나와는 띠동갑이다. 조카 녀석 혼사 날짜를 잡았단다. 우리는 한동안 말을 잃고 있었다. 집 안 공기가 무겁다. 문득 이러다 안 되지 싶었다.

"난 이렇게 생각해. 이 세상으로 건너올 때 누구나 몇 개의 운명 판을 보고 그 중에서 자기가 가장 마음에 드는 것을 고른 거라고. 내 경우는 자식이 서른도 되기 전에 아주 예쁘고 참한 색시 만나는 게 있었지. 다른 것도 그런대로 괜찮았어. 예를 들어 내 초년 운도 좋았고 재물운도 그만하면 되었다 싶고. 그런데……."

잠시 뜸을 들인다.

"……옆에 있는 판을 살짝 보니까 웬 아가씨가 슬며시 웃고 있는데, 아, 정말 이쁘더라. 그래서 얼른 '이거 하겠소.' 그랬더니 심사석 영감이, '그 대신 자식은 하나뿐이고 그 자식이 장가도 좀 늦을 것이다. 그래도 좋은고?' 그래서 '아이가 장가를 못 가거나 하는 건 아니죠?' 했더니 '아니다. 좀 늦을 뿐 그럴 일은 없느니라.' 그러더라고, '제 아내가 될 아름다운 이 아가씨가 마음씨는 어떤가요?' 하고 물었더니 '그 착하고 남편을 섬기는 심성이 하늘에 닿을 것이니라.' 그래서 얼른 '좋습니다.' 한 거지……."

"그 아가씨가 누구? 나?"

"당연하지."

말도 안 되는 소리지만 그래도 우리는 어느 새 활짝 개어 있었다.

## 🌿 플라스틱 물병

"이 플라스틱 물병 당신이 닦았어요?"

잠자리에서 깨어나 물을 마시기 위해 부엌의 정수기 쪽으로 가자 아내가 생글대며 말한다.

"무엇으로 닦았기에 이렇게 깨끗할까. 퐁퐁 넣고 흔들었어요? 어떻게 이거 닦을 생각까지 다하셨지? 별일이네."

아내는 내게 감동한 듯한 표정이다. 그러나 정작으로 놀라고 감동한 것은 나다. 그렇게 대번에 알아챌 것을 생각도 못했기 때문이다.

사연은 이렇다. 아침에 식사한 다음에 마셔야 하는 것이 많다. 녹차, 뽕잎차, 천마차, 구기자차, 거기다 숭늉까지. 그뿐인가. 혈압약을 먹는데, 이것은 또 생수를 살짝 데워 마신다.

짧은 시간에 다 마시기가 벅차서 언젠가부터 뽕잎차는 플라스틱병에 넣어 가지고 다녔다. 그런데 하루는, 그런 경우 병 속을 자주 닦아주어야 한다는 말을 SNS를 통해서 우연히 들었고 모처럼 큰마음 먹고 한번 닦아보았던 것이다.

아내가 바로 그것을 알아챌 것이라고는 전혀 생각지 않고 있었다. 그도 그럴 것이 눈으로만 봐서는 표가 나지 않는다. 손가락을 물통 속으로 넣어서 감촉을 느껴봐야 알 수 있다. 나는 그것이 놀라웠던 것이다. 아내가 바로 알았다는 것은 아내가 닦으려 했다는 것이고, 또 늘 닦고 있었다는 것이 아닌가.

하기야 새삼스러울 것도 없다. 집안일에 관한 한 도저히 아내를 따라잡을 수 없다. 나는 전혀 생각조차 못했던 일들이 아내에게는 일상사인 경우가 허다하다. 세숫대야 닦기, 변기 속 구석구석 씻어내기, 욕실 바닥 청소하기, 이불 털어 넣어 말리기 등 이루 다 말할 수 없을 만큼 많은 일들을 나는 그런 일이 있는지조차 모르고 살아가고 있고 아내는 아무 불평 없이 해내고 있는 것이다.

문득 스쳐가는 생각이 있다. 소크라테스가 아내인 크산티페에게 온갖 구박을 당하고도 불평 한마디 하지 못했던 것이 바로 그러한 이유 때문이나 아니었을까?


## 🍃 마스크

아내에게 오늘 마스크를 지적받았다. 지적받고 나서 살펴보니 마스크의 앞면과 뒷면이 달랐다. 마스크를 아내가 쓰기 좋게 살짝 손질해 놓았던 것이다.

"난 이제껏 그런 거 전혀 신경 쓰지 않았는데……."

아내는 놀라는 나를 어이없다는 듯 바라보면서,

"이 일을 어쩔꼬. 마스크 하는 것까지 일일이 다 가르쳐 줘야 하니!"

아내의 표정은 그러나 흐뭇하기 그지없다.

일상이라는 것, 이른바 먹고, 입고, 잠자고, 씻고, 청소하는 일들이 참으로 만만치 않다. 지적당할 것이 끝도 없다. 그 지적이 대체로 일리가 있다. 고개가 절로 숙여질 때가 많다. 평생을 맞벌이 부부로 살아왔는데, 아내는 대체 그 많은 것들을 언제 다 배우고 익혔는지 의문이다.

한편 다행스럽다 싶기도 하다. 어차피 아내는 일정량의 잔소리는 반드시 해야 하는 사람이고, 나는 또 그에 걸맞게 잔소리 거리를 제공해 줄 수 있으니 천생연분이 따로 없다.

만에 하나 반대가 되어 내가 잔소리를 하는 입장이 되면 문제는 심각해진다. 아무리 합당한 잔소리도 아내는 쉽게 소화해내지 못한다. 언젠가 퇴계 선생의 일화를 들었다. 집안일을 가지고 끊임없이 아내에게 잔소리를 했다고 한다. 그 가정이 행복했을까 의문이 든다. 적어도 집안일에 관한 한 잔소리는 여자가 독점해야 한다.

장담하건대 아내들은 사소한 일상사에서 결코 남편이 자신보다 더 나은 사람이기를 바라지 않는다. 늘 좀 어리숙하고 부족해서 옆에서 일일이 간섭하고 챙겨주면서 잔소리도 슬쩍 할 수 있는 상황을 가장 즐긴다.


## 🌿 나 창피해!

아내가 TV를 보다가 느닷없이 생글대며 농담을 건다. 아들이 지방 출장 가서 당분간 둘이만 지내야 하므로 자기가 같이 놀아줘야 한다며 앞으로 계속 이렇게 옆에 있어 줘야 할 텐데 걱정이란다. 응대할 것이 많았는데 내가 선택한 것은,

"나 창피하단 말야!"

장난스럽게 소리치며 웃어넘기는 것이었다.

"나 무안하단 말야. 당신 미워, 나 창피해. 아리송한 것은 내게 묻지 마. 그렇게 얘기하는 것도 싫어. 무조건 내 편 들란 말야!"

수십 년 함께 살아오면서 아내가 입버릇처럼 내게 한 말들인데 요즘 들어 내가 요긴하게 써먹고 있다.

## 🍃 동내의를 입어 주다

금년 들어 제일 추운 날씨. 아침에 거실 소파에 앉아서 신문을 보고 있는데 아내가 동내의와 따끈한 숭늉을 건넨다. 나는 숭늉을 받아 마시며 오른 발을 허공으로 뻗는다. 아내가 동내의 입은 것을 확인하고 얼굴이 환해진다. 죽어라고 안 입던 동내의를 입어준 것이다.

"아이구, 말도 잘 듣고, 착하기도 하셔라."

나는 짐짓 헛기침을 하며 개선장군이라도 된 듯 어깨를 으쓱인다.


## 🍃 거실 미닫이문

베란다로 통하는 거실 미닫이 통유리 문이 온전히 닫히지 않는다. 아무리 여러 번 밀어도 문과 틀 사이에 틈새가 난다. 1cm 정도지만 워낙이 추운 날씨라 작은 틈새에서 황소바람이 치는 듯하다. 아내와 둘이서 번갈아가며 닫아보았지만 끝내 되지 않았다. 다음 날 사람을 부르기로 마음먹었다.

새벽녘 잠결에 갈증을 느껴 거실에 나왔다가 문께로 가본다. 커튼이 쳐져 있었는데도 냉기가 확 끼쳐온다. 커튼 위로 문을 다시 닫아본다. 그런데 이게 웬일인가! 서너 번 만에 문이 온전히 닫힌다. 확실히 해두기 위해 열었다 다시 닫을까 생각했지만 또 안 닫힐 수 있고 실랑이가 길어지다 보면 자칫 잠이 달아날 수 있어서 그대로 방으로 들어가 잠자리에 든다.

아침에 잠에서 깨어나자마자 거실 문으로 가며 아내를 부른다. 일단 온전히 닫힌 문을 아내에게 확인시켜 찬사를 이끌어낸 다음 문을 열고 다시 닫아본다. 몇 차례 만에 문이 온전히 닫힌다. 아내가 환호한다. 환호의 끝자락에 아내가 말한다.

"커튼 위로 하니까 닫히는 것으로 봐서 아마 공기의 영향인 것 같아요. 찬 공기와 더운 공기가 서로 밀어내는 과정에서……."

나는 그쪽으로는 중학생 정도의 상식도 없지만 공기의 저항 어쩌구 하는 소리는 많이 들었기에 아내의 말이 아주 그럴듯하게 느껴졌다. 기분도 좋겠다, 아내의 생각도 대견하겠다 싶자 나는 서슴없이 아내에게 찬사를 쏟아낸다.

"와, 당신 천잰가 봐. 뉴턴 같아. 하기야 당신 평소 때도 보면 기발한 생각을 많이 하더라. 최고, 우리 마누라 최고!"

아내가 즐거운 표정, 음악 같은 목소리로 말한다.

"……내가 좀 그런 면이 있는 것 같아요. 얼마 전에 썩 마음이 끌리지 않는 데를 가야 했는데 마침 차창 밖으로 예쁜 꽃들이 흐드러지게 피어 있었어요. 나는 이때다 싶어서 '××님 덕분에 이렇게 멋진 꽃 경치도 다 구경하네요.' 했더니 내게 말을 참 예쁘게 한다면서 아주 좋아하더라고요."

순간, 맥락이 좀 다른 얘기 같은데…… 하는 의문이 재빨리 머릿속을 스쳐갔지만 이내 좀 더 쿨 한 생각이 찾아들며 의문을 밀어낸다. 아무려면 어떤가. 지금 아내는 그 어느 때보다 신나고 행복하다. 그보다 더한 가치가 어디 있겠는가.

# 🍃 갈비라도 잘라요

설 전날 저녁. TV를 한창 재미있게 보고 있는데 아내가 느닷없이 쓰레기를 버리고 오라고 통명스레 말한다. 순간 살짝 피가 곤두선다. 그 시간이면 으레 보는 TV 프로이고, 또 쓰레기 버리는 것은 아내가 늘 하던 일이다. 더욱이 오늘따라 장 볼 것이 많아 한나절 무거운 배낭을 지고 낑낑대고 다녔던 것이다.

"싫은데……."

애서 속마음을 감추며 평상시 말투로 말한다.

"왜 싫어. 다른 집들은 남자들이 다 하는데……."

"그래도 싫어. 나 지금 테레비 재미나게 보잖아. 내가 즐거운 꼴을 못 봐요. 참, 기가 막히네. 하늘같은 남편한테 쓰레기를 버리고 오라니……."

약간은 농담 기를 풍기며 말한다.

"그럼 갈비라도 잘라요. 저기 개수대 물에 담가 놨으니까."

발끈하겠지, 예상했는데 의외로 침착하게 나온다.

"보던 거 마저 보고 나중에 해 줄게."

우리끼리만 통하는 암호 비슷한 말인데 안 해 주겠다는 말이다.

말은 그렇게 했지만 갈비를 자른다는 말에 불현듯 그게 아닌데 싶은 생각이 머리를 스쳐간다. 여자가 할 일이 아닐 듯했다. 나는 슬그머니 일어나 개수대로 가서 가위를 들고 갈비를 자르기 시작했다. 역시 만만치 않다. 비로소 아내가 왜 그리 짜증스레 나왔는지 알 수 있었다.

나는 나대로 낮에 잔뜩 장을 보아 왔는데 아들 녀석이 또 갈비와 굴비를 한 보따리 보내 왔던 것이다. 뒷일이 많을 수밖에. 아내가 혼자 그 많은 일을 하는 동안 나는 한가하게 TV를 보고 있었던 것이다.

조금만 생각을 해 보면 금방 알 수 있는 것을……. 나는 아내에게 몹시 미안했다.


## 🌿 아내의 방문이 열렸다

아침 식사 하려고 방에서 나오다가 아내의 방문이 열려 있는 것을 본다. 오, 이럴 수가, 이렇게 고마울 데가…….

"어, 당신 방문이 열려 있네."

방문을 닫아주며 아내에게 유세를 부리듯 말한다. 이제껏 아내한테 100번도 더 지적당한 일인데 오늘은 거꾸로 됐으니 어찌 기쁘지 않으랴.

"어머, 내가 깜빡 했나 보네요. 죄송해요."

이 좋은 기회를 놓칠 내가 아니다.

"사람이 왜 그렇게 말을 안 들어? 내가 식사 때 방문 꼭 닫으라고 했어, 안했어."

실로 얼토당토않은 얘기지만 자리에 앉으며 아주 호기롭게 말한다.

"예, 예, 제가 잘못했습니다."

영악한 아내가 싫지 않은 어조로 맞장구친다.

"잘못했다고만 해서 끝나는 게 아니잖아. 내가 솔직히 당신 때문에 속상해 죽겠어. 이건 망나니 딸을 하나 키우는 것 같아. 식사할 때 방문을 닫아야 하는 것은 지극히 상식적인 일이잖아. 반찬 냄새가 방으로 들어갈 거구 그럼 옷이며 이불에 냄새가 밸 거라고 내가 귀에 딱지가 앉게 얘기했잖아. 바보 멍청이가 아닌 다음에야 알아들을 때도 되지 않았어?(실상은 아내가 내게 늘 그렇게 잔소리했을 뿐 나는 아내에게 지적당하기 전에는 그런 것은 전혀 생각치도 못했던 일이다.)"

"예, 예. 어련하시겠습니까? 이제 입도 아프실 텐데 노여움을 그만 거두시와요."

입이 아프기는커녕 즐겁기만 하다. 나는 신바람이 나서 되는 말 안 되는 말 가리지 않고 마구 마구 지껄인다.

"……빨래는 그냥 하는 거야? 그게 다 돈이잖아. 물값, 전기값. 어디 그거뿐이야? 세탁기는 그렇게 허구한 날 돌려대는데 고장이 안 나겠어? 돈을 아무리 벌어다 주면 뭐해. 그런 데다 헛돈 쓰는데…….(이 역시 아내에게 늘 들어왔던 말이다.)"

나는 아내의 눈치를 봐 가며 끝도 없이 떠벌린다. 꽤 길게 늘어놓지만 우리 두 사람만 통하는 말로 번역하면 짧고도 우아하다.

'사랑해, 당신을. 정말로 사랑해.' 쯤이 될 것이다. 아내는 그것을 또 나름대로 '당신만을 사랑해. 영원토록.' 쯤으로 의역해서 들었을 테고.

# 🌿 상금 오만 원

TV를 보다가 아내가 갑작스레 웃음을 터뜨린다. 늘 느끼는 것인데 별것도 아닌 이야기에 아내는 깔깔대며 잘도 웃는다. 그런 아내가 부럽다. 고맙기도 하다. 사랑스런 마음에 살짝 꼬집어 주고 싶다. 대신에 웃고 있는 아내의 입속에 재빨리 손가락을 넣었다가 뺀다. 아내가 깜짝 놀라며 웃음을 멈춘다.

"아이, 그러다 다치면 어쩌려고 그래요."

정색을 하며 아내가 투정조로 말한다. 불현듯 이런 장난에 아내가 질색을 한다는 생각이 가슴을 뜨끔하게 한다. 나는 크게 웃으며 사과한다.

"쏘리, 미안……."

아내는 입을 벌렸다 닫았다 하면서 구시렁구시렁하더니 자리에서 일어나 거울 쪽으로 간다. 거울을 보면서, 또 나를 보면서 간간이 중언부언하는데, 입이 찢어진 것 같다거니, 입술이 퍼렇게 됐다거니 얼토당토않은 말을 한다.

도무지 살이 닿지도 않았는데 그런 말도 안 되는 엄살떨지 말라며 몇 차례나 웃음으로 받아넘겼지만 내 얘기는 듣는 둥 마는 둥 계속해서 되새긴다. 하는 양이 다분히 의도적인 듯하다. 가끔이긴 하지만 아내는 나를 곤혹스럽게 하는 장난을 은근히 즐긴다.

더 이상 대꾸할 말도 없어 입을 다물고 TV만 보는 척한다. 내 눈치를 살피던 아내가 마침내 다시 한마디 하는데 참으로 엉뚱하고 기발하다.

"심장이 두근두근하는 것 같아요. 아까 너무 놀랬나봐요."

나는 크게 소리 내 웃으며 자리에서 벌떡 일어나 아내에게로 가 아내의 두 팔을 번쩍 들어 올려 주며 크게 외친다.

"승, 챔피언으로 인정!"

"상금 얼마?"

아내가 반색을 하며 묻는다.

"만 원."

"싫어, 나 챔피언 안 해!"

아내가 애교를 듬뿍 실은 목소리로 비명을 지르듯 소리친다.

"알았어, 삼만 원."

내가 고쳐서 제안하자,

"오만 원." 한다.

"오케이, 달아 놔."

"안 돼, 지금 당장 내놔!"

아내 특유의, 장난기 철철 넘치는 자지러질 듯한 소리를 내뿜더니 재빨리 옷걸이에 걸려 있는 내 옷을 가져다준다.

"빨리 내 돈 내놔아!"

떼쓰듯 어리광을 부린다. 나는 돈을 꺼내주며 웃음 머금은 목소리로 말한다.

"와, 강도도 이런 강도가 없어."

"야! 오만 원 벌었다, 신난다!"

아내가 돈을 흔들며 즐거워한다. 무슨 구실을 만들어서라도 결국은 내게로 다시 돌려줄 것이면서도 아내는 진심으로 기뻐한다.

# 🌿 우리 뽀뽀 한번 할까?

아내와 장을 보고 집에 돌아와 문 앞의 층계참에 섰다.

"우리 뽀뽀 한번 할까?"

가방에서 열쇠를 꺼내며 아내가 생글거리며 말한다. 어디서 누가 나타날지도 모르는 상황이다. 한바탕 놀아보자는 아내의 주문인 것이다. 나는 걸쭉하게 응수한다.

"아이, 그러지 좀 말아. 사람이 염치가 있어야지. 어쩌면 그렇게 뻔뻔할 수가 있어?"

아내는 화사하게 웃으며 대문을 열고 집안으로 들어선다. 나는 계속해서 혼잣말하듯 중얼중얼한다.

"사람이 양심이 있어야지, 도대체 뽀뽀해 준 지 며칠이나 지났다고 또 뽀뽀 타령이야. 하여간 당신이라는 여자는 도대체 곁을 주면 안 돼. 오늘 벌칙으로 앞으로 한 달 동안 뽀뽀 없어."

"마음대로 하세에요오오……."

곡조에 실어 노래하듯 장난치듯 말한다. 나는 화난 척하며 아내를 나무라는 시늉을 한다.

"누가 그렇게 말하라고 그랬어! 내가 아니라고 말하면 일단 공손하게 잘못했습니다 하고 빈 다음에 '서방님, 하지만 한 달은 너무 길어요. 사나흘에 한 번씩은 꼭 뽀뽀하게 해 주세요.' 그렇게 말하라고 그랬어, 안 그랬어?"

아내가 갑자기 두 손을 모아 비는 시늉을 하며 말한다.

"서방님 죽을 죄를 지었습니다. 제게 벌을 내려 주시옵소서. 드럽고 치사해서 평생 뽀뽀를 해달라고 않겠습니다."

말을 채 끝내지도 않고 깔깔대며 웃는다.

"이런 고얀!"

짐짓 소리쳤지만 나도 크게 웃는다.


## 🍃 두릅나물

아침 식사 때 아내가 두릅나물을 먹겠느냐 묻는다. 아침에는 입맛도 없고 찬 음식은 더욱 질색이다. 싫다고 했지만 몇 번씩이나 권한다. 아니, 강요다. 끝끝내 응하지 않자 굳이 내 바로 앞에다가 한 접시를 갖다 놓는다.

"이거 몸에 꽤 좋은 거예요. 한번 잡숴 봐요."

한순간 짜증이 확 밀려와 그것을 멀찍이 옮겨놓는다. 그러나 말만은 조심스럽다. 부드럽고 유머러스하게 말한다.

"제발 이러지 좀 마셔. 아무리 그래도 난 안 먹을 거니까."

아내는 말없이 개수대로 간다. 설거지를 하는 아내의 뒷모습이 다소곳하다. 문득 아내에게 미안한 마음이 든다.

손을 뻗쳐 나물 한 줄기를 젓가락으로 집어 먹어본다. 생각했던 것과는 달리 맛이 괜찮다. 그렇다고 썩 맛있다고까지는 할 수 없으니 많이는 먹어 줄 수가 없다. 겨우 두세 차례 집어 먹고 말 텐데 그 정도 먹어서는 먹었는지 안 먹었는지 표식이 나지 않는다. 따라서 아내에게 먹는 것을 반드시 보여야 한다.

"나 좀 봐. 여기 좀 봐 줘."

아내는 그러나 고개를 돌리지 않는다.

"뒤로 돌앗!"

장난하듯 힘차게 구령 소리를 낸다. 아내는 그러나 여전히 돌아보지 않는다.

나는 젓가락에 나물을 집어 들고 아내에게로 간다.

"이거 봐 봐. 나 이거 먹는 거."

아내의 코앞에까지 들이댄다.

아내는 그러나 굳이 고개를 돌리면서까지 보려 하지 않는다. 나 또한 굳이 아내의 머리를 다른 손을 써서 내 쪽으로 돌리면서까지 아내에게 먹는 모습을 보여 주려 한다.

아내가 쏟아내듯 웃음을 터뜨린다. 비로소 나는 상황을 파악한다. 아내는 진작부터 소리죽여 웃고 있었던 듯싶다. 내 마음을 손금 보듯 읽고는 짐짓 모른 체했던 것이다. 나도 아내도 한바탕 소리 내며 웃었다.


## 추억의 일기장

어느 늙고 쇠약해진 삶이 임종을 맞고 있다. 자식들 중에 늘 미워하며 따사로운 눈길 한번 주지 않던 한 아들을 노인이 손짓하여 가까이 부른다. 그리고 들릴 듯 말 듯 사랑한다, 고백한다. 그 목소리, 바라보는 눈길이 참으로 처연하다.

어느 새 노인의 양 볼에서는 뜨거운 눈물이 흘러내리고…….
얼마나 듣고 싶었던 말이던가. 그 사랑이 넘치는 눈길은 또 얼마
나 간절히 소망했었던가! 아들은 감격하여 자지러지게 한 맺힌
설움을 터뜨린다. 영화나 드라마에서 흔히 볼 수 있는 장면이다.
그럼에도 사람들은 감동하여 극이 끝나고도 한동안 자리를 뜨
지 못한다.

나는 그 장면이 늘 불만이었다. 비록 생애의 마지막 순간에서나
마 진심을 말해 주어 아들의 통한이 다소 풀리긴 했겠지만, 사랑
에 목말라 하며 지낸 그 오랜 세월의 아픔과 상처는 대체 어떻게
보상받을 수 있단 말인가!

표현하지 않은 사랑은 안 하느니만 못하다고 생각한다. 사랑을
먹고 사는 부부 간에는 특히 그것이 절실하다. 문득 떠오른다. 사
랑의 묘수가…….


〈1978. 9. 10.〉

나는 지금 떨고 있습니다. 나를 이 떨림에서, 찢어져 흐느끼는
쓰라림의 고통에서, 무너져 탄식하는 절망감 속에서, 자책과 비탄
의 긴긴 나날들에서 구원해 주십시오.

아, 사랑하는 이여, 내가 오매불망 당신께 바라는 것은 아주 작
은, 손바닥만 한 자리입니다. 당신의 가슴 한쪽 구석진 곳에 자리
해서 가끔, 아주 가끔이라도 당신의 따사로운 눈길을 받을 수만 있
다면……. 간절한 나의 소망이여…….

〈1978. 9. 18.〉

당신은 ××건물 뒤쪽에 아담하게 자리한 호젓한 공간의 한편 그 늘진 벤치에 홀로 앉아 있었습니다.

놀라워라! 당신과 눈이 마주친 순간

오, 뛰는 가슴이여, 터질 것 같은 나의 심장이여.

나의 두 다리는 한순간 오금이 굳어 버린 듯했고 몸은 중심을 잃고 비틀거렸습니다. 연약하게만 느껴지던 당신이 신과 같은 위엄과 두려움으로 나를 압박해 왔습니다. 이성은 정지되었고 본능적 감각만이 실낱같은 기력을 겨우 유지하고 있었습니다.

나는 허겁지겁 그 자리를 벗어났습니다. 건물 근처 야산 기슭의 한적하고 외진 곳에 넘어질 듯 주저앉아 사랑의 고뇌에 몸부림쳤습니다. 좋은 기회를 어이없이 놓쳐 버린 것에 대해, 용기 없음에 대해 자책하며 탄식했습니다.

아, 사랑의 용기여…….


그 시절 내 일기장은 온통 당신뿐이구려. 종이는 색이 바래 노르께하건만 글자는 그대로요. 당신을 향해 뜨겁게 타올랐던 그 치열했던 순간들의 절절함이 여과 없이 느껴지는구려.

당신과 그 시절의 추억을 나누고 싶어 이 글을 보내오. 아, 세월이 많이도 흘렀소. 그만큼 우리의 외양도 변했구려. 우리의 사랑도 변했소. 눈 속의 사랑에서 가슴 속의 사랑으로 말이오. 지금의 사랑을 나는 더 좋아하오. 가슴 떨리는 대신 마음 편하게 하고, 불길처럼 뜨거운 대신 봄볕처럼 따스하니 말이오.

부디 몸조리 잘하고 있으시오. 바쁜 일 곧 마칠 듯하니 수삼 일만 외롭더라도 참으시오.

사랑하오.


## 🍃 시장의 추억

아내와 함께 모처럼 ××시장엘 갔다. 시장을 한 바퀴 돌며 장보기를 대충 마치니 출출하다. 시장 안의 횟집으로 들어갔다. 사람들로 왁자했지만 용케도 빈자리가 나서 모둠회와 소주를 한 병 시켜놓고 둘이 앉았다.

자리마다 사람들이 다 차 있었고 대여섯 명은 자리가 나기를 기다리고 서 있었다. 형편이 그렇다 보니 두 명만으로 네 명분의 둥그런 상 한 자리를 다 차지하고 있기가 미안했다.

아니나 다를까 서빙 알바생이 술과 안주를 가져와 상 위에다 벌여 차려놓더니 근처에 서 있던 두 명의 연세 지긋한 남자 손님들과 아내를 번갈아 바라보며 "합석해도 될까요?" 한다.

아내는 반색을 한다.

"이리 앉으세요."

말하며 그들이 앉기 좋게 의자를 끌어다 놓아 주기까지 한다.

나는 처음 보는 사람과 마주앉아 음식을 먹거나 이야기를 나누는 것을 탐탁지 않아 하지만, 아내는 그렇지 않다. 비단 여기 말고라도 지하철에서건 찜질방에서건 처음 보는 누구와라도 십년지기라도 되는 듯이 이내 교감을 나눈다. 상대가 노년의 어르신일 때는 더욱 그러하다.

오늘은 두 명의 어르신인데다가 술까지 있다. 아내의 하는 양이 물 만난 고기다. 술과 안주를 그들에게 권한다. 사양하자,

"이따 시킨 것 나오면 잡순 만큼 저 주시면 되잖아요."

하며 굳이 술을 따라주기까지 한다.

"이자까지 얹어서 주셔야 합니다."

그렇게 말하며 깔깔대고 웃는다. 나는 마땅치 않아 하는 얼굴로 아내를 본다. 두 어르신이 내 눈치를 보는 낌새를 보이자 아내가 거침없이 한마디 한다.

"우리 남편이 좀 소심해서 그런 거니까 너무 신경 쓰지 마세요."

"……?!"

한순간 많은 생각이 머릿속에서 어지러이 오갔다. 아마도 가장 먼저였던 것은 아내에 대한 불만과 놀라움, 무엇보다 창피스러움이었던 것 같다. 어떻게 남편을 처음 대하는 사람들 앞에서 그런 식으로 비하할 수 있을까?

그러나 부정적인 느낌은 잠시뿐, 나는 아내의 자유분방함이 도리어 좋게 느껴진다. 내가 조금 창피스럽긴 했지만 반면에 하고 싶은 이야기를 서슴없이 할 수 있는 아내는 마음속에 맺힐 것이 없지 않겠는가.

또 내 입장이라는 것도 생각하기에 따라서는 그리 나쁠 것도 없다. 소심하다는 말의 사전적 의미는, 대담하지 못하고 겁이 많다, 조심성이 많다 정도가 될 것이다. 듣기에 따라서는 속이 좁다는 의

미가 될 수도 있을 것이다.

그러나 그것이 뭐가 문제인가? 아내의 진단이 사실이라면 진실을 말했을 뿐인 것일 테고, 또 잘못된 진단이면 그건 그것대로 괜찮은 것이 아닌가.

아내의 과감한 평가에 대해 그런 식의 수용을 하게 된 것이 그리 오래 되지는 않았지만(아내와 함께한 삶 중에서 실로 오랜 기간을 나는 아내의 오늘 같은 안하무인식 돌출언사 때문에 속을 끓였었다) 아무튼 오늘 나는 그 말이 별로 불쾌하지 않았다. 다만 아내의 당돌함이 놀랍고 우스웠을 뿐이다.

나는 자신도 모르는 사이에 마주앉아 있는 두 어르신을 향해 티 없이 맑은 웃음을 지어 보였다. 주거니 받거니 하며 한껏 즐거운 분위기였지만 적당한 선에서 마치고 일어났다.

그들과 헤어질 때까지만 해도 아주 활발했던 아내가 갑자기 속이 거북하다며 시원한 것을 찾았다. 급히 슈퍼로 가 아이스크림을 사 주었지만 한입 베어 물더니 헛구역질을 하며 화장실을 찾았다.

근처의 지하철 역사로 급히 내려가 화장실로 갔다. 여자 화장실 앞에 여성들이 길게 줄지어 늘어서 있는데 바로 옆의 남자 화장실은 한가했다. 이미 아내는 허리도 제대로 못 펴고 있었다. 나는 아내를 부축해 남자 화장실로 들어갔다. 아내는 급히 세면대로 가서 머리를 숙이고 토했다. 사람들이 괴이쩍다는 시선을 보냈지만 개의치 않고 아내의 등만 열심히 두드려 주었다.

남자 청소부가 왜 남자 화장실에 여자가 들어왔느냐며 볼멘소리를 했다. 사람이, 그것도 연약한 여자가 초주검이 되다시피 해서 신음하고 있는데 원칙만을 고집하며 시비를 따지는 것이 퍽이나 야속하게 느껴졌다.

"여보, 여자가 남자 화장실에 들어올 때는 오죽 급했으면 그랬겠소!"

너무도 당당한, 조금은 노기마저 띤 듯한 나의 기세에 청소부는 기가 죽어 슬그머니 물러났다. 웬만큼 토하고 조금 나아지자 화장실에서 나와 개찰을 하고 승강장으로 내려갔다. 아내는 고만큼 걷는 것도 힘에 겨웠던지 때마침 비어 있는 벽 쪽의 긴 의자로 가 얼른 누워버린다.

워낙 이동 인원이 많은 곳이라 4, 5명까지 앉을 수 있는 자리에 누워있는 것이 조금 눈치가 보였지만 오죽이나 괴로우면 그러할까 싶어 안쓰러운 마음만이 앞섰다.

나중에야 바로 알았지만 그때는 아내가 술이 과해 그런 것으로만 알고 있었다. 소주 반 병 정도나 마셨을까 말까 했는데 이렇듯 힘들어 하다니……. 아내가 몸이 꽤 약해졌다고 생각되자 그 또한 마음을 애잔케 한다.

아내의 가슴께에 엉덩이를 걸치고 앉아 나는 쉴 새 없이 아내에게 말을 걸었다. 좀 어떤가, 많이 괴로운가, 사이다라도 마시고 싶지 않은가, 앞으로는 술을 조금만 마시자……. 그러다가 문득 사랑스런 마음이 치밀면,

"당신이 나한테 이런 대접 받을 자격이 있다고 생각해?"

라며 농을 했고 아내는,

"응, 자격 있어."라고 역시 농으로 받았다.

얼마 지나서 아내가 택시를 타고 집에 가고 싶다고 했다. 언뜻 주위를 살피니 에스컬레이터가 눈에 들어오지 않는다. 바로 옆에 펼쳐져 있는 계단이 꽤나 길고 높아 보인다.

어찌 할까 망설이고 있는데 아내의 발치께 한편에 불편한 자세로 앉아 있던 아내 또래의 여인이 손으로 한 방향을 가리키며 가까이에 에스컬레이터가 있다고 말해 주었다. 그런데 말하는 품이 영 달갑지 않다. 어서 자리를 비켜달라는 것만 같다.

옆에 서 있던 노년의 남자가 왜 그러느냐 묻는다. 나는 술 마시는 시늉을 했다. 그런 거라면 다리 쭉 펴고 한숨 자면 된다고 시원스레 말한다. 아내가 일어나 앉으며 신발을 찾는다. 신발을 신겨주고 자리에서 일어나 아내를 부축한다.

30여 미터쯤 가자 에스컬레이터가 있었다. 다 올라가자 다시 내려가자고 한다. 표값이 아깝단다. 왜 아닐까, 천하의 또순인데…….

나는 혼자 중얼거리며 다시 내려왔다. 다행히 경로석에 자리가 있어서 무사히 목적지까지 왔다. 역사 밖으로 나오자 아내는 마을버스는 싫고 시원한 바람을 쏘이며 걷고 싶단다.

10분쯤 걸었는데 아내가 갑자기 시원한 음료를 찾았다. 마침 가까이에 상가 건물이 있었다. 슈퍼가 지하에 있다고 말하며 아내는 계단 초입에 앉아 머리를 무릎에 묻는다.

급히 지하로 뛰어 내려갔다. 수백 평쯤의 넓은 실내가 어둑하니 음침했다. 일요일이어서 대부분의 점포가 문을 닫았는데 저쪽 끝에 슈퍼가 문을 열어놓고 있었다. 반가운 마음에 뛰다시피 잰걸음으로 갔다.

콜라가 나을까, 사이다가 나을까 하다가 두 개를 다 샀다. 아내는 콜라를 몇 모금 마시더니 트림을 했다. 나는 박수를 치며 아내를 응원했다.

5분쯤 걸었다. 아내가 다시 토하고 싶다고 했다. 때마침 아이들 놀이터가 보였다. 화장실도 긴 벤치도 있는 곳이다. 화장실에서 나오자 아내는 이내 벤치에 누워버린다. 지하철 역사와 달리 네 개의 벤치 모두가 한가하다. 넝쿨나무 잎사귀가 하늘을 가려 그늘을 드리우고 시원한 바람마저 선들 분다. 내 집 안방인들 이보다 쾌적할까. 아내도 그런 느낌이겠지 싶자 기분이 산뜻하다. 아내의 이마를 짚어보며 지긋이 내려다본다. 표정에서 생기가 느껴진다.

"이제 살았나 보네."

아내가 살포시 웃음 짓는다.

집에 돌아와 늘 비치하고 있던 태화환(소화제)을 복용하고 한 시간쯤 지나서야 아내는 완전히 회복했다. 아내는 술 때문이 아니라 고기가 얹힌 것 같다고 했다. 그리고 내게 너무 고마웠다고 말했다. 고맙다니? 너무나 당연한 것이 아닌가?

'일상에서 벗어나 홀로 외로이 지키는 절개는 오래 가지 못한다.'

명언집에 실려 전하는 이 말이 문득 머릿속을 스쳐갔다. 절개를 사랑으로 바꾸어 넣어 본다.

의무감이나 도리 때문에 힘겹게 지탱해 가는 사랑은 정도가 아니라는 의미가 될 것이고 오늘의 나는 의무나 도리 이전에 절로 우러나온 마음이었다는 점에서 진정성을 고스란히 지니고 있을 터, 어찌 대견하고 기특하지 않으랴!

# 🍃 아파트 평수 줄이기

아내가 보이지 않는다. 드문 일이지만 아주 없지도 않은 일이어서 잠시 서서 기다린다. 5분쯤 기다려도 나타나지 않는다. 아내에게 전화를 건다. 받지 않는다. 오는 중이거니 생각한다. 다시 수 분이 지났다. 전에 없던 일이다. 다시 전화한다. 1분 이상 신호를 보내도 받지 않는다. 다음에 다시 걸라는 기계음만이 매정하다.

왈칵 불길한 느낌에 집으로 전화한다. 역시 안 받는다.

'분명 뭔가 심상치 않은 일이 일어났구나.'

속으로 뇌며 나는 집으로 발걸음을 옮긴다.

불안과 초조에 가슴 조이며 나는 수많은 경우의 수를 생각해 본다. 사고 이외에 다른 것은 논리로 설명이 되지 않는다. 마침내 나는 아파트의 평수를 줄여가고 있었다. 처음에 32평으로 줄였다가 어림도 없을 것 같아 25평으로, 다시 20평, 13평으로……

10여 분쯤 걸어서 절반쯤 왔을 때는 13평 집마저 이미 팔고 전세를 지나 월세를 살고 있었고, 그때 전화가 걸려왔다.

"지금 어디 있어요?"

조금은 날이 선 아내의 목소리.

아, 아내는 무사하구나.

그러나 안심하기에는 이르다. 나는 급히 묻는다.

"당신은 어디야?"

"여기 과일 파는 데에요. 어디 있는 거예요. 벌써부터 기다리고 있었는데……"

오, 신이시여, 평상(平常)의 행복이여…….

그러나 기쁨과 감격도 잠시, 아내를 대하자 차의 문을 열기가 무섭게 왈칵 분노가 치솟았다. 전처럼은 아니지만 그래도 오랜만에 아내에게 크게 소리치며 화를 냈다. 아무리 접고 또 접어줘도 오늘 일은 아내의 불찰인 것만 같다. 늘 만나던 곳이 아닌 곳을 일방적으로 선택했으면 당연히 내게 알렸어야 했다.

아내의 생각은 어차피 그리로 지나갈 테니 굳이 전화까지 할 필요가 있으랴 생각했다지만 그럴 요량이면 잘 지켜보고 서 있기라도 했어야 할 텐데 아내는 그러지 않고 내가 알아서 찾아들기만을 기대하고 딴청을 피우고 있었던 것이다. 다 그만두고라도 걸려오는 전화를 받기만 했어도 되었을 일이다.

진동으로 되어 있는 걸 몰랐다고 말했지만 시간이 되어도 사람이 나타나지 않으면 전화부터 확인해야 하는 것이 당연하지 않은가. 그래서 전화하지 않았느냐고 아내는 도리어 목청을 높였지만 내 입장에서 생각할 때 사람 속을 있는 대로 다 뒤집어놓은 다음이니 어찌 분통이 터지지 않을까?

그러나 나는 이내 평정심을 되찾는다. 실행의 고의가 없는 범죄는 없다 하지 않던가. 고의일 리 만무하고 더는 다그치지 않아도 충분히 느꼈으리라 생각되었다.

나는 슬며시 유머 모드로 전환한다. 오늘 같은 일이 반복된다면 나의 면역 체계는 무너질 것이고 병약해져서 수시로 병원에 들락거리게 될 텐데 결국 누가 고생하는가,라 말했고 상황변화를 재빨리 감지한 아내는 때는 이때다 싶었던지 사뭇 공세적으로 나왔지만 유머를 섞는 것을 잊지 않았다.

"당신이 병원에 가건 말건 나와 무슨 상관이야. 참으로 꿈도 야무지셔."

"아무리 그렇게 얘기해도 나는 안 믿어. 당장 오늘 아침만 해도 '안 돼! 나보다 먼저 죽지 마!' 하구 소리쳤잖아?"

"아까는 그랬지만 지금은 아냐. 소리 소리 지르는 영감을 누가 좋아한담."

"솔직히 말해서 소리는 당신이 더 질렀어. 잘한 것 하나도 없으면서 되레 큰소리는……."

"그런가?"

아내가 갑자기 양처럼 유순해진다.

"한잔 할까?"

"오케이."

아내가 치킨집 앞에 차를 멈춰 세운다.


## 운칠기삼

하루는 아내한테 좋은 일자리가 있다며 누이가 전화를 걸어왔다. 딸이 근무하는 영어학원에서 아이들 귀가길 도우미를 구하는데 일은 쉽고 월급은 많다고 했다.

"오전 10시 출근, 오후 5시 퇴근이고 집에서 가까우니까……."

누이는 형편만 허락한다면 자신이 하고 싶다며 놓치기 아까운 자리라고 말했다. 나는 비록 누이의 말을 듣고는 있었지만 예의상 들어주었을 뿐 아내에게 도우미 일을 권할 생각은 추호도 없었다. 비단 그 일뿐만 아니라 다른 어떤 일도 아내에게 시키고 싶지 않았다. 누이가 대략 할 말을 다 했다 싶자 나는 조심스럽지만 단호하게 거절했다. 누이도 더는 권하지 못했다.

그 일이 있고 열흘쯤 지났을까 해서 작은형과 전화로 이야기를 나누는 중에 그 이야기가 나왔다.

"야, ××(누이)가 제수씨 부럽다며 한숨을 푹푹 쉬더라."

내막인즉슨 지난번 도우미 얘기가 나왔을 때 내가 단칼에 자르더라면서 남편 아니면 누가 그렇게 위해 주겠느냐며 그리움 섞어 먼저 떠나간 남편 얘기를 하더라는 것이었다.

작은형의 말을 들으며 가장 먼저 들었던 생각은 삶의 불가사의성이었다. 거창하게 말했지만 여기서 말하고자 하는 것은 일상의 의외성 또는 불가측성이다. 우리가 자신들의 일상 행동이나 말이 어떤 파급 효과를 불러일으킬 수 있는가에 대해 전혀 예측하지 못한 상태에서 말하고 행동하는 것에 대한 두려운 자각이었다. 두려움이라고까지 한 것은 그것이 사실상 우리 영역 밖의 그 무엇인 것으로 여겨졌기 때문이다.

그날 나는 내 나름으로는 조심한다고 했다. 끝까지 누이의 말을 들어주고 아주 조심스럽게 거절했던 것이다. 그러나 누이는 전혀 다른 쪽에서 뭔가를 느꼈고 아파했고 나는 예측할 수 없었던 것이다.

혹자는, 그것이 충분히 예측할 수 있었던 일이라고 말할 것이다. 그러나 그것은 콜럼버스의 생계란 세우기 같은 것이다. 콜럼버스가

계란을 깨뜨려서 세우는 것을 보고 나서 나도 할 수 있었다는 것과 같은 논리다. 운칠기삼이 인구에 회자되는 것은 이 같은 삶의 불가측성에 연원을 두고 있는 것이리라.

희원(조카)이가 새파랗게 젊은 나이에 상당한 성취를 이루고 있다. 일전에 희원이와 이야기를 나누다가 운칠기삼을 어찌 생각하느냐고 물었다.

"운이 10이고 기가 90인 것 같아요."

조카는 서슴지 않고 그렇게 말했다. 나는 '너다운 답'이라며 웃는 얼굴로 조카를 응원해 주었지만 마음 한 구석이 개운치 않았다.

자리를 파하고 집으로 돌아오는 길에 나는 마음속으로 내내 기도하며 소망했다.

운일기구라는 조카의 생각이, 어떤 일에 당면해서 최선을 다한다는 강력한 투지 쪽에 맥이 닿아 있는 것이기를, '누가 감히 나를!' 하는 교만과는 멀리 떨어져 있는 것이기를…….


## 🍃 임차인에게 다짐받기

상가 관리소장님에게 모든 것을 일임했어요. 싱크대를 비롯해서 점포 내의 모든 것을 그분에게 치워달라고 하세요. 혹 필요한 것이 있어 제외시켰다면 그것은 그쪽의 소유품이 되는 거예요. 다시 말해 다음번 임차인이 필요 없다 할 때 치워 주어야 합니다.

수년 동안을 요긴하게 사용해 놓고 나중에 떠나갈 때, 그것은 원

래 내 물건이 아니었다며 목청을 높이는 일이 있어서 미리 확실히
해 두는 것입니다.

—상가 임대인백

## 🌿 아내와 세입자

일요일 저녁 무렵, 아내의 전화벨 소리가 상쾌하게 울린다. 상가
관리소장이다. 가게 임차인이 바뀌면서 인수인계 과정에서 약간의
문제가 발생해 소장에게 일임했었는데 일을 다 마쳤다는 통보였다.
일요일이어서 쉬는 것으로 알고 있었는데 우리 쪽 사정이 급한 것
을 알고 서둘러 주었던 모양이다.

아내는 즉시 돈을 챙겨서 나갔다. 설거지를 막 끝냈는데 아내가
벌써 돌아왔다. 가게 안은 깨끗이 정리되었다며 마침 새 세입자인
새댁들도 가게에 와 있었는데 월세 얘기가 나와서 처음 약속대로 5
일치를 차감해 주기로 했다고 말했다.

"와! 우리 또순씨, 이렇게 고운 마음씨를……."

나는 탄성과 함께 아내의 두 팔을 번쩍 치켜들어 올려 주었다.
사실 아내가 나가고 설거지를 하면서 나는 내내 그 문제에 골똘해
있었던 것이다.

이틀 전에 이번 계약을 중개한 부동산에서 전화가 왔었다. 새 임
차인의 요구대로 점포를 깨끗이 치워주는 과정에서 예상치 못한
복잡한 일이 생겨 시일이 지체될 것 같다며 월세를 5일분치만 감해

달라는 것이었다. 전화를 받으며 아내가 내게 눈짓으로 물었고 나는 고개를 끄덕였다.

그런데 오늘, 그러니까 이틀 만에 일을 마친 것이다. 그렇다면 3일치는 어떻게 되는가 하는 것이 문제가 될 것이었다. 내 마음 같아서는 기왕에 말을 끝낸 것이니 그냥 얘기된 대로 했으면 싶었지만 아내가 선뜻 그러마 할까 저어했던 것이다.

얼핏 내 입장에서만 생각한다면 2일치만 감해 주는 것이 맞을 것 같지만 다른 한편으로 생각하면 꼭 그렇지도 않다. 다음과 같은 강변, 곧, 5일치를 차감받는 것으로 알고 있었기 때문에 그 날짜에 맞춰 일을 추진하고 있었다거나 또는 혹 5일에서 하루 이틀 지연되었다 해서 6일이나 7일치를 감해 주지는 않았을 것 아닌가 하는 따위의 주장이 충분히 가능할 것이었다.

따라서 다툼의 여지가 있기에 걱정했던 것인데 뜻밖에도 아내가 선뜻 허락한 것이 꽤나 대견했던 것이다.

"처음 장사하는 젊은 애들인데 너무 빡빡하게 굴면 되겠어요?"
아내의 기분은 한껏 고양되어 있었다.


## 🌿 스마트폰

아침에 지하철역까지 힘들게 걸어와서 스마트폰을 꺼내려는데 주머니에 없다. 집에다 놓고 온 것 같다. 20여 분 거리인데 온 길을 다시 갈 생각을 하니 한숨부터 나온다. 그러나 어쩌랴, 내 사전에 버스는 없으니.

땀을 뻘뻘 흘리며 집에 도착해 벨을 누르자 아내가 반가이 맞아준다.

"웬일로 다시 오셨을까요?"

"핸드폰 놓고 나갔어."

아내가 얼른 내 방에서 핸드폰을 가져다준다.

"힘들겠다. 내가 차로 태워다 드릴까요?"

순간 개구쟁이 심리가 발동한다. 아내의 제안에는 대꾸도 않고 나는 엉뚱한 투정을 한다.

"아니, 사람이 왜 그래? 이게 무슨 생고생이냔 말야. 마누라라는 사람이 남편이 외출을 하면 서방님 컨디션은 어떤지, 뭐 놓고 가는 것이나 없는지 잘 챙겼어야 하는 거 아냐? 도대체 당신이란 사람이 집에서 하는 게 뭐가 있어? 아이, 정말 당신 때문에 속상해서 못살겠어. 앞으로 좀 똑바로 해봐. 이래서야 마누라가 있으나 마나아냐……."

짐짓 고민스런 표정을 짓는다.

"예, 예, 서방님 앞으로 잘 알아서 모실 테니 노여움일랑 거두시고요. 그런데 당신이 내게 뭐가 그리 대단한 사람이라고 그렇게까지 챙겨 드려야 하는 것인지 의문이……."

"허허! 어딜 감히 하늘같은 서방님 말에 토를 달구 있어!"

"예, 예. 알았으니 어서 사라져 주기나 하시죠."

아내가 깔깔깔 크게 소리 내 웃는다.

"조용히 못해!"

짐짓 점잖게 소리치며 나도 웃는다.


## 🍃 아내가 춤을 추다

오늘 아침의 일이다. 8시 30분 무렵, 집을 나서려는데 아내가 부엌에서 설거지를 하다 말고 카세트에서 흘러나오는 음악에 맞춰 춤을 추고 있다. 내 기척을 재빨리 알아챈 아내의 배려다.

좀 전의 식사 자리에서 무심코 한마디 했었다.

"오늘 아침은 기분이 좀 그렇네. 무슨 나쁜 일이 있는 것도 아닌데……."

"공연히 그런 날이 있어요."

그렇게만 받고 말았었는데 그것이 좀 걸렸던 모양이다. 웃음 띤얼굴로 물끄러미 바라보고 서 있는 나를 보고 아내가 수줍은 미소를 머금은 채 춤동작으로 다가오며 말한다.

"자, 신청만 하세요. 신나는 춤, 양반춤, 에로춤……."

그 외에도 파도춤, 사랑춤, 건방진 춤 등 레퍼토리가 다양하다. 아내의 모든 춤을 좋아하지만 건방진 춤이 특히 재미있다. 머리와 어깨, 팔과 다리를 로봇처럼 기계 동작으로 움직이며 추는 춤인데 늘 나를 즐겁게 해 주었다.

내가 신청하자 아내가 느린 템포의 음악으로 바꾸더니 이내 건방진 춤을 추기 시작한다. 나는 한순간에 아내의 춤에 매료된다. 아내는 노래 실력이 시원찮다. 노래에서 가장 중요한 것이 박자를 맞추는 것인데 그것을 잘 못한다. 그런데 춤은 정반대다. 희한하게도 몸의 동작과 리듬이 척척 맞아 떨어진다.

팔을 한 번 쳐들고, 고개를 슬쩍 뒤로 젖혔을 뿐인데 거기에 리듬이 칭칭 감기며 묘한 예술적 형상을 이루어낸다. 몸이 리듬에 맞춰 움직이는 것이 아니라 리듬이 몸동작에 맞추어 연주되는 듯하다. 그 모습에 나는 언제나 감동과 찬탄을 금치 못한다. 그것은 폭소로 나타난다.

오늘도 나는 폭소를 터뜨렸다. 거기에 고무되어 아내의 춤은 더욱 활력이 넘쳐난다. 울적했던 기분은 어느 새 사라지고 나는 더할 수 없는 행복을 느낀다.


## 🌿 아내의 쇼맨십

작은형이 오랜만에 누이동생과 셋이서 식사나 함께 하자고 해서 ××에서 만났다. 식사가 나오기를 기다리며 이런저런 이야기를 나누고 있었다. 이야기 사이에 누이가, 작은형이 아내에게 주는 선물이라며 내게 로션을 전한다.

작은형 내외와 누이 모녀는 다음 주에 제주도 여행 일정이 잡혀 있다. 오늘 셋이 만나는 김에 두 사람이 한 시간쯤 미리 만나 여행용품을 준비하기 위해 쇼핑을 했고 화장품을 살 때 누이가 권해서 작은형이 아내 몫으로 로션을 하나 더 산 것이다. 나는 아내가 어떤 반응을 보일까 그것만이 궁금했다.

식사 마치고 커피숍에서 한 시간 넘게 수다를 풀고서야 헤어졌다. 피곤해서 지하철 역사로 아내를 불렀다. 차에 오르자마자 아내에게 로션 선물 받은 이야기를 했다. 이야기가 채 끝나기도 전에 아내는 뜨겁게 반응했다.

운전대의 두 팔에 얼굴을 파묻더니, 아, 아! 하며 탄성 같은 소리를 길게 뽑아내는데 마치 귀엽고 앙증맞은 작은 동물이 좋아 날뛰며 내는 소리 같다. 사이사이, '고모, 너무 고마워요!', '큰아빠 최고!' 하는 소리가 추임새처럼 끼어들었다. 선물 받고 좋아하지 않을 사람이 있을까마는 이건 좀 심하다. 아내는 지금 장난을 하고 싶은 것 같다. 마다할 내가 아니다.

"……그런데 말야. 생각을 좀 해 봐. 기왕에 선물할 거면 돈도 많은 사람인데 값나가는 걸로 해 줘야지, 그까짓 로션을 선물이라고 해? 그래서 나 기분 나빠서 안 받았어."

말이 떨어지기가 무섭게 아내가 비명 같은 소리를 간드러지게 내뿜는다.

"안돼애! 안돼애! 다시 받아 가지고 와! 안된단 말야. 아, 아!"

코믹한 외침이지만 로션을 잃은 것에 대한 아쉬움이 절절히 묻어난다.

내가 다시 말을 슬쩍 돌려서 누이가 내 배낭에 로션을 넣은 것 같다고 하자 얼른 뒷자리에 있는 배낭을 뒤진다. 로션을 확인하고 나더니 잠시 멈췄던 아, 아! 하는 탄성을 더욱 크게 내지른다. 사이사이 '우리 고모 최고!' 하며 추임새 넣는 것도 빼먹지 않는다.

다음 날 왜 그리 기성을 발하면서까지 좋아한 척했냐고 내가 물었다. 집에 로션은 넘쳐나지 않는가.

"글쎄, 왜 그랬을까아-요?"

아내는 나를 힐끗 바라보며 배시시 웃음 지을 뿐 말을 아낀다. 나는 그러나 아내가 내일쯤 어찌 대답할지 안다. 아마 이렇게 말할 것이다.

"집에서 혼자 심심했었는데 서방 얼굴 보니까 너무 기분이 좋아서 그랬지-롱."

얼마 전에도 비슷한 일이 있었다. 그날도 모임에 다녀오던 길이었는데 역사에서 나오는 나를 멀찍이서 발견한 아내가 반쯤 열린 차 문에 기대 서서 내가 차에 이르기까지 한 손으로 빙빙 커다란 원을 그리는 기이한 행동을 보이고 있었다. 이유를 묻자 그렇게 대답했던 것이다.

아무튼 별나고 재미나고 변화무쌍한 사람이다. 그 다음 날쯤에는 똑같은 질문에 아내는 이렇게 대답할 것이다.

"당신 기분 좋으라고 그랬지-롱. 모처럼 형님이 마누라한테 선물해 준 건데, 얼마나 좋았으면 나를 보자마자 첫 마디가 그거였겠어요. 부창부수, 몰라요?"

## 🍃 녹차는 두 번 우려도 진해요

아내와 함께 동네 은행에 갔다. 기다리는 동안 녹차를 마셨다. 아내는 집에서 마셨다며 싫다고 했다. 빈 컵을 버리려는데 아내가

102

굳이 자기가 버려 주겠다며 달라고 했다. 은행 일을 다 보고 밖으로 나왔는데 아내가 아직 빈 컵을 들고 있다.

"왜 컵을 안에서 버리지 않았어?"

내가 그렇게 묻자,

"녹차는 두 번 우려도 진해요."

한다.

## 🌿 아내는 왕또순

아내가 언젠가부터 눈이 이상하다고 했지만 그러다 나아지려니 했었는데, 오늘 자세히 보니 돋보기안경을 끼지 않았음에도 이상 증상이 눈에 확 들어왔다. 다래끼인 듯했다. 약만으로는 어려울 것 같고 살짝 째야 할 것 같았다.

서둘러 아내를 데리고 동네 안과로 갔다. 내 생각대로 살짝 칼을 댔다. 꽤나 아팠던 듯 다른 쪽 눈에서 눈물이 주르르 흘러내렸다.

"고생했어, 이만하길 다행이야."

지혈이 되는 동안 앉아 있어야 했는데 나는 연해 아내를 격려해 주었다.

병원에서 나와 약국으로 갔다. 아내는 둥굴레차를, 나는 녹차를 마셨다. 녹차를 다 마시고 빈 컵을 버리려다가 언젠가 아내가 녹차는 한 번 더 우려도 진하다며 버리지 못하게 했던 일이 생각나 아내를 힐끗 보았다.

평소와 같을 리가 없다. 피로해 보인다. 그런 데까지 마음 쓸 여유가 없을 것이라 여겨졌지만 그래도 혹시나 해서 쓰레기통에 버리지는 않고 슬그머니 한쪽 구석에 밀어놓았다. 약을 받고 나서 계산을 마치고 나오려는데 아내가 내가 앉았던 자리를 두리번거린다.

"왜?"

"빈 컵…… 버렸어요?" 한다.

아쉬운 기색이 역력하다. 내가 구석진 곳에 두었던 빈 컵을 건네자 아내는 컵에서 녹차를 꺼내 자기의 컵으로 옮기고 빈 컵은 쓰레기통에 버렸다.

집 안에 들어서며 나는 아내의 두 팔을 번쩍 들어주며 외쳤다.

"왕또순으로 승격!"

## 🌿 아내에게 핀잔을 주다

아침 식사 시간이다. 늘 그렇긴 하지만 오늘은 유독 스마트폰이 시끄럽게 느껴진다. 그것도 내가 제일 듣기 싫어하는 연예인 동향에 관한 이야기다.

보통은, 난 당신 이야기가 듣고 싶어, 하면서 슬그머니 끄거나 볼륨을 낮추었지만 오늘은 아내가 귀를 쫑긋 세우고 열심히 듣는 모양새라 그럴 수가 없었다.

몇 차례 소리를 좀 낮춰달라고 부탁했지만 거기에 정신이 팔려 내 말은 들은 척도 않는다. 다행히 입에 맞는 반찬이 있어서 먹는

즐거움을 누리느라 큰 괴로움은 느끼지 않았지만 은근히 부아가
난다.

"사람이 나잇값을 못해요. 그게 애들이나 보는 거지, 환갑, 진갑
다 지난 여자가……. 나라일에는 관심도 없고, 참 한심하다."

물 마시러 정수기 쪽으로 가면서 살짝 긁어본다.

'어떻게 나오나 보자…….'

아내의 눈치를 살핀다. 입술을 오물거리는 것이 어찌 응수할까
고민 중인 듯하다. 이미 나는 속으로는 웃고 있었다.

나는 결정적 펀치를 날린다.

"내일부터는 식사를 따로 하는 게 좋겠어. 소화 불량 걸리겠어."

아니나 다를까, 즉각 반격이 온다.

"나 이제 만나는 사람마다 우리 남편은 밤낮 정치 얘기만 하면서
아무나 막 욕한다고 다 말할 거야."

나는 터져 나오는 웃음을 참지 못하며 말한다.

"그 사람들이 고발하면 나 잡혀가는데."

"잡혀가라고 그러는 건데 오히려 나는 좋지."

"그렇지만 잡혀 가서 난 아무말두 안 했다고 하면 당신이 무고로
들어갈 걸."

"경찰을 집 안에 몰래 숨겨놓았다가 잡아가게 할 테야."

기상천외한 아내의 반격에 거듭해서 웃음이 터져 나온다.

"차라리 몰래 녹음을 해. 그게 낫겠다."

이야기 반, 웃음 반으로 내가 응수하자 아내가 멋지게 피날레를
장식한다.

"자꾸 그러면 나 스마트폰 깽깽 할 거야!"

깽깽은 우리끼리만 통하는 말인데 '거시기'처럼 쓰이고 있다.

마지막 '할 거야!'에서 장난기를 가미해 소리를 높인다. 우리는 크게 소리 내 웃고 만다.


## 나도 아플 거야!

나는 입에 맞는 반찬 한두 가지만 있으면 다른 반찬은 거들떠보지도 않는 편이다. 고른 영양 어쩌고 하며 아내가 이것저것 챙겨 주지만 솔직히 내게는 스트레스다. 다만 아내의 말이 틀리지 않고 무엇보다 성의를 무시할 수 없어 아내의 요청대로 골고루 몇 차례씩 젓가락질을 하곤 했다.

가끔은 아내의 말을 무시해 버리기도 하지만 그럴 때마다, 어쩌면 그렇게 고기만 먹으려 하느냐는 둥 혈압약 아무리 먹어보니 무슨 소용이냐는 둥 사실과 동떨어진 이야기를 하며 나를 긁었다.

처음 몇 번은 그 소리가 듣기 싫어서 아내의 요구에 응했지만 언젠가부터는 면역이 되어서 그런가 아무렇지도 않았다. 그러자 아내가 작전을 바꿨다.

"내 말 안 들으면 나 아플 거야!"

'나 아플 거야!'는 우리끼리만 통하는 말인데, 나 때문에 자기가 스트레스를 받게 되고 분한 마음에, 건강에 해가 되는 행위, 곧 밥 대신에 사탕이나 과자 따위를 양껏 먹는다든가 그것만으로 안 될 경우 온종일 텃밭에서 또는 알바로 몸을 혹사시켜 기어이 앓아눕겠다는 뜻이다.

공갈 반, 애교 반이다. 공갈 반이라고 한 것은 말한 대로 실행한 적이 있기 때문이다. 아내의 영악한 계산속이려니 하지만 알고도 속는다 하지 않던가. 어쨌거나 아내가 작전을 바꾸고부터 나는 한 차례도 아내의 강요를 거역하지 못했다.

그러다가 오늘 아침 식사 시간에 예상치 못했던 반전이 펼쳐진다. 깻잎김치가 어떠니, 고무마순김치가 어디에 좋으니 하면서 내 앞에 들이미는데 오늘따라 유난히 밥맛이 없다. 더구나 생전 듣도 보도 못한 이상한 김치, 정말로 싫다. 내가 거절하자,

"그럼 나 아플 거야!"

하며 어김없이 그 공갈 반 애교 반 공세를 편다.

그러자 무심코 터져 나온,

"나도 아플 거야!"

이 한마디가 뜻밖에도 아내의 폭소를 자아냈다. 무엇이 그리 우스웠는지 아내는 한동안 웃음을 멈추지 않았다.

그리고 웃음 끝에 아내는 깻잎김치와 고구마순김치를 슬그머니 치웠다. 처음 있는 일이다. 아내가 순순히 물러서다니. 승리의 찬가라도 부르고 싶은 심정이다. 나는 생각한다.

'그 마음이 진실하면 반드시 통한다.'

오늘과는 정반대로 내가 아내의 진정성에 감동받아 폭소를 터뜨림으로써 일순간에 분위기를 반전시켰던 일이 기억에 생생하다.

20년쯤 지난 것 같다. 그때만 해도 내 불 같은 성격이 아내를 포

용하지 못해 사흘이 멀다 하고 서로 긁고 긁히며 때 없이, 오, 여자여, 애물단지여, 가련하구나, 내 인생…… 어쩌고 하며 순탄치 않은 삶을 비탄하는 것이 일상이다시피 했었다.

하루는 내가 음주 운전을 했다. 만취까지는 아니지만 발각되었으면 면허 취소를 당하기에 충분한 정도의 음주 상태였다. 다음 날은 일요일이었는데 아침에 잠자리에서 눈을 뜨자 아내는 기다렸다는 듯이 잔소리를 퍼부어 대기 시작했다. 전일의 과음으로 속이 메슥거려 기분이 바닥인데 온갖 불길한 상상을 다 동원하면서까지 불행을 증폭시키며 조여 왔다.

처음 얼마간은 참고 들어 주었다. 다른 것도 아닌 음주 운전이 아닌가. 아내의 입장에서 왜 두렵고 걱정스럽지 않을까.

그런데 너무 길게 한다. 더욱이 이번 일과 상관없는 다른 일까지 끌어다 붙이며 확대재생산 하는 것은 견디기 어려웠다.

"아이, 이제 그만 해!"

나는 마침내 버럭 소리쳤다. 아내가 움찔했다. 아내는, 자기는 내게 맘껏 성내고 소리치면서도 내가 소리치는 것은 질색한다.

"생전 처음 해본 거잖아."

미안한 마음에 톤을 낮춰 타협조로 말했다. 그런데 그 말이 떨어지기가 무섭게 아내는 독이 바짝 오른 얼굴로,

"그게 몇 번 할 일이에요!" 한다.

순간 나도 모르는 사이에 벼락 치듯 웃음이 터져 나왔다. 그 말이 왜 그렇게 우스웠는지, 다른 남편들도 그렇게 요란하게 웃음을 터뜨릴 만한 대목인지 의문이지만 어쨌거나 나는 크게 소리 내 웃

었다. 아마도 아내의 진심이 마음에 와닿았던 것 같다.

　아무튼 한순간에 살벌했던 분위기는 용서와 화해의 분위기로 바뀌어 갔던 것이다.


## 🌿 아내는 행복한 듯

　아내가, 가슴께가 담이 든 것처럼 아프다고 했다. 요 며칠 과하게 몸을 쓴다 싶었다. 푹 쉬는 것이 약이다. 아내도 그리 생각한 모양이다. 초저녁인데 자겠다며 자기 방으로 들어갔다.

　30분쯤 지났을까 해서 방문을 열어보니 어두운데 불도 안 켜고 침대 위에 누워서 스마트폰을 들여다보고 있다. 언젠가 어두운 곳에서 스마트폰을 보는 것이 녹내장의 원인이 된다는 정보를 접하고부터 나는 아내와 아들에게 각별히 당부했다. 녹내장이 어떤 병인가. 실명으로 이어지는 무서운 병이 아닌가. 아내는 그러나 그 경고를 그리 무겁게 받아들이지 않는 듯했다. 그럴수록 나는 그쪽으로 유독 신경을 기울이며 살폈다.

　오늘도 거실 소파에 앉아 영화를 보고 있다가 문득 의심스런 마음이 일어 아내의 방문을 열어보았던 것이다.

　"또 그런다. 왜 그렇게 말을 안 들어!"

　내가 짐짓 성난 투로 말하자 아내는 아이처럼 얼른 이불 속으로 얼굴을 감춘다. 문득 측은한 생각이 든다.

　걸고 받기만 하는 폰에서 스마트폰으로 바꾼 것이 서너 달 전이다. 이후 아내는 스마트폰에 흠뻑 빠져들었다. 워낙이 호기심이 많은 사람인데 그 호기심을 스마트폰이 충족시켜 주기 때문이다. 그렇게 좋아하는 것을 왜 못하게 한단 말인가.

나는 벽의 스위치를 올리며 말했다.

"잠 안 오면 더 보다가 자."

아내는 좋아라 하며 얼른 스마트폰을 다시 집어 든다.

"잠 오면 핸드폰으로 신호 보내. 내가 와서 불 꺼 줄게."

아내의 방문을 나서며 그렇게 말했다. 순간 핸드폰이 '진동' 상태로 내 방 침대 머리맡에 있으니 핸드폰을 가지고 나와야지 생각하기도 했지만 나는 그냥 소파로 가 앉았다. 비록 불을 꺼주겠다고 말은 했지만 지금껏 집 안에서 핸드폰으로 신호 주고받기는 단 한 차례도 없었던 일이다. 아내가 신호를 보낼 것 같지가 않았다.

얼마나 시간이 흘렀을까. 한창 영화에 빠져 있는데 TV 옆에 있는 유선전화 벨이 울린다. 일시정지 버튼을 누르고 일어나 전화를 받으려는데 두 번 울리다 멈춘다. 아까 아내에게 했던 말은 까맣게 잊고 일어선 김에 아내의 방 쪽으로 가서 문을 열어본다.

아내가 얼른 이불 속으로 얼굴을 감춘다. 비로소 좀 전의 일이 생각났다. 우리 집에 유선 전화도 있었지……. 핸드폰으로 안 되니까 집전화로 한 것이라는 생각이 들자 살짝 미안한 생각까지 들었다.

"아, 불 꺼달라고 신호 보낸 거구나."

부드럽게 말하며 이마라도 한번 짚어 줄 요량으로 무심코 아내의 이불을 들추었다. 그런데 들추어진 이불 속에서 아내의 얼굴은 웃음으로 활짝 피어 있었다. 실로 오랜만에, 아니 어쩌면 난생처음 보는 아내의 함박웃음이었다. 한순간 내 머릿속으로 수많은 생각들이 스쳐갔고, 가슴은 참으로 오랜만에 최상의 희열감을 맛보았다.

아내는 흐드러져 피어 있는 봄꽃처럼 탐스런 웃음을 짓고 있었는데, 두 눈가에 네 살 개구쟁이의 장난기가, 입가에 일곱 살 소녀의 재미스러움이, 그런가 하면 발갛게 살짝 물든 두 볼에는 열아홉 처녀의 부끄러움과 수줍음마저 배어 있었다.

무엇보다 나를 흐뭇하게 한 것은 웃음 속에서 은연중 풍겨지는 밝고 맑은 기운이었다. 어느 한구석에서도 그늘을 찾아볼 수 없던 것이다.


## 🌿 당신이 보고 싶어서

"오늘부터는 저녁 식사도 거기서(도서관) 사 먹고 밤중까지 있다가 와요."

아침에 밥상머리에서 아내가 지나가는 말로 한마디 한다. 늘 느끼는 것이지만 아내는 정말로 느닷없을 때가 많다. 살짝 기분이 나빠지려 한다. 나는 물론 이 말이 전혀 아내의 본심이 아니라는 것도 안다. 또 아내가 듣고 싶은 말이 무엇인지도 안다.

전에도 이와 유사한 사례는 일상에서 수시로 발생했다. 살짝 기분이 나빴고, 아내의 마음을 훤히 읽었으면서도 모른 척 밤늦은 시각까지 밖에서 시간을 보내다 귀가했다. 다음 순서는 아내가 하루를 넘기지 못하고 희한한 구실을 붙여 아침에 했던 말을 취소하거나 부인하는 것이었고 나는 슬그머니 받아들였다.

전례를 답습할 것인가? 나는 그러나 오늘 유연하게 말한다.

"나도 그랬으면 좋겠는데, 일정 시간이 지나면 당신 보고 싶은 마음이 너무 간절해서 말이야……."

바로 아내가 듣고 싶은 말이다.

"맞아. 나도 그래."

아내의 목소리에 애교가 실렸다.

참으로 감회가 깊다. 35년이다. 아내와 가정을 꾸린 이후 35년의 긴 세월을 한결같이 우리 부부는 정기적으로 이러한 자존심 행사를 벌였었다. 그 한마디가 그리도 하기 힘든 말이었을까?


## 🌿 당신이 있어서 행복해

"새해 어쩌고 하던 게 엊그제 일 같은데 벌써 올해도 반이 훌쩍 지났네요."

아내의 감상에 나도 비슷하게 맞춘답시고 대중가요 가사를 읊조린다.

"봄 가고 여름 가고 가을 겨울이 몇 번을 오고 갔던가……."

"그렇게 세월은 덧없이 지나가는데 해 놓은 건 없고……. 남들 행복하게 사는 거 보면 부럽지도 않아요?"

한순간에 기분이 곤두박질친다.

나는 물론 아내가 별 생각 없이 그냥 심심풀이로 하는 말이라는 것을 안다. 나는 또 아내가 듣고 싶은 말이 무엇인지도 안다. 그러나 번번이 아내에게 논리를 들이댔고, 논리에 약한 아내는 억지를 부렸고, 나는 소리를 높였고 끝내는 아내가 울고 나는 밖으로 뛰쳐나갔다. 그렇게 35개 성상이었다.

전례를 답습할 것인가? 나는 고개를 가로저으며 유연하게 말한다.

"나는 당신이 있는 이상 아무도 안 부러워. 억만금이 있으면 뭐하누? 마누라가 이뻐야지. 이놈들아, 너희들이 우리 이쁜 마누라 맛을 아냐?"

바야흐로 이야기가 에로틱한 방향으로까지 치달으면 아내는 슬그머니 자리를 뜬다. 싫지 않은 표정, 싫지 않은 어조로 한마디 한다.

"애구, 찌질이, 팔불출이 따로 없어요."

참으로 감회가 깊다. 35년이다. 아내와 가정을 꾸린 이후 35년의 긴 세월을 한결같이 우리 부부는 그 담장 안에 갇혀 서로 찢고 찢기며 살아 왔었다. 그 한마디가 그리도 하기 힘든 말이었을까?


## 🌿 상황놀이 1

엊그제의 일이다. 도서관에서 독서삼매경에 빠져 있는데 아내에게서 문자가 왔다.

'바람이 차고 비까지 조금씩 와요. 모시러 갈까요.'

우산은 항상 배낭 속에 있는 것이고, 찬바람, 추운 날씨에 대비해 목도리도 마스크도 준비해 왔다. 따로 운동하는 대신 집에서 도서관까지 왕복 6㎞ 가량의 거리를 걸어 다니는 것으로 나름 건강 관리를 하고 있는 터이다.

아내가 데리러오겠다는 것이 그리 달갑지 않다. 그러나 아내가 그러기를 원한다. 내가 조금 양보하면 아내가 행복하다.

'오케이. 4시까지 와 줘.'

그렇게 문자를 보내 놓고 문득 생각해 보니 아내가 보낸 글자에 틀린 것이 있다.

'모시로가 아니라 모시러가 맞는 말이야.'

전송을 누르는 순간 틀린 글자가 또 눈에 들어온다.

'갈깨요가 아니라 갈게요가 맞는 글자일 거야.'

그렇게 또 보냈다. 잠시 뒤에 아내한테서 답이 왔다.

'자꾸 그러면 죽여!'

장난이려니 생각하고 피식 웃고 말았는데 곧이어,

'나 안 가!' 하는 문자가 왔다.

한순간 호되게 뒤통수를 얻어맞은 것 같은 느낌이 든다. 많은 생각이 어지러이 오간다. 이해할 수 없었다. 핸드폰상의 문자 수정 문제는 아내에게 이미 양해를 받아놓은 상태였다. 또 오늘이 처음도 아니었고 그동안 불만도 없었던 것이다.

남자의 시각에서 볼 때 여자는 이해할 수 없는 구석이 많은 존재다. 오죽하면 금성에서 왔으니 근본적으로 다른 인종이니 하고 말들을 할까. 따라서 그러려니 하고,

'미안, 우리 마님 내가 실수, 한 번만 봐 줘.'

그렇게 물러서면 간단하다. 그리하고도 남을 만큼 마음의 여유

도 있다. 그런데 정작 아내에게 보낸 문자는,

'알았어. 오지 마!'라는 것이었다.

찬바람이 쌩쌩, 쌀쌀한 기운이 물씬 풍기고 있었다. 아내가 어떤 느낌일까 생각하며 한편으로 고소하고 한편으로 미안했다.

사실 나는 아내에게 서운한 마음도, 분노의 마음도 느끼지 않고 있었다. 수십 년 함께 살아오면서 오늘 같은 황당한 일을 수도 없이 겪었고, 그로 인해 참으로 많이 고뇌하고 부대끼며 다툼도 많았지만 60 중반쯤의 어느 화창한 봄날 불현듯 깨달음이 내게 임했고 이후 긴긴 고뇌의 감옥에서 풀려날 수 있었다.

그날을 기점으로 이전과 이후의 나는 확연히 달라졌다. 그 이전의 내가 돌출 상황에 끌려가며 아내를 미워하고 원망하는 것으로써 고뇌했다면 이후의 나는 상황을 손바닥 위에 올려놓고 자유자재로 조종하며 좋은 쪽으로 활용했다. 오늘 나는 당연히 후자였다.

나는 생각에 잠겼다. 아무 일 없었다는 듯 들어가는 방법, 친구를 만나 만취해서 늦게 들어가는 방법, 또 아내에게 이유를 따져 묻고 불쾌감을 이야기하는 방법 등 여러 가지 경우를 생각해 보았다. 당연히 전제 조건이 있었다. 웃으며 끝날 수 있어야 한다. 아내가 조금도 불쾌하거나 마음 상하지 않도록 한다. 순순히 뒤로 물러선 것보다는 효과적인 것이어야 한다.

사실 순순히 양보만 하는 것은 아내에게 남자의 도량을 보인다는 측면에서 효율적일 수 있지만 반면에 삶이 너무 밍밍할 수가 있다. 아내의 경우는 무미건조하기보다는 가끔은 약간 긴장되고 청양고추 같이 매큼하고 톡 쏘는 맛을 즐긴다. 그것은 내 취향이기도 하다.

답을 나는 쉽게 찾았다. 나는 평상시보다 약간만 늦게 집에 들어가고, 또 약간만 성난 체하기로 작전을 세웠다.

집에 들어서자 언제 무슨 일이 있었느냐는 듯 아내가 반겨 맞으며 식사 준비를 하려고 한다. 나는 식사했다고 거짓말한다.

"앞으로는 계속 먹고 들어올 생각이야."

많이 써먹은 말이라 별 효과가 없으리라 생각되지만 다른 마땅한 말이 없다.

"그래요. 잘 했어요. 맘에 맞는 음식 있으면 사 잡숫고 들어오세요."

아내 또한 속마음과 전혀 다른 말을 하고 있다. 간단히 몸을 씻고 곧바로 부엌으로 간다. 빈대떡 안주로 소주를 한잔 마시고 싶다. 다용도실에서 밀가루를 꺼내자 아내가 생글생글 웃으며 따라 붙는다.

"왜 부침개 해 드시려고요?"

"날이 쌀쌀해서 그런가, 김치 빈대떡이……."

말하고 밀가루에 물을 붓자 아내가 얼른,

"내가 해 줄게요." 한다.

"필요 없어. 난 이제 나 먹을 건 내가 다 할 거야. 당신은 방에 들어가, 거치적대지 말고. 당신 없이도 난 얼마든지 잘해 먹고 살 수 있어."

오면서 짜놓은 각본대로 읊어 대긴 하지만 다소곳이 듣고 있는 아내의 얼굴을 보자 속에서 웃음이 치민다. 웃음을 참는 것이 여간한 고역이 아니다.

턱밑까지 다가와 내 눈치를 보는 아내를 억지로 외면하며 냉장고 문을 열고 김치를 꺼낸다.

"오징어도 넣으면 맛있겠다."

순간 거절해야 하는 건가, 받아들여야 하는 건가 고민하다 고개를 끄덕인다. 오징어를 넣으면 꽤 맛있을 것 같았다.

아내가 얼른 냉장고 안에서 물오징어를 꺼내 도마 위에 올려놓고 칼질로 잘게 썬다. 이후로도 아내는 내 곁을 맴돌며 온갖 아부를 다 떤다. 내 반응을 살피느라 빤히 쳐다보는 아내를 정면으로 마주볼 수 없다. 웃음이 터져 나올 것 같기 때문이다. 고개를 돌리면 반대쪽으로 와서 또 빤히 바라보며 내 눈치를 살핀다.

참다 참다 어느 시점에서 웃음이 폭발하고 만다. 이렇게 되면 상황 끝이다. 원래 계획은 오늘 하루 동안 약간 무거운 분위기를 유지하는 것이었지만 영악한 아내의 애정 공세에 마누라 바보인 나로서는 버틸 재간이 없었던 것이다. 열에 여덟아홉은 이런 식으로 마무리되지만 가끔은 다음 날 아침까지 간다.

나는 2단계 공략을 편다. 아무 일도 없었다는 듯 상냥한 음성으로 아침 식사를 권하는 아내에게 퉁명스레 말한다.

"오늘부터 난 당신이 해 주는 밥 안 먹기로 했어!"

아내는 속으로 뜨끔하다. 애써 태연을 가장하며 말한다.

"맘대로 하세요, 내가 눈 하나 깜빡 할 줄 아세요?"

"끝내 빌지 못하시겠다. 그렇다면 좋아!"

나는 서둘러 외출복으로 갈아입는다.

"오늘부터는 하루 세끼 다 도서관에서 사먹고 밤 열 시까지 거기서 보낼 거야."

말하며 살짝 아내를 살핀다. 아내의 속마음이 어떨지 눈에 보이는 듯하다. 아마도 마음이 다급할 것이다. 아내가 가장 질색하는 것이 밤중까지 혼자 있는 것이다. 아니나 다를까, 가방을 둘러매고 나가려는데 얼른 쫓아 나와 막아선다.

"안 돼. 밥 잡숫고 가."

"잘못한 거 인정하는 거야?"

"그럼, 그럼. 무조건 잘못했어."

"잘못한 게 뭐지?"

"그냥 다 잘못했어."

"그런 게 어딨어. 잘못한 게 뭔지도 모르는 사람이 반성은 무슨 반성이야!"

말하며 짐짓 나가려는 몸짓을 하자 아내가 급히 매달리며 응석부리듯 말한다.

"알았어. 다시는 당신 기분 나쁜 말 하지 않을게."

내가 마침내 웃음을 보이자 아내는 내 가방이며 옷을 벗긴다.


## 🌿 상황놀이 2

오늘 자 일간지 사설 중, 한미 동맹과 관련한 민감한 사안을 예리하게 지적한 글이 있어서 카톡방에 올렸다. 식탁에 앉으며 아내에게 읽어보았느냐고 물었다. 정치 쪽 이야기라면 그리 달가워하지 않는 아내이지만 가끔 중요하다 싶은 것은 알려주고 권한다. 보시다시피 식사 준비 하느라 바빠서 제목만 보았다고 아내가 말했다.

"꼭 읽어봐. 그만한 가치가 있는 글이야. 그렇지 않아도 내가 직접 써서 친구들한테 읽힐 생각이었는데 고맙게도 신문에서 써 주었네."

말하며 나는 슬쩍 아내를 본다. 상황놀이를 시작하고 싶은 것이다.

"그만한 글 쓰려면 한 시간은 걸릴 텐데……. 당신 알다시피 내가 요즘 바쁘잖아. 얼마나 고마운지 모르겠어."

나는 다시 한번 아내의 눈치를 살피며 마침내 본론으로 들어간다.

"……물론 내가 직접 쓴 글에 대면 아쉽지. 그래도 그만 하면 읽어 줄 만하니까."

그 순간 아내의 표정, 같잖다는, 아니 그보다 이게 웬 횡재냐는 듯 배시시 미소를 머금고 있는 모습이 바로 내가 예상했던 바다. 아니나 다를까, 아내가 비웃듯, 훈계하듯 말하기 시작한다.

"당신은 아직도 멀었어요. 어찌 그리도 교만해요. 어떻게 자기 입으로 그렇게 말할 수 있을까? 신문사 논설위원의 글을 감히……. 벼도 익으면 고개가 숙여지는 법인데……. 어떨 때 당신 보면 딱한 생각이 들어요. 대체 언제 철이 들 거예요?"

아내는 신바람이 나 있다.

'그렇지 딱 걸렸어.'

나는 속으로 쾌재를 부른다. 나는 아내의 말을 일부러 끝까지 다 들어준 다음 함박웃음을 지어 보이며 조근조근 말하기 시작한다.

"내 말을 오해하신 모양인데, 내가 그렇게 말한 것은……."

아내가 오해하듯 내 글이 사설보다 훌륭하다는 것이 아니라, 신문의 사설은 수많은 독자를 대상으로 쓰는 글이라 글에 조심성이 따를 수밖에 없고 반면에 내 글은 불과 10여 명, 그것도 생각이 같은 사람들만이 보는 글이니 시원스레 하고 싶은 말을 다할 수 있다는 뜻이라고 해명해 주었다.

"말 되네."

아내는 이내 내 말을 수긍한다. 그러나 정작 내가 노린 것은 이제부터다.

나는 아내에게, 어떻게 남편을 그렇게 모를 수 있는가, 내가 나대는 성격인가, 어느 모임에서건 흰소리 치는 거 본 적이 있는가, 당신이 이렇게 경솔한 사람인 줄 몰랐다, 부끄러운 줄 알아야 한다, 실망했다 등 그동안 아내에게 들어왔던 잔소리에 대한 대갚음이라도 하듯 마구마구 쏟아냈다.

웬만큼 놀았다 싶자 나는 슬그머니 마무리를 짓는다.

"……앞으로 조심해. 내 이번 한 번만은 너그럽게 용서해 줄 테니까. 알았지?"

"네, 네. 어련하시겠습니까?"

아내가 웃음 머금은 표정으로 응수했고 나는 큰기침을 하며 거들먹이는 몸짓을 했다.

# 겁쟁이 누명을 쓰다

아내와 함께 모처럼 외출하고 돌아오는 길이었다. 지하철 승강장의 구석진 자리에서 60 후반쯤의 키가 껑충한 남자가 80 노령의 한 할머니와 대수롭지 않은 이야기를 나누고 있었는데 오지랖 넓은 아내도 잠시 끼어들어 몇 마디 말이 오갔다. 차가 왔는데 할머니는 타지 않고 우리와 껑충한 남자가 탔다.

껑충한 남자는 계속해서 아내에게 말을 걸었지만 아내는 흥미를 잃은 듯 소극적이었다. 목적지에서 우리는 내렸고 그도 따라서 내리는 듯했다. 나는 그가 다음 정거장이 목적지라는 것을 좀 전 아내와의 대화를 통해 들었기 때문에 괴이쩍게 생각했지만 그렇다고 뭐라 할 수도 없었다. 아내도 알아채고 내게 귀엣말로 소곤댔다.

찜찜한 기분으로 집을 향해 가면서도 슬쩍슬쩍 뒤돌아보았다. 50m 남짓 거리를 두고 있었지만 왠지 우리를 따라오는 것 같은 느낌이 들었다. 돌아서서 따져 물을까도 생각했지만 혹 공연한 오해로 무고한 사람에게 못할 짓을 하는 것이나 아닐까 싶어 망설이고 있었다.

좀 전 아내와 나눈 이야기에 의하면 그는 수년 전 조강지처와 사별하였으며 자식들마저 셋 다 시집, 장가보내고 홀로 넓은 집에서 외롭게 지내고 있는 사람이다.

외로움을 술로 달래는 모양이었다. 오늘도 술을 마신 듯했지만 많이 취한 것 같지는 않았다. 무엇보다 옷 입은 것이나 말하는 품새로 볼 때 나쁜 의도를 지닌 사람 같지는 않았다. 그런 터에 불쾌하고 다소 불안감이 든다 하여 대뜸 강하게 몰아붙일 수가 없었다.

마침 속이 불편해서 길가의 어린이놀이터 화장실로 들어갔다. 아내도 무섭다며 따라 들어왔다. 변기에 앉아 변을 보고 있는데 그가 놀이터 한편 구석의 벤치에 앉아 있다며 아내가 불안한 어조로 말했다. 더는 놓아둘 수 없었다.

화장실 밖으로 나와 잠시 서서 그를 바라보며 하는 양을 지켜보았다. 내 동정을 의식했는지 그는 고개를 돌린 채 딴전을 피우고 있었다. 그 모습이 참으로 측은해 보였다.

'저기다 대고 어떻게 무슨 말을 해야 할꼬……'

그렇게 고민하고 있는데 아내가 바로 가까이에 경찰서 지구대가 있다며 신고하자고 했다. 서광이 비쳐든 느낌이었다. 나는 얼른 동의했다.

우리는 지구대 안으로 들어갔다. 나는 벽 쪽의 대기석으로 가 앉았고 아내가 경찰에게 경위를 이야기했다. 젊은 경찰관이 밖으로 나가더니 얼마 안 지나 다시 들어왔다.

"그 사람 이제 갔습니다. 신원까지 다 확인해 놓았으니까 또 따라오면 112로 신고해 주십시오. 바로 처리해 드리겠습니다."

젊은 경찰관은 시원스레 말해 주었고 우리는 밖으로 나왔다. 사방을 살펴보았지만 껑충한 사람은 보이지 않았다. 경찰관이 문을 열고 따라 나와 주의를 둘러보며 이제 아무 걱정 마시라는 듯 우리를 바라보았다.

'고맙기도 하지.'

혼자 중얼거리며 집으로 돌아왔다. 아내는 집 안에 들어와서도 께름칙하고 불안한 느낌이 다 가시지 않은 모양이었다.

"설마 어디 숨어서 지켜보고 있는 건 아니겠지요?"

나는 피식 웃고 말았지만 아내에 대한 보호본능이 마음에 인다. 아기처럼 약한 아내의 든든한 버팀목이 되어야 한다고 거듭 다짐한다.

'내가 먼저 죽으면?'

그러자 새삼스레 아들이 듬직하게 느껴진다.

"아들한테 전화해. 오늘 무서운 일 당했으니까 퇴근하는 대로 바로 집으로 오라고."

아내의 마음도 달래 줄 겸 요즈음 늘 밤늦게 귀가하는 녀석을 하루라도 일찍 들어오게 하고 싶었다.

"나 하나도 안 무서워요. 뭘 그런 걸 가지고 바쁜 애한테 전화까지 해요."

뒤통수를 한방 맞은 기분이었지만 나는,

"와 우리 또순이 멋지다. 최고!"

그렇게 말하며 박수를 쳐 주었다.

다음 날 아침 식사를 하고 있을 때였다. 아내가 아들에게 전날의 일을 자세히 이야기하는가 싶더니 느닷없이,

"글쎄, 니 아버지가 무섭다고 너한테 빨리 들어오라고 전화를 하래더라."

하는 것이 아닌가!

"어, 말도 안 돼. 자기가 무섭다고 해 놓고."

나는 얼결에 그렇게 말했지만,

"어머머! 내가 언제."

아내가 그렇게 받아버리자 아들은 이제 감을 잡았다는 듯 빙긋이 웃는다. 상황이 이쯤 되면 더 이상 어떤 말도 소용없다는 것을 나는 본능적으로 직감했다.

그러나 자식과 관련된 일이고, 이제 웬만큼 익은 편이어서 이 정도 일로 억울하고 속상해 하기보다는, 오히려 아들 입장에서, 부모님이 나를 이 집안의 든든한 버팀대로 생각하고 계시는구나, 하는 것과, 나와 늘 함께하고 싶어 하시는구나, 하는 것 중 어느 편이 더 가슴 뿌듯한 일일까, 하는 점만을 더 마음에 두었다.

또한 자식에게 겁쟁이로 낙인찍힐 수 있는 억울한 상황을 맞아 평온한 마음일 수 있다는 것이 자랑스럽고 스스로에게 고마움을 느꼈다. 그럼에도 뭔가 개운치 않은 구석이 남아 있었나 보다.

나는 식사 끝 무렵에 슬그머니 이야기를 시작했다.

60대 초중반의 부부가 자식들 다 여의고 둘이서 단출하게 살고 있다. 남편은 예나 지금이나 번잡하다. 아내도 남편 못지않게 오지랖이 넓지만 오늘은 모처럼 집에서 한가하다.

오후 들어 남편 친구가 서너 명 찾아와 객실에서 한담을 나누고 있다. 아내는 거실의 소파에 앉아서 어제 본방을 놓친 드라마 재방송을 보고 있다. 드라마에 열중하느라 이웃에 사는 열 살배기 손주 녀석이 들어왔다가 나가는 것도 건성으로 보아 넘겼다.

드라마가 끝나고 이 프로 저 프로 뒤적이고 있는데 손님들이 객실 문을 열고 나왔다.

아내는 얼른 TV를 끄고 자리에서 일어나 손님 배웅할 채비를 한다. 우아하게 웃음 짓는 얼굴 표정은 필수 요소.

그런데 손님 중 가장 멋지게 생긴 김씨가 화장실에 들어가는가 싶더니 이내 기겁을 하며 튀어나온다. 남편이 왜 그러느냐며 화장실 문을 열어 보더니 화들짝 놀란 얼굴이 되어 우아하게 웃음 짓고 서 있는 아내를 향해 소리친다.

"에이 더럽게, 이 사람아 일을 봤으면 물을 내려야지!"

아내는 놀란 나머지 황급히 화장실 안을 들여다본다. 그런데…… 아, 이 무슨 변고란 말인가! 순간 조금 전 손주 녀석이 화장실로 급히 뛰어 들어가던 장면이 재빨리 눈앞을 스쳐간다. 녀석이 땀을 뻘뻘 흘리고 있어서 이 근방에서 뛰어 놀다가 세수라도 하고 나가려고 급히 뛰어든 것으로만 생각했었다. 그런 일이 가끔 있었기 때문이다. 그녀는 홀로 탄식한다.

'어린 녀석이 어찌 저리 많이 싸 놓았을까, 굵기는 또 왜 저리 굵을꼬.'

변기 안에 변이 산더미만큼 쌓여 있었던 것이다. 사실 자신은 한때 변의 양이 많은 것이 싫어서 밥을 덜 먹었을 정도로 그 부분에 대해 민감한 성격이다. 스스로도 부끄러웠던 것이다.

그런 터에 이제 외간 남자, 그것도 은근히 호감을 느끼고 있는 사내에게 그 추한 것을 고스란히 보여준 꼴이 되었으니 이 일을 어찌 수습해야 할지 난감하다.

"아니, 저기, 그건……."

아내는 마음이 급하다. 사람들은 막 신발들을 신고 있다. 그런데 손주 녀석 이름이 생각이 나지 않는다. 그때 남편이 힐끗 쳐다보며 다시 한마디를 던진다.

"거 사람이 나이 먹어갈수록 왜 점점 그 모양이야!"

그리고는 아내가 미처 뭐라고 해명하기도 전에 친구들을 따라 후딱 나가 버렸다. 아내는 화장실 문에 기대 선 채 망연자실한 표정을 짓고 있다.

김씨가 자신에 대해 어떤 상상을 하고 있을까 생각하니 팍 죽고만 싶다. 아무렇게나 지껄이던 남편이 너무 원망스럽다.

이야기 도중에 아내도 아들도 식사 자리에서 똥 얘기가 좀 그렇다며 끼어들었지만 정말로 싫어하는 표정은 아니었고 나는,

"야, 아버지는 지금 생 누명을, 그것도 아주 겁쟁이 누명을 쓰게 생겼는데 똥오줌 가리게 생겼냐?"

웃음 섞어 그렇게 말하며 기어이 이야기를 끝까지 마쳤고 아침 식사 자리는 웃음바다를 이루었다.

## 🌿 진실의 힘

글을 써가던 중 널리 알릴 만한 가치가 있다 여겨져 책으로 펴내고자 마음을 먹게 되었고, 파트 1의 「여보, 당신」과 파트 2의 「아내의 바다」 부분을 주위의 지인들에게 메일로 보내 의견을 구한 적이 있다.

아내도 뒤늦게 관심을 보여 글을 보았는데 자신이 주인공이어서 그런지 앉은자리에서 단숨에 다 읽고는 묻지도 않았는데 말했다.

"그런대로 읽을 만은 한데…… 너무 적나라하게 그려 놔서 내가

좀 창피해."

순간 번개처럼 서광이 비쳐들었다. 바로 그거다. 사람들이 썩 좋은 반응까지는 아니더라도 최소한 실망하지는 않을 것이라는 확신이 들었다.

사실 방금 전까지만 해도 공연한 일을 한 것이나 아닌가 하는 의구심에 마음 한 구석에 묵직한 먹장구름이 드리워져 있었다. 처음 누이에게 선뜻 보내지 못했던 것도 그런 찝찝한 기분 때문이었다.

그런데 몸이 아픈 작은 형이 무슨 소리냐, 아파도 보아줄 수 있다며 흔쾌히 수락하는 것에 용기를 얻어 우선 가까운 지인들에게 보냈던 것이지만 내내 마음 한 구석에 뭔가 개운치 않은 기운이 도사리고 있었던 것인데, 지금 비로소 자신감과 확신을 갖게 된 것이다. 아내가 너무 적나라해서 창피하다고 말하는 순간, 나는 내 글이 진실의 기록이라는 것을 새삼스레 상기했던 것이다.

속살을 내보이고 창피하지 않을 사람은 없다. 바로 그렇기 때문에 사람들은 진정성을 느끼고 공감하며 호의를 보일 것이다.


## 🌿 아내의 장난감

스마트폰이 책상 위에서 둔탁한 소리를 낸다. 아내다. 나는 폰을 들고 얼른 밖으로 뛰어나간다.

"왜 안 내려와요!"

아내의 목소리가 급하다. 시계를 본다. 4시 10분, 20분이나 남아 있다.

"왜 벌써 왔어. 4시 30분이라고 했는데."

"빨리 내려와요!"

일방적으로 말해버리고 전화를 끊는다.

도서관에 두 시간 무료주차를 할 수 있는 주차장이 있지만 잠시 차를 댈 만한 공간은 마땅치 않다. 도서관 앞이 바로 여유 없는 차로이기 때문에 잠시만 정차하고 있어도 뒤에서 오는 차가 빵빵댄다. 이것저것 따져 물을 여유가 없다.

나는 보던 책을 덮고 서둘러 가방을 챙겨 내려간다. 아내는 도서관에서 멀찍이 떨어진 곳에 차를 세워 놓고 차 밖으로 나와 있다가 나를 발견하고는 두 손을 흔들었다. 가까이 다가가자 언제 그랬느냐는 듯 방싯 웃는다.

"몇 차례나 돌았네."

"왜 일찍 와서 공연한 고생을 해. 가만히 보면 덤벙대는 구석이 있어."

"그러니까 시간을 왜 자기 마음대로 늦춰서 사람 헷갈리게 해요."

드문 일이긴 하지만 아내가 나를 데리러 올 때는 보통 네 시로 시간이 맞추어져 있었는데 오늘은 요 며칠 새 잡고 있는 책이 좀 무겁고 까다로운 내용이어서 30분을 늦췄던 것이다.

차 안에서는 그쯤에서 끝냈다.

저녁에 식사 마치고 나서 나는 다시 그 얘기를 꺼냈다. 문득 아내를 건드려보고 싶었던 것이다.

"솔직히 얘기 해 봐. 내가 너무 보고 싶어서 문자 제대로 봤으면서도 일찍 온 거지, 그렇게 내가 좋아?"

어떤 기상천외한 대응이 나올까 사뭇 흥미진진하다.

"당근이지, 내 장난감인데."

말하고 상긋상긋 웃음 짓는다.

"어허! 이렇게 무례할 수가 있나. 하늘 같은 서방님한테 장난감이라니. 어서 빌지 못해!"

짐짓 노한 척 위엄을 부려 본다.

"예, 예, 예…… 죽을죄를 지었사와요. 한번만 용서해 주셔요. 하늘같은 서방님, 아니 밥님."

"밥님?"

"당신, 내 밥이잖아."

생글생글 웃으며 나를 빤히 바라본다.

"이놈이!"

내가 짐짓 무서운 얼굴, 공룡의 몸짓으로 달려드는 시늉을 하자 아내는 깔깔깔 요염한 웃음을 뿌리며 자리를 뜬다. 나도 웃고 만다.

설거지를 하는 아내의 경쾌한 뒷모습을 물끄러미 바라보며 나는 가만히 생각을 굴린다. 이른바 깨달음의 축복을 받은 이후 5개 성상이다. 그 긴 세월을 지나오며 우리는 거짓말처럼 단 한 차례도 다투거나 갈등을 겪지 않았다.

시간이 지나면서 우리는 진화를 거듭했다. 진화의 귀착지는 웃음이 깃드는 가정이었다. 우리 사이에는 웃음이 늘어났다. 아니 끊일 날이 없다.

보통의 인간관계에서는 실례가 되는 말을 우리는 서슴지 않는다.

해석하기에 따라 또는 받아들이기에 따라 그보다 더 웃음을 살 만한 소재가 없기 때문이다.

이해를 돕기 위해 비근한 예를 들어보자.

언젠가 부부간에 콩팥을 공여해 주는 이야기가 나왔다. 나는 당연히 그리할 것이라며, 그것 하나만 봐도 내가 얼마나 훌륭한 남편이냐며 너스레를 떨자 아내의 기상천외한 대답은,

"난 당신 거 안 받을 거야." 하는 것이었다.

그 순간 나는 집안이 떠나가라 박장대소했다. 이어가는 아내의 말인즉 미워하는 사람의 콩팥을 받게 되면 부작용을 일으킨다는 것이었다.

이후로도 아내가 입을 뻥끗 할 때마다 나는 웃음을 쏟아내며 좀 받아 달라 사정한다.

받아주면 돈 줄게, 내가 그리 말하고, 돈 같은 거 필요 없다고 아내가 받고, 다시 한번 애원하고, 얼마 줄 거냐며 아내가 조금 전향된 자세를 보이고, 십만 원부터 시작해서 천만 원까지 오르고, 마침내 아내가 허락한다.

십만 원에서 시작해서 천만 원에까지 이르는 사이에 아내는 별의별 고릿적 일까지 다 끄집어내고 또 터무니없이 보태서 나를 비판함으로써 거절의 명분으로 삼았고, 터무니없는 정도가 심할 경우 나는 외장치듯 웃어젖혔고, 또 잘못했다 거짓 빌며 액수를 높여 나갔다.

마침내 우리 부부는 너무 많이 웃어서 목이 아플 지경이 되어서야 놀이를 끝낸다.

매사가 이런 식이다. 웃음을 서로 의도적으로 만들어 가며 즐겼다. 그래도 오늘처럼 나를 장난감이니 밥이니 하지는 않았었는데 오늘 마침내 명시적으로 선언하기에까지 이르게 된 것이다. 나는 흡사 오르기 힘든 고지에라도 올라선 듯 통쾌한 기분을 느꼈다.

# 3
# 멀리 있어 그리운 너

한순간 온 세상을 태워 버릴 듯

뜨겁게 타오르는 불같은 사랑이거나,

긴긴 세월 청춘의 애간장을 녹이는 사랑이거나

그 오묘함의 조화를 어찌 우리 헤아릴까.

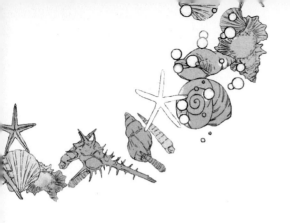

## 🌿 멀리 있어 그리운 너

　한순간 온 세상을 태워 버릴 듯 뜨겁게 타오르는 불같은 사랑이거나, 긴긴 세월 청춘의 애간장을 녹이는 사랑이거나 그 오묘함의 조화를 어찌 우리 헤아릴까.

　사랑하고 사랑받고 환희와 환락의 시간 꿈결같이 보내지만 그 사랑 식어지면 이쪽은 배신하여 인간적 비애에 고뇌하며 시달리고, 저쪽은 배신당해 원망하고 신음하며 비탄의 눈물을 뿌린다.

　저쪽 사람, 살을 에는 슬픔에 세상을 등지기도 한다. 그러나 많은 이가 사랑하는 동안의 달콤함, 행복의 날갯짓하며 두둥실 구름 위를 떠다니던 희열감을 지우지 못한다.

　그리하여 사랑은 긴긴 세월 지나오며 조금의 빛바램도 없이 질긴 생명력을 뽐내고 있다.

# 🌿 정수 부인과 초의 회왕

초의 회왕에게는 정수 부인이라는 총희가 있었다.

화무십일홍이라 했던가, 정수 부인의 향이 조금씩 옅어져 갈 무렵, 회왕이 측실을 들였다. 정수 부인은 그러나 조금도 시샘하지 않고 오히려 측실을 극진히 보살피고 챙겨 주었다.

어느 날 정수 부인이 측실에게 말했다.

"대왕께서는 마주할 때 손으로 얼굴을 살짝 가리고 수줍은 듯 말하는 것을 몹시 좋아하시네."

측실은 그날부터 정수 부인의 말대로 충실히 행했다.

하루는 회왕이 정수 부인에게 물었다.

"왜 내가 얘기할 때마다 손으로 얼굴을 가리는지 모르겠소."

정수 부인이 꺼리는 것이라도 있는 듯 머뭇머뭇 말을 아낀다. 회왕이 거듭 재촉하자 정수 부인은 마지못한 듯 조심스레 말한다.

"실은…… 대왕에게서 좋지 않은 냄새가 난다면서……."

회왕은 대노한다. 당장 측실의 코를 베어 버리라 수하에게 명을 내린다.

정수 부인은 마음속으로 가만히 웃는다.

# 🌿 하오의 연정

  사랑에 별난 가치관을 지닌 재벌 바람둥이 플레니어(게리쿠퍼)를 사랑하는 아리안느(오드리 헵번), 순박한 그녀는 바람둥이의 여성관, 곧 뭇 여성들과 사랑을 즐기되 깊어지는 듯하면 홀홀 털고 떠나 버리는 별난 취향에 맞추기 위해 자신의 신분을 위장한다.

  진심을 감춘 채 바람둥이보다 더 찬란한 남성 편력을 조작, 과시한다. 처음 몇 번은 대수롭지 않게 들어 넘겼지만 어느 순간부터 플레니어는 질투를 느끼기 시작했고 술과 사우나로 괴로운 마음을 달래야 했다.

  마침내 사립 정보원에게 그녀의 정체를 탐지케 한다. 그런데 그 사립 정보원이 바로 아리안느의 아버지다. 탐정답게 대번에 전모를 파악한 그녀의 아버지는 플레니어에게 모든 사실을 밝히고 딸이 상처받지 않도록 떠나줄 것을 당부한다.

  아무것도 모르고 데이트 약속 시간에 맞추어 찾아간 아리안느는 예상치 않던 플레니어의 결별 통보에 큰 충격을 받았으나 애써 태연한 체한다.

  순전히 펑크 난 시간을 때우기 위한 것처럼 가장하여 역까지 배웅을 나간다. 떠나보내는 마음이 찢어질듯 아파 두 볼에 눈물이 흘러내리건만 그녀는 끝내 본심을 드러내지 않는다. 그것이 밝혀지는 순간 바람둥이가 영원히 떠나간다는 것을 너무나 잘 알고 있기 때문.

  기차는 서서히 움직이고 아리안느는 따라 움직이며 말을 쏟아내기 시작한다.

"당신이 가고 있는 동안에 나는 벌써 스위스 은행가와 데이트
를……. 내일은 캐나다인 등산가와…… 투우사하고도……."

기차는 차츰 속력을 내고, 그녀의 쫓는 발걸음도 빨라지고, 목소
리는 점점 다급해진다. 그것은 사랑을 잃지 않으려는, 사내에게 버
림받지 않으려는 한 여인의 치열한, 아니 처절한 몸부림이었다.

바람둥이의 표정이 사랑의 애틋함과 격정에 휩싸인다. 그리고 마
침내 그는 아리안느를 안아 차 안으로 끌어들인다.

## 🌿 만추에 서다

만추의 계절, 바람이 산들, 여인의 고운 머리카락이 이마 위에서
살갑다. 이마를 덮은 머리카락을 섬세한 손짓으로 뒤로 젖히며 여
인은 옷깃을 여민다.

그때 스크린에 낮게 깔리며 내 감정의 속살에 처연히 스며드는
단음계의 선율, 클로즈업되는 여인의 우수에 젖은 얼굴, 뭇 남성들
의 로망, 젊고 고운 여인.

내게는 너무도 고귀한 환상 같은 장면이어서 마음 속 깊숙한 곳
에 고이고이 간직해 두었었다. 그리고 때 없이 꺼냈다. 역겨울 때거
나 시들할 때, 또는 모든 것이 무의미하게만 느껴져 절망감에 허덕
일 때 나는 내 보물 창고의 문을 열고 그 환상을 꺼냈던 것이다.

여인들에 관한 한 제법 이치적인 비난의 말도 액면 그대로 받아

들이기를 거부해 왔다.

내 환상에 보탬이 되는 것은 기억의 저장 창고에 받아들이고 반하는 것은 밀어내면서 꾸준히 환상을 키워 갔다. 그것은 종교와 흡사했다.

40 중반쯤으로 보이는 네댓 명의 여인들이 넓은 공원의 한편 구석진 곳에 돗자리를 넓게 펴고 그 위에 빙 둘러앉아 있었다. 공원 안 곳곳에서 흔히 볼 수 있는 광경이라 무심히 지나쳤는데 그 중 한 여인이 강렬한 느낌으로 눈에 들어왔다.

세월을 늙어가는 것으로써가 아니라 원숙의 과정으로써만 받아들인 듯했다. 그녀는 옆자리 친구들과 함께 어울리고 있었지만 몸이 그러할 뿐 생각은 다른 곳, 좀 더 높은 곳, 피안의 세계라도 거닐고 있는 듯 그윽함에 젖어 있었다.

곱게 그늘이 드리워진 얼굴을 바라보며 나는 장엄하고 구슬픈 판타지아가 내 전신에 울려 퍼져옴을 느꼈다.

'참으로 곱구나.'

나는 속으로 조용히 뇌며 한동안 그 여자에게서 눈을 떼지 못하고 서 있었다.


## 🍃 사라방드, 헨델

누군가 인생의 황혼녘에서, 청춘의 싱그러운 꿈과 소망이 꽃처럼 붉게 피어나던 아름다운 시절에, 시대의 아픔에 절규하며 자유와

평등, 민주와 정의의 실현을 위해 독재의 횡포에 맞서 과감히 싸우다 장렬히 산화해 간 사랑했던 사람이 있어,

회한을 온몸으로 지닌 채, 노을 속에 앉아 비탄하고 있다면,

그의 가슴 속 저변을 고요히 흐르는 감정의 물살, 그 애틋함의 미묘한 파동은 어떤 소리일까 늘 궁금했었다.

오늘 마침내 그 소리를 찾았다. 사라방드…….


## 🌿 이중의 희생, 후안 발레라

'구테레스' 신부는, '페피트'가 '그레고리오'의 부인 '푸와나'를 연모해 따라다니며 치근대는 것에 대해서, 페피트에게 유감을 표한다. 페피트는 자신의 결백을 주장하며, 푸와나는 모든 남자가 자신의 아름다움에 반해 있다는 착각 속에 살고 있는 여자라고 말한다.

실상 페피트는 그레고리오의 전처 소생인 '이사베리타'를 사랑한다. 그러나 푸와나는 이사베리타가 자기의 친정 동생인 '안부로시오'를 좋아하는 것으로 알고 두 사람을 맺어 주려 한다.

이사베리타의 유모 '라몬시카'는 꾀를 내어 일을 꾸민다. 그녀는 그레고리오가 농장에서 묶는 날 페피트를 끌어들여 푸와나의 방에 들게 한 다음, 농장에 그 사실을 알린다.

그레고리오가 집으로 달려오자 페피트를 이사베리타의 방으로 얼른 보낸다. 두 사람은 자연스럽게 혼인을 허락받을 수 있는 상황

에 놓인다.

한편 푸와나는 자신을 남편으로부터 보호하기 위해 페피트와 이사베리타가 희생한 것으로 알고 고마워한다.


# 🌿 남자의 성

"······허리를 끌어안고, 엉덩이를 쓸어 어루만지고······."

수년 전 검찰 간부로부터 성추행을 당했다는 ××× 검사의 폭로로 우리 사회에 큰 파문이 일고 있다.

문제는 이런 일이 ××× 검사 한 사람만의 일이 아니라는 점이다. 한 전직 여검사는 본인과 다른 여검사들도 검찰 내에서 성희롱과 성추행을 겪었다고 털어놨다.

"가까이 앉고 어깨 토닥이고······ 저는 하루하루가 지옥 같았는데······."

"(회식에서) 어느 여검사가 '아이스크림 맛있겠다'라고 했더니······ 그 자리에서 (한 남검사가) 그 여검사한테 '나는 네가 더 맛있어 보여, 난 너 먹고 싶은데'라고 했다고 해요."

어찌 이들뿐일까! 성범죄 피해 사실을 알리는 '미투(Me Too, 나도 당했다)' 운동은 문화계라고 예외는 아니다.

××× 시인이 지난해 12월 계간 《황해문화》 겨울호에 게재한 시 「괴물」이 6일 인터넷과 사회관계망서비스(SNS)를 달궜다. 노벨상 후보로 거론되기도 했다는 작가 'En'이 후배 작가들을 성추행한 사

실을 폭로한 글이다.

작품에서 En은 '젊은 여자만 보면 만지며', '유부녀 편집자를 주무르는' 인물로 묘사된다. 이를 두고 ××× 시인은 '틀면 나오는 수도꼭지인데, 그 물은 똥물'이라며 '자기들이 먹는 물이 똥물인지도 모르는 불쌍한 대중들'이라고 썼다.

××× 시인은 문단 내 성범죄 문제에 관해 '내가 등단할 때 이미 일상화돼 있었다'고 했다. '첫 시집을 1994년에 내고 문단의 술자리에 많이 참석했는데, 그때 목격한 풍경은 놀라울 정도로 충격적이었다. 문단이 이런 곳인 줄 알았다면 내가 여기 들어왔을까 싶었다'라고 떠올렸다.

자고 일어나면 성추행 고발이 튀어나온다. 여검사들의 폭로에 이어 문화계로 확산되는가 싶더니 이번에는 여성 국회의원, 도의원까지 '미투'에 뛰어들고, 심지어 여권의 차기 대선 유력 인사까지 여비서를 수차례 성노리개로 삼은 사실이 폭로되어 나라 안이 발칵 뒤집혔다. 사태가 어디까지 번져갈지 예측조차 할 수 없다.

거리에 나선다. 그때 눈앞에 펼쳐져 보이는 원색의 물결, 젊음의 파도가 힘차게 출렁이는 속에 가까워지며 훌쩍 지나쳐 가는 벌거벗은 여인들, 쫓는 듯 다가와 스치고 지나며 멀어져 가는 젊음의 꽃. 그네들이 내뿜는 향기에 심장이 멈칫, 마음이 설렌다.

가슴속에 팡파르가 울려 퍼진다. 살, 여인의 살, 현란한 살의 축제가 불을 뿜는다. 사내의 영혼은 비틀거린다. 오, 여인들이여, 고혹의 빛이여, 열망이여, 달콤함이여, 꿈이여, 환락이여, 슬픔이여,

그리움이여, 어둠이여…….

축제의 장터를 벗어나 홀로 되어 텅 빈 가슴이 허망하여 신음한다. 아, 안아 보고 싶다. 아, 만지고 싶다. 아, 그 품에 안기어 사랑을 속삭이고 싶구나. 그리워, 그리워, 미칠 듯 그리워!

간과해서 안 되는 것은 방금 묘사한 바대로 대부분의 남성들이 자신의 의지와 무관하게 내면에서 부단히 피어오르는 성적 욕구에서 자유롭지 못하다는 점이다.

이성이 늘 감시하고 제어하지만 팽팽한 긴장 상태에 놓여 있는 것이다. 정신이 받쳐주지 못하는 외면적 풍요의 시대를 살면서 사람들은 드러난 것의 화려함만을 좇는 속물로 전락하였으며 돈도 명예도 그리로 몰려든다.

그러한 사회 구도, 사회 가치의 척도 아래서 여성들은 더욱 아름다워질 것이며, 고운 자태를 뽐낼 것이며, 선정적으로 용솟음칠 것이다. 그리하여 어느 순간 아주 작은 비루한 틈새에도 식욕처럼, 천에 물감이 번지듯, 줄기차게 이어지며 엄습해 오는 관능이여, 딱한 그대여, 정신이 혼미하여 그예 발을 헛딛고 마는구나. 부끄러움을 남기는구나.

오, 심장을 집어삼키는 짐승의 정염에서 해방시켜 주소서!　　　-소포클레스

"저의 이름은 '빈센트 반 고흐'입니다. 직업은 화가입니다. ××님을 사랑하고 있습니다. ××님을 만나게 해 주십시오."

고흐는 애타는 심정으로 그 집의 어른들께 호소했으나 그들은 차갑게 거절했다. 고흐는

재빨리 촛불 쪽으로 다가가 빨갛게 타오르고 있는 촛불에 손을 담갔다. 그리고 말했다.

"이 손이 불에 타고 있는 동안만이라도 그녀를 보게 해 주십시오."

## 🌿 경국지색, 달기

은(殷)나라 주왕의 마음을 사로잡은 달기는, 주왕이 정벌한 오랑캐의 유소씨국(有蘇氏國)에서 공물로 보내온 희대의 독부였다. 주왕은 '달기야 말로 진짜 여자다. 지금까지 많은 여자들을 겪어 봤지만 달기에 비하면 목석에 불과하다. 정말 하늘이 내려준 여자다'라고 말했다.

어느 날 달기가 왕에게 청한다.

"궁중 음악은 별로 마음에 들지 않사오니 마음을 풀어줄 수 있는 음악을 만드는 것이 어떠하온지요?"

주왕은 즉시 음악을 담당하는 관리에게 명령하여 관능적이고 자유분방한 음악을 만들게 한다. 이른바 '미미의 악'이다. 달기는 다시 청한다.

"폐하, 환락의 극치가 어떠한 것인지 한번 끝까지 가보고 싶사옵니다. 지금 이 순간을 마음껏 즐기고 후회 없는 삶을 누려야 하지 않을까요?"

마침내 주지육림의 공사가 시작되었으며 공사가 완성되자 질펀한 잔치가 벌어졌다.

"이 잔치에 참석하는 모든 사람은 절대 옷을 입어서는 안 된다.

그리고 남자는 반드시 여자를 업고 과인이 있는 곳까지 와야 한다.”

주왕의 명이 떨어지자 잔치에 참석한 천여 명도 넘는 남녀들이 실오라기 하나 걸치지 않은 전라의 몸이 되어, 벌거벗은 남자들은 이리저리 여자를 붙잡으려 뛰었고 역시 모두 벗은 여자들은 비명을 지르며 달아나기 바빴다. 이러한 잔치가 저녁부터 다음 날 해가 뜰 때까지 계속하여 무려 120일 동안이나 이어지니 이를 ‘장야의 음’이라 불렀다.

주나라의 무왕이 쳐들어오자 은나라 주왕은 녹대에 들어가 스스로 불을 지르고 타 죽는다. 달기는 붙잡혀 형장으로 끌려간다. 망나니 한 명이 요란한 몸짓을 해 대며 허공을 향해 칼을 휘젓는다. 칼날에 뿌연 물안개가 뿜어지고 바야흐로 날이 시퍼런 칼이 달기의 목으로 내리쳐지려는 순간, 가녀린 몸매, 해쓱한 표정이 망나니의 가슴을 찌른다.

아! 이렇게 아름다울 수가…….

일순 망나니의 두 눈은 생기를 잃고 온몸이 경련을 일으킨다. 여인의 하얗고 긴 목이 바람에 나부끼는 나뭇가지처럼 이리 저리 흔들리는 듯 보인다. 도무지 목을 겨냥할 수가 없다.

망나니가 물러나고 다른 망나니가 들어서고, 두 번째 망나니가 또한 물러나고, 세 번째가 들어서고……. 그렇게 수차례가 거듭되자 마침내 90세의 망나니를 부른다. 그 또한 사나이인지라 팔이 떨린다. 결국 그녀의 얼굴을 보자기로 가리고서야 처형할 수 있었다.

후세의 시인이 달기의 죽음을 애석하게 여겨 시를 지어 남겼다.

얼마나 가련한 아름다움이었으면
형장의 망나니가 눈물을 뿌렸을까
복숭아꽃이 이에 비교될까
작약꽃이 아름다움을 견줄 수 있을까
옛날 그녀가 덮었던 이부자리엔
아직도 그녀의 향기가 맴도는데
이제는 그녀의 아리따운 몸매가 간 곳 없으니
슬프다 미인이여, 이 한 어찌 풀려나!
기가묘무(奇歌妙舞) 어디 가고 비구름만 맴도는가!

## 🍃 스물다섯 연하와 사랑하기

어느 날 느닷없이 숙희가 찾아들었다. 숙희는 젊은 시절 직장에
다닐 때 급사로 데리고 있던 아이였다. 그때 야간 고등학교에 다니
고 있었는데 많은 사람들의 사랑을 듬뿍 받았다. 공부도 잘 해서
명문대학에 입학했고 급사를 그만두었다.

이후로도 가끔 소식이 오갔고 결혼식에까지 참석해서 피붙이 급
의 넉넉한 축의금을 내주기도 했었다. 딸 하나 낳아 기르면서 남편
과 행복하게 잘 지내고 있는 것으로 알고 있다.

그런데 오늘 예고도 없이 잘 포장된 선물을 들고 방문한 것이다.
몇 마디 의례적인 이야기가 오가고 나서 숙희는 제집 살림이기라도
하듯 익숙한 솜씨로 술상을 차리기 시작했다. 내가 술을 즐기는 것

을 잘 아는 숙희이기에 아마도 배려 차원에서 그리하는 듯했다.

마침 냉장고에 먹음직한 안주감도 있었다. 술이야 늘 집에 있으니 이제 마시는 일만 남았다. 담근 술을 꺼내 마시면서 한잔 권하자 숙희는 흔쾌히 응했다. 술이 좀 독했는데 무려 석 잔이나 마시더니 술기운이 오르자 숙희는 내게 말했다.

"과장님, 혼자 사시면 너무 외로우실 텐데 재혼을 하시지 그러세요?"

나는 그 말에 소리 없이 웃기만 한다. 숙희는 안쓰럽다는 표정으로 나를 쳐다보더니,

"그 웃음이 너무 쓸쓸하게 느껴져요."

한다.

나는 난감해서 실없는 웃음을 짓는다. 숙희는 술을 한잔 더 마시더니,

"과장님을 한시도 잊은 적이 없어요. 행복하시기를 늘 빌었는데 이렇게 홀로 적적하신 모습을 뵈니 마음이 아파요." 하면서 눈물을 쏟아낸다.

"이쁜 얼굴에 눈물 보이면 내 마음이 아프지."

그렇게 말하면서 손수건을 꺼내 볼에 흐르는 눈물을 닦아 주었다.

그때 하루 내내 흐렸던 날이 드디어 비를 쏟아내려는지 콰다당! 번개를 쳤다. 그 순간 숙희는 엄마야, 하면서 내 품에 안겨 왔다. 나는 숙희의 등을 토닥토닥 두들겨 준다.

"비가 오려나 보네……."

어색한 분위기를 비 탓으로 돌리고 있었지만 젊은 여인의 따뜻

하고 보드라운 살결, 싱그러운 체취에 내 가슴은 거세게 물결치고 있었다.

내 품에서 벗어나며 숙희는 한마디로 분위기를 일신한다.

"과장님 한 잔 더 주세요."

주거니 받거니 몇 순배 돌자, 숙희가 내 가슴에 또 불을 지른다.

"과장님은…… 여자 생각 안 나세요? 남자들은 여자들과 달라서……."

"여자들과 다르다고?"

"아니에요. 그냥 해본 말이에요."

숙희는 해맑게 웃는다. 많이 취한 듯하다. 어떻게 자리를 파할 것인가 궁리하고 있는데 숙희가 잠깐만 쉬었다 가야겠어요, 라고 말하면서 거실 소파에 몸을 기대어 앉는다.

대충 치우고 돌아보니 숙희는 잠이 들어버린 것 같았다. 탐스러운 가슴이 한쪽 팔에 짓눌려서 비명을 지르는 듯한 모습인데 사뭇 선정적이다.

달아오른 욕망이 거칠게 나를 몰아세웠지만 이성이 또한 강력하게 작동되고 있었다. 소파 아래에 앉아서, 비스듬히 기울어져 있는 목을 한 팔로 받쳐 주면서 흐트러진 머리카락을 쓸어 올려 준다. 숙희의 입술이 오물거린다.

이렇게 신선한…… 오, 여인이여, 발그레 물들어 더욱 고운 입술이여, 그대를 찬미하노라.

슬그머니 잠이 들었나 보다. 얼마나 잤을까. 잠에서 깨어 보니 내가 숙희의 배에 얼굴을 묻고 있다. 젊고 아름다운 여인의 배 위에 얼굴을 묻고 있는 나는 아이처럼 가슴이 설렌다. 숙희는 깨어나 있는 듯하다.

어찌 할까 망설였지만 행복감을 놓치고 싶지 않다. 숙희가 숨을 쉬는 느낌이 그대로 전달되어 온다. 나는 용기를 내어 잠결인 것처럼 가장해 티셔츠 속으로 손을 넣는다. 한순간 깜짝 놀라는 것 같은 반향이 있었지만 숙희는 내 손을 밀어내지 않았다. 고개를 움직이자 이번에는 뭉클한 가슴의 감촉이 온몸에 찌릿하다. 그런데 숙희는 한 손으로 내 머리를 쓰다듬는가 싶더니 가볍게 토닥거려 주기까지 한다.

나는 한 번 더 용기를 내 본다. 자세가 불편해서 움직이는 것처럼 하면서 상체를 좀 더 일으켜 숙희의 가슴에 얼굴을 묻어 버린다. 잠시 움직임을 멈추었던 숙희의 손이 내 어깨에 놓여졌다. 그리고 다시 토닥토닥.

이미 내 아랫도리는 터질 듯 발기되어 있었다. 숙희의 한쪽 다리가 소파 아래로 내려와 있었다. 나는 숙희의 한쪽 다리에 내 아랫도리를 밀어붙였다. 숙희의 무릎 아래 종아리 쪽에 내 그것이 닿는다. 힘겹게 버티고 있던 이성이 점차 기운을 잃어가고 있었다. 가슴 바로 밑에까지 갔던 손을 아래로 내려서 배꼽 주위를 쓰다듬는다. 조금 더 아래로 손을 내리자 바지 속이다. 아, 손끝에 느껴지는 까실한 음모의 감촉, 이제 곧 무성한 숲이, 그 아래로 깊고 뜨거운 샘이……

숙희의 하체가 꿈틀한다.

오, 터져버릴 것 같은 내 심장이여!

내 손에 끈끈한 액체가 감지된다. 내 온몸이, 관능이 뜨겁고 힘차게 타오르고 있었다. 이성은 취한 듯 비틀거린다.

오, 윤리여, 양심이여, 관습이여, 나의 이 더러운 관능의 욕구를 제어해 다오.

나는 순간 손을 빼버린다. 그때였다. 숙희가 내 손에 이끌린 듯 소파에서 벌떡 몸을 일으켜 내 머리를 와락 끌어 안았다.

"과장님, 저 가지세요, 가지고 싶지요? 드리겠어요. 어서요, 어서 가지세요."

숙희는 숨 가쁘게 호소한다.

오, 순간이여, 그대 이변을 품었도다.

창조의 위대함이여, 여인의 마성이여!

나는 숙희의 애타는 호소를 세이렌의 가성으로 느낀다.

그것은, 한번 그 소리에 빠져들면 헤어날 수 없는, 점점 더 깊이 빨려들 수밖에 없는 죽음의 선율, 파멸의 노랫가락이다.

오디세우스여, 그대의 지혜가 부럽도다. 키르케여 내게도 조언을 주오.

"어서요, 어서 나를 가져요!"

세이렌이 이번에는 리라를 더욱 다급하게 연주한다. 내 영혼도 다급하게 곤두박질쳐 갔다.

인간의 나약함이여, 나는 마녀의 섬을, 어둠의 늪을, 죄악의 수렁을 끝내 벗어날 수 없을 것 같구나.

아, 생은 무엇인가, 징벌이여, 심판이여, 내 그대들을 두려워하지 않으려다. 나를 용서하지 말라!

한바탕 꿈이었다.

숙희가 꿈에 나타나다니, 그것도 색정이 넘치는 모습으로…….

참하고 정숙한 숙희를 떠올리며 나는 숙희에게 미안함을 느낀다. 문득 생각난다. 언젠가 일흔 살 노인이 45세 꽃뱀의 유혹에 속아 넘어가 패가망신을 당한 사건이 보도되었다. 그런가 하면 얼마 전엔 55세 유명 인사가 서른 살 여성과 사랑에 빠져 가정을 파탄내기도 했다. 두 경우가 다 25세 연하 여성과의 사랑 이야기다. 공교롭게도 나와 숙희의 나이 차이도 25년이다.

한순간 번개처럼 스쳐가는 의문이 있다. 현실에서 그런 유혹이 내게 범접한다면? 하기야 전에도 나는 가끔 그런 생각을 했다. 스물다섯 살쯤 연하의 여성이 내게도 사랑의 손길을 뻗쳤으면 싶었던 것이다. 탐욕이 아니다. 나를 시험해 보고 싶었다.


비록 인생의 어느 한 계절 그것은 더없이 아름답고 또한 뜨겁게 타오르기도 하지만 신기루 같은 것이나 아닐까?


"조잘진이라니요? 천만에요, 신부님. 전 그 이름을 잊었어요. 그 이름이 준 슬픔도 함께요." ―『로미오와 줄리엣』 중에서


로미오의 이 한마디에 수천 년 숱한 사연으로 청춘의 심금을 울리던 그 많고 많은 사랑이 모두 수렴되는 것이나 아닐까? 따라서 약간의 외적 상황 변화에도 순식간에 사라져버리는 그림자 같은 청춘의 사랑은 진정성 면에서 낙제다.

운명적으로 맞닥뜨리는 것이라면 모를까, 굳이 고대하고 꿈꾸며 목맬 만한 가치가 있을까 싶다.

청춘의 사랑도 그러한 터에 스물다섯 살 연하와의 사랑이 오죽할까. 나는 스물다섯 살 연하의 여성이 내게 애정을 느낀다는 것은 로또 복권에 1등으로 당첨되는 것만큼이나 비현실이라는 것을, 아니 그런 일은 절대로 일어날 수 없다는 것을 신앙처럼 믿고 있다.

더욱이 그러한 생각은, 25년 연하와의 사랑놀이라는 것이 그 자체만으로도 자연의 섭리에 반하는 짓이며 따라서 사회의 한 구성원으로서 걸림돌일 수밖에 없다는 확고한 도덕적 가치관에 기초하고 있기에 치열하고 강력하다.

그런 마음으로 무장하고 있는 나를 무너뜨릴 수 있는 여인이 있을 수 있을까? 설령 있다 한들 내게는 강력한 방호벽이 대기하고 있다.

그것은 아내다. 함께 해 온 수십 년의 인생 역정……. 이룰 수 없어 가슴 졸였고, 채울 수 없어 애태웠으며, 줄 수 없어 사무쳤던 그 안타까운 순간들을 상기할 것이다.

아쉬운 사랑, 타는 마음 두 눈에 가득 담아 애절한 눈길로 주고받을 때 나는 절규하는 심정으로 스스로에게 맹세하고 다짐했었다. 내 목숨이 다하는 날까지 아내를 사랑하리라. 남은 생, 오직 아내만을 위해 살리라.

아, 어제 일처럼 생생하다. 결혼 초, 어쩌다 아내에게 손찌검까지 했었다. 밤이 늦어서였다. 악착같이 달려드는 아내가 싫어서 주섬주섬 옷을 입고 밖으로 나가려는데 바짓가랑이를 잡고 못나가게 하는 것이었다.

'나가지 말아요, 나 무서워요.'

섧게 울면서 그렇게 말했다.

나는 한순간 어리둥절했지만 이내 깨달음이 왔다. 그것은 아주 엄청난 것이었다. 보통의 경우라면 10년쯤 걸려야 할 것을 일순간에 깨달은 느낌이었다. 아내에 대해, 여성 일반에 대해…….

아내가 미칠 듯 사랑스러웠다. 도스토옙스키가 도박 중독에서 벗어날 수 있었던 것은 아내에 대한 바로 이러한 애틋함 때문이나 아니었을까 싶었다.

20년쯤 껑충 뛰면 생뚱맞은 그림이다.

내가 당구장에 앉아 있다. 그 시절, 퍽이나 어렵고 고통스런 하루하루였다. 손님은 없고 그렇다고 폐업을 하자니 큰 손실이 너무 버거웠다. 사람도 제대로 쓰지 못하고 아무 희망도, 대책도 없이 무기력증에 빠져 절망스런 나날들을 견뎌내고 있었다.

자정이 넘도록 오십 평의 넓고 휑한 방에서 대부분의 시간을 홀로 외로이 보냈다. 어느 순간, 깊은 산속의 괴괴한 적막감이 찾아들 때면 심장이 멎을 듯 숨이 컥컥 막혀 와 급히 창문께로 달려가 창밖으로 고개를 길게 내밀고 심호흡을 해야만 했다.

호흡을 가다듬은 다음에도 그리움이 간절한 시선으로 거리를 오가는 사람들을 한동안 내려다보곤 했다. 시야에 들어오는 오가는 모든 사람들이 행복해 보였으며 그들 모두가 승자인 듯 느껴졌고 나만이 패배자였으며 나도 어서 그들 사이에 끼어들고 싶었다. 사람들이, 세상의 소음이 미칠 듯 그리웠다.

그런데 참으로 기이한 것은 그리움의 정체였다. 사람들이 그토록 그리웠지만 그렇다고 사람들이 나의 그리움을 달래줄 수 있는 것도 아니었다. 그보다 특정한 몇몇 사람을 제하고 어떠한 사람도 내게는 귀찮기만 한 존재였다. 당구장을 시작하면서 알게 된 몇몇 지인을 비롯해서 같은 건물 안 사람들이 이따금 들러서 바둑도 두고 식사도 함께 하며 세상 사는 이야기를 나누다 가곤 했지만 마음은 늘 검은 구름으로 덮여 있었던 것이다.

　특정한 사람이란 바로 당구를 치러 오는 손님들이었다.

　그 시절 내 유일한 낙은 아내였다. 아내는 당시 건강식품점을 운영하고 있었는데 초보자로서 결코 만만치 않은 장사였지만 비교적 순탄하게 잘 꾸려가고 있었다.

　퇴근길에 배달을 했기 때문에 늦을 때가 많았다. 자정이 넘어 아내가 당구장 안으로 들어서면 순식간에 내 모든 시름은 사라지고 아이처럼 기뻤다.

　아, 기뻐라!

　그 순간 나는 속으로 다짐하곤 했다.

　이 여자를 내 목숨이 붙어 있는 날까지 사랑하리라.

　또 하나의 장면이 겹쳐서 등장한다. 절절하기로는 이 일을 따를 것이 없을 것 같다.

　당시 나는 의사의 오진으로 절망의 하루하루를 보내고 있었다. 재수술을 받으면 완치될 것이고 또 재수술이래야 글자 그대로 다시 수술하는 것일 뿐 특별히 위험할 것도 없는 평범한 수술일 뿐이라고 거듭해서 스스로에게 다짐했고 그것이 논리적으로 그리 틀린 생각이 아니었지만 가슴이 도무지 받아들여 주지 않았다.

가슴은 최악의 경우만을 상정해서 슬긋해 했고 근심과 공포감이 구름처럼 뭉게뭉게 피어올랐던 것이다. 그때 아내는 동네 식당에서 일하고 있었다. 원래 오전에만 하던 일이었는데 예상치 못했던 지출이 생기자 종일 근무로 바꾸었었다.

그때만 해도 수술 결과가 좋았고 2주에 한 번 정도 병원에 들러 의사에게 경과를 확인받는 정도였었다. 그러다가 어느 날인가부터 의사의 고갯짓이 불길하다 싶더니 그로부터 얼마 지나지 않아 마침내 재수술을 권고받기에까지 이른 것이다.

수술 날짜를 받아놓고 나서는 도무지 어떤 일도 손에 잡히지 않았다. 누구를 만나는 것도, 어디를 다니는 것도 다 귀찮기만 했다. 집에서 빈둥거리는 것은 더욱 견디기 어려웠다. 텅 빈 집, 햇살이 집안 구석구석을 훤히 비추는 가운데 죽음 같은 고요가 찾아들면 나는 한순간 태초의 정적 속에 홀로 버려진 미아가 되었다. 그리하여 공포에 가까운 외로움에 심장이 터질 듯 갑갑함을 느꼈고 서둘러 밖으로 뛰쳐나와 아내에게로 갔다.

아내가 일하는 주방은 뒷문이 따로 나 있어 누구의 눈치도 보지 않고 마음대로 드나들 수 있었지만 워낙 비좁고 화끈거려 들어가 있을 만한 곳은 못되었다. 그럼에도 나는 하루에도 몇 차례씩이나 아내의 곁으로 갔다. 가서는 고작 통로 한쪽 구석에 서서 멍한 시선으로 하염없이 아내를 바라보곤 했다.

아내가 내게서 사라진다면…….

내 의지와는 상관없이 그런 생각이 나를 엄습했다. 나는 그것을 상상하는 것만으로도 숨이 막혀 왔다. 그러자 아내가 일하고 있는 비좁은 공간이 위험스레 느껴졌다. 파랗게 불꽃을 일으키며 타오르는 가스 불, 요란한 소리와 함께 뜨거운 김을 내뿜고 있는 커다란 국솥, 그 가까이에 방치된 듯 놓여 있는 20㎏ 녹슨 가스통, 거기에 연결된 땟물 자국이 덕지덕지 끼어 있는 붉은 고무호스…….

나는 진심으로 아내가 이제 집에서 편히 쉬었으면 싶었다. 그러나 동시에 아내가 진심으로 그 일을 하고 싶어 하는 것도 알고 있었다. 아내를 가까이에서 바라본 것만으로도 사뭇 위안이 되고 숨통도 트이는 듯해 슬그머니 돌아서곤 했다.

어느 때는 아내의 눈에 띄기도 했다. 좁다란 주방에서 지친 몸놀림으로 정신없이 일에 쫓기다가도 나를 보면 아내는 밝은 얼굴로 달려 나와 맞아주었다. 바쁜 와중에도 비좁은 주방 한쪽에 자리를 내주며 나를 반기던 아내의 피곤에 지친 파리한 모습을 나는 비석에 비문을 새기듯 가슴에 새겨 넣었던 것이다.

그때 나는 애타게 부르짖었으리라.

내 아내, 아, 내 사랑…….


난 너를 항상 사랑하지 않을지도 몰라. 만약 네가 나를 떠나야 한대도 삶은 여전히 계속 되겠지.

　　　　　　　　　　　　　　　　　- 〈God Only Knows〉, 비치 보이스(The Beach Boys)


세상이 어떻게 바뀌어도 내 마음은 변치 않을 거야. 만약 네가 내 곁에서 사라지게 되면 내 인생은 함께 사라질 거야.

비치 보이스의 노래 가사를 그렇게 바꾸어 읊조리며 집으로 돌아오곤 했다. 아마 나는 계속해서 읊조렸던 듯하다.

在天願作比翼鳥(재천원작비익조)
하늘을 나는 새가 되면 비익조가 되고
在地願爲連理枝(재지원위연리지)
땅에 나무로 나면 연리지가 되자고
天長地久有時盡(천장지구유시진)
천지 영원하다 해도 다할 때가 있겠지만
此恨綿綿無絶期(차한면면무절기)
이 슬픈 사랑의 한 끊일 때가 없으리.

지금 생각하면 좀 오버다 싶기도 하지만 그 당시의 내 심정은 진실로 절박하고 간절했었던 것이다.

〈참고〉
• 비익조(比翼鳥): 암컷과 수컷이 각각 눈과 날개가 하나씩이라서 짝을 짓지 않으면 날지 못한다는 상상의 새.
• 연리지(連理枝): 한 나무의 가지와 다른 나무의 가지가 서로 붙어서 나뭇결이 하나로 이어진 것.

# 4
# 인문적

저녁 무렵 집 안에 들어서면

아내가 저녁 식사를 준비해 놓고 반겨 맞는다.

내게 노년의 외로움은 없다. 참담함은 더욱 남의 얘기다.

삼식이니 강아지 다음 순번이니 말들을 하지만

우리 집은 정반대다. 언제나 빨리 들어오라고 성화다.

비 오면 비 온다고, 기온이 떨어지면 감기 걸린다며

나가지 않았으면 한다.

무엇을 더 바랄까, 무엇을 양보 못 할까 싶다.

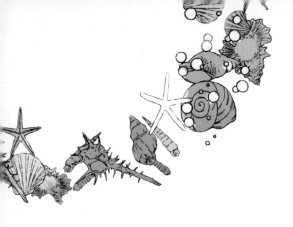

## 내 운명의 바구니

인생의 황혼녘에 이르러 가끔 삶을 돌아본다. 후회는 없는가, 부끄러운 삶은 아니었던가. 가장 관심 가는 대목은 내 정신의 키가 얼마만큼 자라 있을까 하는 점이다.

그것을 측정하는 방법은 여러 가지가 있을 것이다. 앎과 행동, 머리와 가슴, 현실과 이상 따위 서로 대립되는 명제들 간의 불가사의성에 대한 인식은 어느 단계에 이르고 있는가, 또한 인간과 사회에 대한 이해의 폭과 깊이는 어느 수준에 와 있으며, 탐욕이나 분노는 어찌 다스리고 있는가 등 아주 다양할 것이다.

그러나 이러한 것들은 사람들과의 관계에 모두 수렴되어야 한다. 관계야말로 실제적, 구체적이기 때문이다. 그러기에 나는, 나의, 사람들과의 관계를 무겁고 냉정하게 바라본다.

나의 인간관계, 곧 사람들과의 부딪침은 어떠한가? 대체로 웬만한 것은 극복했다고 자부한다. 잘 나가지 않는 자식도, 그리 고분고분하지 않은 아내도, 까다로운 친구도, 살아가노라면 어쩔 수 없이 맞닥뜨리게 되는 불쾌한 사람들, 그리고 뜻밖의 사건들까지도 대체로 유연하게 받아넘길 수 있다.

어느 날 나는 어쩌면 이 자신만만함이 사상누각에 지나지 않는 것일 수도 있다는 생각에 사로잡힌다. 모 교수는 도덕경 강의에서 영웅은 일상에서 실패하기 십상이라고 말하면서 부모님의 대소변을 처리하는 일을 예로 들었다. 조국과 인류를 위해 헌신하겠다는 사람들은 좀체 넘지 못하는 벽이라고 주장한다.

나는 거기에 사소한 모욕, 곧 여럿이 함께한 식사 자리에서 한 영악한 사람이, 존재감이 약한 내 것만 빼고, 다른 사람들의 식비는 다 지불해 줌으로써 나를 그림자 취급하는 따위를 추가하고 싶다.

참으로 견뎌내기 어려운 아픔이었다. 얼어 죽을망정 곁불을 쬐지 않는다는 사무라이들의 전통이, 서양인들의 결투가 대번에 이해되었다. 결투가 허용되는 세상이라면 아마도 그렇게라도 하고 싶은 심정이었다.

어떻게 마음을 추슬러야 할지 도무지 답을 찾을 수 없었다. 그런 경우라면 마르쿠스 아우렐리우스가 친절했었던 것 같아 그의 『명상록』을 새삼스레 뒤적였다.

내 기억은 정확해서 책 속에 '당신을 노엽게 하는 사람이 있다면'이라는 소제목이 있었고, 그 아래로 9개 항의 규칙이 제시되어 있었다.

1. 위치를 정립하라.

2. 원인을 통찰하라.

3. 냉정히 분석하라.

4. 역지사지로 생각하자.

5. 오해를 피하자.

6. 번뇌를 버려라.

7. 편견을 버려라.

8. 스스로 상처 주는 일을 중단하라.

9. 친절하게 행하라.

첫 번째, '위치를 정립하라'에서 "자신을 노엽게 한 상대를 강아지나 어린아이처럼 교양에 대한 개념이 없는 최하등급의 존재자로 치부하고, 강아지가 짖으면 '또 짖는군!' 하고 어깨를 으쓱하듯, 어린아이가 억지를 부리면 '또 떼를 쓰는군!' 하고 대수롭지 않게 받듯 그러한 심정으로 대해야 한다. 물론 고압적이고 오만하게 대할 필요까지는 없지만 교양면에서 보면 당신은 분명 상대방보다 위에 있다. 당신이 다른 사람 때문에 노여워한다면 보통 이런 자신감이 결여된 탓이다. 따라서 진정한 원인은 상대보다는 당신에게 있다." 라는 진단에 잠시 반짝하는 듯했지만 그때뿐이었다.

이 또한 다른 항목과 마찬가지로 이제껏 살아오면서 수백, 수천 번의 시도가 있었던 것이었다. 단지 상대를 강아지로 비하하는 것에 잠시 혹했을 뿐이다. 어쨌거나 그 어떤 항목으로도 노여움이 진정되지 않았다.

잠을 설치며 많은 것을 생각해 보았다. 주로 나 자신에 대한 성찰에 초점을 맞추었다. 답을 찾지 못하자 관계의 청산, 공격적 언행, 심지어 호소까지도 생각해 보았지만 딱히 마음에 와 닿는 것이 없었다.

그러나 깨달음의 날 이후 나의 정신은 파천황의 발전이 있었던 듯했다. 예전이었다면 며칠이고 아픔과 번민이 이어지고 그렇게 시간이 많이 지나면서 상처가 아물듯이 서서히 쓰라린 기억도 쇠하여 갔던 것이지만 이번의 경우는 달랐다. 하룻밤의 번민만으로 명쾌한 답을 찾아낸 것이다.

답은 간단했다. 오늘의 굴욕을 내 운명의 바구니에 집어넣는 것이었다. 못생겨서 실연의 아픔에 눈물짓던 아가씨가 그것을 자신의 모진 운명으로 받아들이고 눈높이를 낮췄듯이, 아둔한 머리 때문에 학교에서나 집에서나 늘 구박만 당하던 학생이 운명에 순응해 대학을 포기하고 차선을 택했듯이, 나도 한 인간에게 당한 모욕을 나의 운명이려니 여기고 받아들이기로 한 것이다.

'당신이 나를 모욕한 것은 당신 탓이 아니라 나의 운명 탓이오이다.'

생각해 보니 그리스 비극 작품 중에 비슷한 글귀가 있었던 듯도 하다.

'그대를 피하는 것은 내가 아니라 그대의 운명이오이다.'

그런데 참으로 신통했다. 그토록 끈끈하게 나를 짓누르던 그놈이 한순간에 사라져 버린 느낌이었다.

나는 재빨리 계산기를 두드렸다. 내 운명의 바구니에 오늘 새로이 식사 자리류의 굴욕이 추가되었다 치자. 인생 전반을 놓고 살펴

볼 때 크게 억울할 것이 없을 듯싶었다. 어느 날 느닷없이 암이요, 교통사고요, 이혼해 주세요 등 감내하기 어려운 일들이 숱한 사람들한테서 일어나지 않는가.

초년에 사업을 크게 성공해 노년에 이르도록 온갖 명예와 부를 누리며 산 고교 동창생이 있다. 그가 얼마 전에 암으로 세상을 등졌다. 10년 전부터 투병 생활을 했다니 60 즈음에 이미 그림자가 드리워졌던 셈이다. 그의 인생과 바꿀 수 있을까? 나는 고개를 가로저었다.

무엇보다 내 바구니 안에는 가장 값진 것이 들어 있다. 가정의 화목, 일상의 행복…….

아침에 출근하는 기분으로 도서관에 간다. 3층 문헌 정보실의 서가 사이를 백화점에서 아이쇼핑하듯 옮겨 다니다가 주로 문사철 코너에서 발길이 멎는다. 마음에 드는 책을 골라 4층의 독서실로 올라가 책상에 책을 펼쳐 놓고 앉으면 3km 가량을 걸어오느라 쌓였던 피곤이 눈 녹듯 풀리며 사르르 묘한 행복감이 온몸 구석구석에 스며든다. 이내 책속에 빠져 든다. 시간이 후딱 지난다.

저녁 무렵 집 안에 들어서면 아내가 저녁 식사를 준비해 놓고 반겨 맞는다. 내게 노년의 외로움은 없다. 참담함은 더욱 남의 얘기다. 삼식이니 강아지 다음 순번이니 말들을 하지만 우리 집은 정반대다. 언제나 빨리 들어오라고 성화다. 비 오면 비 온다고, 기온이 떨어지면 감기 걸린다며 나가지 않았으면 한다. 무엇을 더 바랄까, 무엇을 양보 못 할까 싶다.

운명의 바구니는 그날 이후 일상의 곳곳에 등장해서 내 여린 마음에 위안을 주었다. 어떤 불행도 나는 웃으며 맞아들일 수 있었다.

## 🌿 의사와 변호사 지인

의사나 변호사를 한 명쯤 알고 있으면 이러이러할 때 참으로 좋다.

살아가면서 우리는 이런 이야기를 종종 듣는다. 그러나 일반 서민들한테 그것은 그리 쉬운 일이 아니다. 즐거웠던 자리였는데 공연히 마음이 울적해진다. 여러 차례 그런 일이 있었고 그 때마다 마음이 무거웠던 경험이 방어 기제를 만들어냈다. 이번의 경우 역시 늘 애용하던 '운명의 바구니'론이다.

한 바구니에는 의사와 변호사, 그리고 고질적 질환과 피 말리는 송사가 들어 있다. 다른 바구니에는 의사도 변호사도 들어 있지 않지만 그 대신 고질적 질환도 송사도 없다. 나는 후자를 명받았을 뿐이다. 누군들 후자를 선택하고 싶지 않았을까? 나는 행운아다.

## 🌿 인간, 참으로 불가사의한 존재

대학의 교수라든가 정관계의 고위층 등 사회 지도급 인사들이 공사의 영역에 걸쳐 아주 천치 같은 행태를 보이는 일이 종종 벌어진다. 그럴 때마다 나는 늘 의문에 빠져들곤 했다.

그토록 어려운 명문대학교에 들어가서 좋은 성적으로 학업을 마치고, 유학 가서 박사 따고 교수가 되었거나 혹은 바늘구멍만큼이나 통과하기 힘들다는 고시에 합격하였거나 해서 승승장구, 사회적 명성이 드높은 사람들이 어찌 저토록 어리석은 선택을 할 수 있는 건지, 속이 훤히 들여다보는 꼬임수에 걸려들 수 있는 것인지, 도무지 논리적으로 설명이 안돼서 마음에 혼란을 겪은 적이 한두 번이 아니었던 것이다. 정치적 이념 성향이라든가 개인의 탐욕, 현장의 악마에 관련한 것은 예외로 하더라도 그렇다.

하루는 문득, 학창 시절의 수없이 많은 교과목을 생각했다. 공부를 잘하는 친구들은 대체로 전 교과에 걸쳐 고르게 좋은 성적을 내지만 그렇지 않은 예도 드물지 않았던 것 같다. 모든 과목에 우수하지만 유독 수학을 못하는 학생, 어학에 특히 소질이 있는 학생, 어학을 유독 못하는 학생, 지리 과목에 두각을 나타내는 학생, 지리를 유독 어려워하고 세계사 과목에는 우수한 성적을 내는 학생, 심지어 수학 안에서도 대수는 잘하는데 기하에는 도무지 맥을 못 쓰는 학생이 있는가 하면 같은 암기 과목임에도 특정 과목은 유난히 잘하거나 못하거나 하는 등 아주 다양하고 복잡한 양상을 띠었던 것이다.

바로 그런 것이 아닐까 싶었다. 사회 각계에서 벌어지고 있는 사안들 하나하나가 독립된 교과목 같은 것이나 아닐까? 따라서 '어떤 고위층 인사가 모종의 사안에 당면해서 최악의 선택을 한 것은 그가 유독 그 사안(과목)에 열등하기 때문이다'라는 논리가 성립될 수 있다.

여기에 머물지 말고 범위를 좀 더 확장해서 생각해 보면 어떨까?

예를 들어 인품이나 재력에 무관하게 주위에 따르는 인사가 많거나 적거나 하는 경우라든가, 사업을 벌이는 족족 성공적으로 잘 해나가거나 그와는 반대로 번번이 실패하는 경우를 들 수 있을 것이다.

생각이 거기에까지 이르자 비로소 머리가 정리되는 것 같았다.

## 🍃 정신의 키

날씬한 몸매와 아름다운 얼굴을 가지고 태어났었다면…….

예능 분야에 남다른 재능을 지녔더라면…….

스포츠에 또는 공부에 재질이 있었다면…….

금수저였다면…….

사람들은 그렇게들 한탄한다. 후천적인 노력으로 상당 부분 해결되어 행복을 구가하는 수도 있지만 대체로 한을 간직한 채 긴긴 세월 불만스런 삶을 영위해 가기가 십상이다.

벗어날 방책은 없는 걸까? 있다. 정신의 키를 키우는 것이다. 다시 말해 인격의 도야를 통해 높은 수준의 품성을 갖추는 일이다. 높은 수준의 품성은 사람들에게 관용과 이해, 곧 긍정적인 마음을 가져다준다. 반면에 탐욕과 시샘, 곧, 부정적인 마음을 걷어내준다.

"못생겼지만 건강하지 않은가."

"나만이 흙수저는 아니다. 많은 사람이 흙수저를 물고 태어났다. 무수저도 있다."

"키가 작다고? 누군가는 작아야 하는 것일진대 내가 작을 수도 있지 않은가. 왜 나는 꼭 크고 멋져야 하는가? 내가 양보함으로써 나 대신 누군가가 늘씬한 키를 뽐내며 행복해 한다면 그보다 더 가치 있고 보람된 일이 어디 있겠는가! 나는 정신의 풍요를 즐기련다."

## 🍃 신랑 친구는 한 명뿐

결혼 예식 사진을 찍는데 신랑 친구 14명 가운데 진짜는 딱 한 명, 13명은 결혼 하객 알바.

포털 사이트에서 슬쩍 본 표제 기사다.

'성격에 문제가 있는 친구네…….'

대번에 든 생각이다. 그러다가 문득,

衆惡之라도 必察焉하고, 衆好之라도 必察焉이니라.
뭇 사람들이 그를 미워하더라도 반드시 살펴볼 것이요, 뭇 사람들이 그를 좋아하더라도 반드시 살펴볼 것이니라.

『논어(論語)』〈위령공편(衛靈公篇)〉에 나오는 글귀가 가슴에 묵직하게 다가온다.

성현의 가르침을 받들어 그의 마음을 분석해 보았다. 여러 경우의 수 중 특이한 발상이라 여겨지는 것을 하나 소개한다.

그는 이렇게 생각하고 있었다. 가끔 형식적으로 연락이나 하고 지내는 친구들이라 가정해 보자. 청첩장을 받아든 순간 진심으로 축하해 주고 싶은 마음이 든 친구가 얼마나 될까? 그럴듯한 명분만 있다면 피하고 싶은 경우가 적지 않을 것이다. 다만 사회적 관계망에 코가 꿰 있어 의무감을 느끼는 예가 허다할 것이다.

'전에 나도 받았으니까, 얼마 안 있어 내가 받아야 하니까, 다른 사람 눈이 있는데⋯⋯.'

하객 알바들과 이들이 다를 것이 없다. 어색하고 스스로 부끄러울 것이라고? 생각하기 나름이다.

나는 알바들에게 당당하게 나의 진심을 말하련다.

'외롭고 쓸쓸한 자리를 이렇게 풍성하게 빛내 주시는군요. 당신들은 오늘 아주 훌륭한 일을 하고 있습니다. 고맙습니다.'라고.

그리고 계약에 없던 식사 대접을 예고한다. 우리는 이내 친근감을 느낄 수 있을 것이다. 도스토예프스키의 소설들을 보라. 식당에서 또는 거리에서 일면식도 없는 사람들과 이야기를 나누는데 십년지기 못지않다. 하객 동원이라 하여 위축될 것도, 거리낄 것도 없는 것이다.

따라서 진심이 함께하지 않는 일을 가지고 부르고, 불려 다니고 신경 쓰고, 신경 쓰게 하느니 안 부르고, 안 가고 알바를 쓰련다.

알바가 절실한 사람들이 적지 않다는 점에서 사회 기여의 측면도 있다. 사회활동을 하는 데 문제가 생길 수 있다고? 천만에, 어차피 사회라는 것은 이해관계에 따라 움직인다. 자신에게 이익과 감동을 주는 사람만을 사람들은 환영한다. 따라서 나는 공연한 일에 마음을 빼앗기느니 오직 좀 더 많은 사람들에게 이익을 주고 감동을 선사할 수 있는 사람이 되고자 노력할 뿐이다. 온 힘을 다해,

당연히 진심을 함께 담아서.

논리를 이처럼 세웠을 것이다. 그렇다 한들 문화 권력의 힘은 막강하다. 또한 복잡한 세상사다. 논리 밖의 우여곡절이 왜 없을까? 웬만한 결기와 과단성으로는 버텨내기 어려웠을 것이다. 그런 면에서 그에게 존경과 경의를 표한다.

## 🌿 장례 문화

어제 후배의 상갓집에 다녀왔다. 문상객이 꽤 많았다. 넓은 방인데도 워낙 사람이 많다 보니 덥고 비좁았다. 책상다리 자세가 불편해서 더욱 고역이었다. 내내 진땀을 흘렸다. 그런 와중에도 나는 계속해서 밀려드는 문상객들을 보며 타성에 젖어 머릿속 숫자놀이를 하고 있었다.

이런 추세라면 대충 어림잡아도 오백 명은 될 듯하다. 이틀 밤이면 천 명 잡고, 남동생이 한 명 있으니 한 사람당 오백 명이다. 두 분일 테니 다시 천 명일 테고, 그렇다면 후배도 천 번을 다녀야 할 터, 30년 잡으면 열흘에 한 번꼴로 다녀야 할 것이다. 하루 좋자고 평생을 발목에 족쇄를 차고 다니게 생겼구나.

지인의 상가에 와서 경건한 마음으로 고인을 애도하기는커녕 숫자 놀이나 하고 있다는 것이 스스로도 한심하고 어이없다. 그러나 부끄러운 생각이 들지 않는다. 어디를 둘러봐도 진정성이 느껴지지 않기 때문이다.

아마도 많은 사람들이 애도는 뒷전, 속셈 계산만이 있었을 것이다. 적지 않은 사람들이 소식을 접한 순간 짜증이 났을 것이다. 어쩌랴. 싫어도 가야지. 피할 수 없으면 즐기라고 했다. 친구들 만나 술 한잔 마신 셈 치는 거다.

그렇게 마음을 달래고 어려운 걸음을 했는데 이건 또 뭔가! 쉴 새 없이 밀려드는 문상객들을 보며 마음이 울적해진다.

'나는 얼마나 사람들을 모을 수 있을까.'

열패감마저 든다. 이래저래 속이 상해 애꿎은 술만 더 마신다. 간은 더 망가져 갈 것이고.

현재의 장례 문화를 유지하고자 원하는 사람들도 있을 것이다. 문제는 반대하는 사람들 또한 허세의 분위기에 떠밀려 간다는 점이다. 소위 잘 나가는 사람들의 목청이 큰 탓도 있을 것이다.

그러나 이 허세와 가식의 문화가 유지되는 보다 큰 원인은 역설적이게도 바로 피해자인 우리 자신일 수도 있다는 점이다. 우리는 무심코 내뱉는다.

'상갓집에 사람이 없으니까 너무 쓸쓸하더라. 상가에는 역시 사람들이 북적북적해야 돼!'

그리고 생략하는 경우가 많지만 바로 사람들을 옥죄고 달리 어찌지 못하게 하는 치명적인 한마디가 있다.

'처세에 문제가 있는 사람인 것 같아.'

이와 관련해서 내게는 거의 한평생에 걸쳐 때 없이 따라다니며 나를 부끄럽게 하는 일화가 하나 있다.

군복무 시절, 폐렴에 걸려 얼마간 군 병원에 입원한 적이 있었다. 내가 입원해 있던 곳은 침상이 200여 개 넘게 배열되어 있는 대형 병실이었는데 입원 환자는 나 같은 단기하사를 포함해서 모두가 사병이었다. 인원이 많다 보니 위계가 생겼고, 고참병들은 당번병을 한 명씩 두고 있었는데 당번병들은 고참병들의 밥을 타다 날랐고 잠자리 정리며 사소한 심부름까지 했다.

나는 계급은 비록 하사였지만 소위 짬밥 순에서는 그들에게 한참 뒤졌고, 무엇보다 수에서 밀려 이렇다 할 대접을 못 받고 있었다. 하기야 그때나 이때나 그런 짓거리, 곧 약자에게 위세를 부리는 따위 일을 즐기는 성격이 아니어서 스스로 사양한 측면도 있었다.

하루는 담당 군위관이 회진 때 고참 병사들의 진료카드를 보며 한참을 망설이고 서 있었다. 퇴원이냐, 잔류냐 하는 문제 때문이었다.

마침내 세 명 모두 퇴원 하고 발길을 옮겼다. 퇴원이 결정된 고참병들이 얼굴을 찌푸리며 환자카드일지에 뭔가를 쓰고 있는 간호 장교에게 투덜거렸다. 그때 내가 한마디 거들었다.

"이런 식으로 고참병들을 모두 퇴원시키면 호실(병실) 운영을 어떻게 하라는 건지……"

"호실 운영이라니요? 호실 운영이 이 사람들 퇴원하고 무슨 상관이에요!"

간호 장교가 불쑥 쏘아붙였다. 나는 앞이 캄캄해지는 느낌이었다. 너무 창피하고 부끄러웠다. 사실 간호 장교의 말이 백번 지당한 말이었다. 고참병들이 하는 짓거리라야 아랫사람들을 개처럼 부리는 것 이외에 무엇이 있단 말인가. 위생병이 잡다한 지시사항이 있을 때 이들을 활용하는 예가 종종 있긴 하다. 그렇다고 그것이 대단한 역할이라도 된다는 듯이 자신들이 있음으로써 호실이 잘 돌아간다고 말하는 것은 소가 웃을 일이다.

속상하고 부끄러운 것은 나 자신이 평소에 그들의 행태를 부정적으로 생각했었다는 점이다. 그들을 제어할 만한 힘이 부족하고 또 그리 대단한 횡포가 자행되는 것도 아닌 터라 그냥 묵인한 것일 뿐 결코 그들의 논리에 동의하지 않았던 것이다. 그런 터에 어쩌자고 그런 터무니없는 소리를 지껄였는지 도무지 용서가 되지 않았던 것이다.

고참병이 퇴실하면 병실 운영에 차질을 빚는다는 말이 사실도 진심도 아니었던 것처럼 상가가 쓸쓸한 것이 상주의 평상시 처세에 문제가 있는 것 같다는 말 또한 사실도 또 진심이 담긴 말도 아닌 경우가 적지 않을 것이다.

그럼에도 사람들은 그 공연한 입놀림을 신봉이라도 하듯 수백 개의 화환으로 식장을 도배질하고, 거기에 선망어린 시선을 보낼 뿐 누구도 속에 있는 말을 하지 않는다. 아니, 못한다. 왜 그럴까? 사대 근성 때문이나 아닐까?

그 벽을, 가식과 허세의 벽을 넘어야 한다. 문상객이 적어 한적했던 상갓집 분위기를, 엄숙하고 경건한 분위기였다 말하고, 하객이 적어 초라했던 혼례식장 분위기를 하객들의 진정어린 축복 속에서 감동적으로 치러졌다고 주위에 전하는 것은 어떨까.

또한 문상객이 넘쳐나 북적였던 상가에 대해, 하객이 많아 성황을 이룬 혼례식에 대해 장바닥 같았다고, 사회적으로 존경받을 사람이 아니라 허세 덩어리, 배려할 줄 모르는 이기주의자였을 것이라고 손가락질하는 문화를 만들어 보는 것은 어떨까?

## 🌿 김영란법

꽤 오래 전 일, 30년도 더 지난 일이다. 국회의원 선거를 하루 앞둔 저녁 무렵, 반장이 간단한 물품과 소액의 돈 봉투를 놓고 갔다. 잘 부탁한다는 간곡한 말과 함께. 순간 참으로 묘한 기분이 들었다. 연민이거나 측은함이거나……

아직도 그날 저녁의 묘한 느낌이 가슴 한구석에 어스름한 방 안 풍경과 함께 진하게 남아 있는 것을 보면 아마도 그 느낌이 대단히 묵직하고 강렬했던 것 같다.

'받아는 먹고 찍어 주지는 맙시다.'

혹자는 그것이 무슨 대단한 발견이라도 되는 듯이 자랑스레 홍보했었지만 나의 부끄러운 경험으로 미루어 보건데 우리의 정서에는 맞지 않는 단견이었을 듯.

## 🌿 자녀가 부모를 욕하다

부모를 욕하는 초등학생들의 인터넷 사이트가 수천 개에 이른다고 한다. 여러 가지 진단이 나왔고 다 맞는 것이었지만 특히 강조하고 싶은 대목이 있다.

비록 어린 마음이지만 선과 악, 사회적 약자에 대한 배려, 강자의 부당한 갑질 횡포 따위에 대해 선험적 인식을 지니고 있을 터, 티 없이 맑은 눈에 부모님의 이기심과 탐욕, 허세와 허욕, 그것과 연계된 비열함이 보이지 않았을까?

자녀들이 당신의 말을 전혀 듣지 않는 것을 염려하지 말라. 아이들이 늘 당신을 지켜보고 있다는 것을 염려하라.

-로버트 풀검

## 🍂 손자가 생기면

손자가 생기면 꼭 하고 싶은 것이 있다.

책의 세상에서 아이와 함께 지내고 싶다.

아이가 보는 앞에서 책을 읽고 글을 쓸 것이다.

책으로 온통 둘러싸인 곳에서 낮잠을 재우고, 밥도 과자도 먹게 할 것이다.

하루에 서너 시간은 반드시 아이와 함께 책을 읽고 토론하는 시간을 가질 생각이다.

위인전을 읽어주면서 원대한 포부를 심어줄 것이다.

삶의 대부분을 책과 연결 지어 생각하게 할 것이다.

# 🍂 논산훈련소의 추억

　요즈음 들어 새삼스레 수십 년 전 논산훈련소 시절의 일을 떠올리며 혼자서 쓴 웃음을 짓곤 한다. 전국에서 모여든 각양각색의 피 끓는 장정들을 겨우 6주 만에 어엿한 대한민국 군인으로 만들어 내는 곳이다 보니 별의별 일들이 다 벌어진다. 그 많은 별의별 일들 중에서, 긴긴 세월 지나오면서 유독 내 마음 한구석에 어엿이 자리를 꿰차고 앉아 때 없이 나를 일깨워 주는 추억거리가 하나 있다.

　내가 소속되어 있던 중대에는 좀 별난 기합이 훈련병들에게 종종 행해졌다. 잘못을 저지른 훈련병에게 소대장이나 내무반장이,

　"내가 왜 이럴까, 100번 복창!"

　하고 명하면, 그 훈련병은 본대의 바로 근처 장소에서 반대편을 향해 명받은 횟수만큼 소리높이 외치는 벌이었는데, 대체로 100회 정도였고 드물게 500회 1,000회까지 가는 경우도 있었다.

　처음에는 좀 별나기도 하다 생각했지만 종종 행해지다 보니 모두가 자연스레 받아들였다. 낮 시간의 훈련 중에 주로 벌이 시행되었지만 가끔 밤 시간, 그러니까 취침 점호 시간에 시행되기도 했다. 밤의 경우는 취침 시간인 점을 고려하여 막사에서 좀 떨어진 연대 연병장 단상에서 행해졌다.

　한번은 내가 취침 점호 시간에 지적을 당해 그 벌을 받게 되었다. 달빛이 교교히 흐르고 있었다. 드넓은 연병장을 발아래 두고 나는 단상에 홀로 섰다.

　"나는 왜 이럴까!", "내가 왜 이럴까!"

나는 큰소리로 외치기 시작했다.

병영의 밤은 정적에 싸여 있었다. 거대한 자리처럼 낮게 펼쳐져 있는 대지 위에 달빛이 고즈넉했다. 나의 외침소리는 점차 힘을 잃어가고 있었다. 처량하고 구슬프기까지 했다. 그럴수록 내 마음은 순수해져 갔던 것 같다. 어둠의 장막 속, 끝 간 데 없는 광활한 하늘을 바라보며, 아마 나는 우주의 시원과 궁극을 생각했으리라. 그리하여 내 마음은 한순간에 순수의 휘장을 두르고 생각의 나래를 저었던 것 같다.

제일 먼저 맞닥뜨린 암초는 인류의 발생과 진화에 대한, 인간 상호간의 관계에 대한 원초적 질문이었다. 인간의 진화와 관계에 대한 탐색은 인간과 사회계약, 국가의 형성, 권력과 탐욕, 개혁과 부패, 전쟁과 인간사에 대한 숙고로까지 이어졌다.

하늘 저 멀리에 촘촘히 들어차 있는 수많은 작은 별들이, 여름밤 날벌레들의 울음 같은 귀에 익은 소리를 목청껏 뿜어내며 나에게 호응하는 듯 느껴졌다.

별들은 내게 말해 주었으리라. 삶도 죽음도, 시작도 끝도 없는 것, 오직 너의 생각이 있을 뿐. 긍정적으로 생각하라. 미워하지 말라. 사랑하여라. 순간에, 관계에 충실하라.

그때만 해도 세상 물정 모르는 젊은 시절이라 내 사고의 폭과 깊이가 이 정도에 이르지는 못했으리라 생각되기도 하지만 적어도 그때 그 순간, 내 작은 몸이 우주의 한복판을 거닐고 있는 듯 한껏 순수했고, 평소라면 상상도 못했을 발상을 경험한 것만은 분명하다. 그것이 자랑스럽고 많은 이에게 그 자랑스러운 경험을 권하고 싶다.

　정의와 나라 사랑을 자랑스레 외쳐대는 사람들이여, 달빛 고요
한 적막한 밤에, 높은 봉에 홀로 서서, 드넓은 세상을 발 아래로
굽어보며 '내가 왜 이럴까!', '나는 왜 이럴까!'를 연해서 외쳐 보라.
어둠의 베일 속, 가없이 펼쳐져 있는 광대한 하늘을 바라보고 있노
라면 마음은 한순간에 순수에 젖어들 것이다. 그리하여 그들은 자
신이 정의가 아니었음을, 나라 사랑의 구호는 허구와 가식의 수사
(修辭)였음을 깨닫게 되지나 않을까 기대해 보는 것이다.

## 🌿 조카를 걱정하다

　조카 희원이의 사업이 의외로 번창한다 싶더니 마침내 작은형이
대형 아파트로 이사했다. 좋은 날을 잡아 누이동생과 함께 방문했
다. 마침 희원이가 집에 있었다. 기회다 싶어 초년 등과의 폐해에
대해, 자만심에 대해 거듭해서 말해 주었다. 자만과 오만의 벽이
얼마나 두터운가를 이야기할 때는 요즘 한창 삼국지 영화에 심취
해 있던 터라 관운장의 예를 들었다.

　삼고초려 끝에 공명을 맞아들인 이후 승승장구하자 초라하고 보
잘것없던 과거는 까맣게 잊고 오만이 하늘에 닿아 마침내 비참한
최후를 맞게 되는 과정을 소상히 말해 주었다. 더욱이 그 때 관운
장은 이미 중년을 지나 노년에 접어드는 나이었음을 특히 강조함으
로써 오만이라는 것이 인간에게 얼마나 고질적이고 벗어나기 힘든

병폐인가를 강조했다.

그래도 미진한 느낌이 들어 초년에 사업을 일으켜 성공한 경우 열에 여덟아홉은 20년을 유지하지 못하고 몰락했음이 통계로도 입증되고 있다고까지 말했다. 통계 운운은 순전히 나의 추정일 뿐이었다. 작은 형도 누이도 내 말에 적극 호응해 주었다.

"세상에 동오의 왕이 사돈을 맺자는데 호랑이 자식을 개의 자식 한테 줄 수 있겠느냐고 하다니!"

작은형은 내가 미처 말하지 못한 대목까지 말하며 내게 힘을 실어 주었다. 희원이도 거부감을 느끼는 것 같지는 않았다. 그러나 바싹 감겨오는 느낌도 아니었다. 이야기하는 내내 나는 스스로를 바라보려 애썼다.

'혹 나 자신이 오만의 우를 범하고 있는 것이나 아닐까?', '이 아이에게 과연 효과가 있을까?', '공연한 짓이나 아닐까?'

누군가에게 삶의 훈수를 두는 것에 대해 언젠가부터 나는 강한 거부감을 가지기 시작했다. 대부분의 경우 상대방 쪽에서 전혀 받아들이지 않을 뿐만 아니라 오히려 불편해 한다는 것을 깨달았기 때문이다.

다행스럽게도 그 즈음 내부적으로 나 자신의 혁신이 진행되고 있었는데 그것은 드러냄과 내세움보다는 지켜봄과 성찰에 가치의 우위를 두는 것이었다.

그럼에도 어쩌다가는 스스로 세운 엄격한 계율을 어기고 필요 이상의 말을 하였으며 그런 날에는 자리가 파한 다음 수없이 되새겨 보았고, 자책했고, 다시는 그런 일이 없으리라 다짐하곤 했던 것이다. 횟수를 거듭할수록 실수는 줄어들었고 이제는 그 타성의 질곡에서 어느 정도 놓여났다고 감히 말할 수 있지 않을까 싶다. 따라서 이번 일이 평상시의 경우였다면 나는 나서지 않았을 것이다.

그러나 이번의 경우는 예외였다. 나는 조카의 승승장구를 진심으로 바라고 있었으며 그것은 평생을 어렵게 살아온 형 내외가 말년에 들어서서나마 부를 누리며 사는 모습을 보는 것이 평소의 간절한 내 소망이었기 때문이다.

좁고 어두운 골방, 자욱한 담배 연기, 콜록거리는 기침 소리, 세금 독촉 고지서. 모처럼 방문했을 때 형은 늘 그런 것들과 함께였고 나는 탄식하며 기도했었다.

밝고 탁 트인 널찍한 공간을, 번쩍이는 세간을, 화려하면서도 품위 있는 옷차림을 이들에게 주소서…….

그리고 마침내 거짓말처럼 내 바람은 이루어졌다. 희원이가 누구도 예상치 못했던 성취를 이루었던 것이다.

그런데 소망이 너무 간절한 탓일까? 이번에는 불안이 엄습했다.

'잘못되면 안 되는데…….'

'세상을 너무 쉽게 보기 십상일 텐데…….'

우려스런 마음에 형과 통화할 적마다 성장의 속도를 다소 늦추더라도 내실을 기해야 한다, 유동성 함정에 빠지지 말아야 한다, 수시로 말했다. 형도 나와 생각을 같이 해서 희원이에게 그 점을 늘 상기시키고 있다고 말했지만 나만큼 객관적일 수 없다는 점에서 내가 적극적으로 나서는 것만이 최선이라 생각했고, 무엇보다 그리해 주기를 형이 원했기 때문에 오늘 조카에게 길게 말했던 것이다.

아내는 부질없는 일이라고 일축했었다. 또 조카가 내 말을 어느 정도나 귀담아 들었을지 의문이 들기도 한다. 조카가 나를 비웃고 있을 수도 있다. 그렇다면 이번의 경우도 역시 드러냄과 내세움보다는 지켜봄과 성찰을 선택해야 했을까?

나는 그러나 후회하지 않는다. 왜냐하면 내 마음이 진실했기 때문이다.

## 🌿 정의의 제단에 목숨을

언젠가 본 서부 영화의 한 장면.

평생을 술주정뱅이에 망나니로 살아온 중년의 한 총잡이가 천하무적의 악당 패거리들에 대항해 목숨을 걸고 싸우는 의로운 보안관을 돕고자 정의의 진영으로 뛰어든다. 의아해 하는 보안관에게 그가 말한다.

"이제껏 살아오면서 단 한 번도 의로운 적이 없었소. 내 하나뿐인 목숨만은 정의의 제단에 바치고 싶소."

## 🌿 아이들의 태권도 격파

어린 아이들이 태권도 격파 훈련을 하고 있었다. 고사리 같은 손이 오죽이나 할까만 동료 수련생들의 환호가 열렬하다. 너무나 열

렬해서 가벼운 웃음을 자아내게 하지만 많은 것을 생각하게 한다.

회사에 다니던 시절, 사장의 처남이 기획실 부장으로 있었는데 어쩌다 바둑에 빠져서 출근하면 늘 바둑판 앞에서 살다시피 했다. 마침 기획과장이 왕초보를 겨우 면할 정도로 12급쯤 두었다. 그들은 틈만 나면 바둑을 두었다. 과장이 한 수 위여서 두 점 접바둑이었다.

나는 가끔 기획실에 갈 때가 있었는데 그때마다 부장의 호소력 있는 강렬한 눈빛에 끌려 주저앉곤 했다.

바둑은 바야흐로 대혼전의 양상, 한 수에 판세가 요동치는 긴급한 상황, 나는 숙련된 훈수 기법으로 표시 안 나게 그를 도와주고 그는 승기를 잡는다. 하필이면 그때 일을 막 마친 관리실 직원 7~8명이 우르르 몰려 온다. 그중에는 6급 실력의 김기사도 있다. 아무한테나 말을 놓지만 누구도 싫어할 수 없게 하는 묘한 친구다. 그가 바둑판을 한번 쓱 보더니 한마디 한다.

"어, 이게 뭐야? 백이 다 죽었네!"

그때까지 긴가민가하고 있던 왕초보들이 비로소 알은 체하며 한마디씩 거든다.

"야, 부장님 많이 느셨네요. 이제 두 분 맞두셔야 되겠네." 등.

아, 그때 기획부장의 얼굴, 눈의 오묘한 흔들림, 입술의 미세한 실룩거림…… 행복의 절정을 만끽하고 있는 듯한 그 표정을 어떤 말로 표현해야 할까. 그는 당시 꿈에 그리던 강남의 대형 아파트로 막 이사했었는데 아마 그날도 이만큼 행복해 한 것 같지는 않다.

알아주고 칭찬해 주는 이 없는 올림픽 금메달보다는 환호를 받

는 꼬마의 왕초보 격파가 더 낫지 싶다. 질이 다르다고? 신의 입장
에서야 어차피 모든 게 도토리 키재기지.


## 🌿 순수이성

'순수이성'이라 할 때의 순수한, 경험에 대하여 순수하다는 것을 의미한다. 따라서 순수한 것은 선험적(a priori)이다. 인식은 감각하거나 견문하는 것 등을 포함한 광의의 경험을 매개하는 것이나, 자기만의 것이 아닌 보편타당한 인식 속에는 선험성이 내재하고 있다. 이러한 선험적 인식을 가능하게 하는 능력이 바로 '순수이성'이다. 즉 순수이성이란 어떤 것을 단적으로, 선험적으로 인식하는 제 원리를 포함하는 것이다.


순수이성비판은 이러한 이성 및 그 원리의 기초 지음이다.

사회적으로 큰 이슈가 되고 있는 사건을 맞아 실정법으로 쉬 해법을 찾을 수 없을 때 사람들은 자연법을 끌어온다. 바로 실정법의 근거를 삼고 있는 모법과 같은 것이기 때문이다.

위에서 언급된 선험적 이성, 이른바 칸트가 주장하는 순수이성이 자연법의 모체가 된다.

# 5
# 정치적

가끔 지난 일을 더듬어 볼 때가 있다.

가난과 실패가 나를 부끄럽게 하기도 하지만

쉽게 용서가 된다.

정작 나를 치욕스럽게 하고 용서가 안 되는 것은

성패와 무관하게 내 행위와 생각의 이면에

거짓과 비양심이 존재했었던 경우이다.

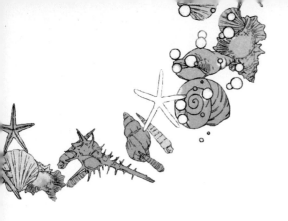

# 고종과 민비

### 나 가거든(If I Leave)

쓸쓸한 달빛 아래

내 그림자 하나 생기거든

그땐 말해 볼까요

이 마음 들어나 주라고

문득 새벽을 알리는 그 바람 하나가 지나거든

그저 한숨 쉬듯 물어 볼까요

나는 왜 살고 있는지

나 슬퍼도 살아야 하네

나 슬퍼서 살아야 하네

이 삶이 다 하고 나야 알 텐데

내가 이 세상을 다녀간 그 이유

(······)

내가 이 세상을 다녀간 그 이유

나 가고 기억하는 이

내 슬픔까지도 사랑하길

이 삶이 다하고 나야 알 텐데

우~ 부디 먼 훗날

나 가고 슬퍼하는 이

나 슬픔 속에도 행복했다 믿게 해

조수미가 〈나 가거든〉을 열창하고 있다. 〈나 가거든〉은 오래 전에 방영된 드라마 '명성황후'의 주제가다. 그 소리의 아름다움에 격하게 감동하면서도 얼굴 한쪽으로 엷게 번지는 차가운 미소를 어쩌지 못한다.

아무리 드라마 주제곡이라지만 이런 미화가 가당키나 할까 싶은 것이다. 드라마 내용에서도 아주 멋진 대사가 나온다.

나는 조선의 국모다. 비록 타오르고 타올라 그저 한줌의 재로 흩어져 바람을 타고 빗물에 쓸려 외롭게 떠돌지라도 이것이 어찌 내 마지막이라 하겠는가.

당시 드라마는 대단한 인기를 모았고 그 인기에 힘입어 민비는 우리나라의 존경할 만한 인물의 순위에서 4위에까지 올랐다.

나는 기분이 씁쓸하다. 생각하기에 따라서는 우리 모두에게 씻을 수 없는 통한을 안겨 준 원흉일 수도 있는 인물이 아닌가!

구한말의 역사를 알면 알수록 고종 임금과 왕비의 행태에 분노와 탄식이 거세게 인다. 개화를 도모했다는 우호적인 견해가 있지만 자세히 들여다보면 그렇지도 않다. 이들에게는 오직 교활하고 무책임한 기회주의적 행보가 있었던 듯하다.

아무리 자신들의 잇속만을 챙기기 위한 냉정하고 치밀한 저울질, 치열한 공작이 판을 치는 살얼음판의 정세였지만 사람들의 관계인 이상에는 어느 구석에선가 뜨거운 심장이, 순수와 정의에 대한 갈망이 작은 불꽃으로나마 살아 숨 쉬고 있었을 터, 그것을 훨훨 타오르게 할 수 있는 동력은 나라와 백성을 위한 왕으로서의 진정성, 그로 인한 감동이었을 것이다.

그러나 우리의 왕과 왕비에게 그것을 기대한다는 것은 꿈처럼이나 허망한 일이었다. 왕과 왕비의 행태에서 우리는 장탄식을 금할 수 없다. 호화 사치 생활을 즐겨 백성은 굶주리는데 수백 명의 기생과 악사를 궁으로 불러 들여 자주 잔치를 벌였으며 부패하고 탐욕스러워 가렴주구를 일삼았다.

윤치호는 민비를 평하기를,

"황후는 그가 필요하다고 생각하면 호의를 보였다가도 이용 가치가 없다 싶으면 매정하게 내치는 이기적인 인물이다. 또한 관리들을 서로 반목케 해 자신의 이익을 도모했다. 그런 탓에 누구도 순수한 마음으로 그를 도우려 하지 않은 듯하다."라고 했다.

윤치호가 황후의 총애를 받던 인물이란 점을 생각할 때 황후의 사람됨이 어떠했던가를 엿볼 수 있을 것 같다.

어디 그뿐인가, 권좌에만 눈이 멀어 그것을 지키기 위해 외국 군대를 서슴없이 끌어들여 불의에 항거하는 무고한 백성들을 학살케 했으며, 수많은 개화파 인사들의 씨를 말렸다.

누가 이들에게 뜨거운 감동을 느낄 수 있었을까, 또한 누가 이들을 위해 진심을 나누려 했을 것이며 나라가 온전할 수 있었을 건가!

## 🍂 장학량의 의기

장학량의 중국 동북군 주둔지 정주는 동북군의 병참 기지이기도 하다. 그곳엔 군량미를 비롯해 각종 무기, 탄약 등이 보관되어 있었다.

광서 군벌의 지도자인 백승희 장군의 대부대가 공격해 올 것이라는 다급한 보고가 연이어 타전되어 왔다. 현재의 상황에서는 후퇴만이 최상의 전략이다. 문제는 엄청난 양의 보급 물자. 소각만이 유일한 방책이다. 또 하나, 황해대교가 있다. 이 또한 폭파해 버리는 것이 병법의 기초다.

그날 밤 백승희 부대는 정주를 점령하고 전승 파티를 연다. 파티가 한창일 때 한 통의 편지가 배달되어 온다.

제가 대교를 폭파하지 않은 것은 그 다리가 중국 최대의 건축물로서 전 국민의 재산이기 때문입니다. 한번 부서지면 수복이 쉽지 않고 국가의 원기가 훼손되는 것이기에 차마 그리할 수 없었습니다. 제가 군량미를 남기고 가는 것도 같은 마음입니다. 유리걸식

하며 떠도는 하남성의 이재민들에게 나누어 주시기를 바랍니다. 언젠가 우리는 다시 만날 것입니다. 우리는 다 같이 중국인입니다.  — 장작량 드림

## 🌿 서울 사람만 몰라요

세계인들이 놀란 서울 지하철
카드 한 장으로 모든 노선 오케이
팡팡 터지는 와이파이 서비스
전동차 위치 실시간 안내
엘리베이터 보급률 88%
냉난방과 스크린 도어

가판대 옆을 지나며 슬쩍 읽어본 모 일간지의 부제(副題) 기사다. 위 소제목 아래로 상세한 내용이 실려 있었는데 대한민국 국민으로서의 자부심을 느끼기에 충분했다. 이와 관련해서 요즈음 들어 가끔 내 마음 한 구석에 찾아드는 기꺼운 생각이 있다.

푹푹 찌는 더위에 길을 걷다가 보면 온몸이 땀에 흠뻑 젖어 끈적끈적 짜증이 절로 난다. 그러다 지하철이나 버스를 탄다. 차에 몸을 싣는 순간 선선한 기운이 온몸을 확 감싸오고 기분이 상쾌해진다. 조금 지나다 보면 사뭇 한기까지 느껴져 가방 속에서 겉옷을 꺼내 걸치기도 한다.

도서관을 즐겨 찾는데 그곳 역시 냉방이 잘 되고 있어 온종일 이

용자들에게 쾌적한 환경을 제공한다. 그뿐인가, 거리나 지하철역 구내 화장실 어디를 가도 화장지가 묵직하게 달려 있고, 수돗물은 언제나 콸콸콸 잘도 쏟아진다. 불과 얼마 전 극심한 가뭄에도 수돗물은 언제나 우리에게 시원스러움을 선사했다.

겨울이면 당연히 온수가 또 그렇게 콸콸콸 쏟아진다. 보통은 무심히 그런 것들을 이용하지만 문득 대한민국 국민임이 고맙고 자랑스러울 때가 있다.


## 🌿 남한산성

영화 '남한산성'이 공전의 히트를 기록하며 화제를 모으고 있다. 주화파니 척화파니, 누가 옳으니 누가 그르니 하면서 논쟁을 벌이는 이들이 적지 않다. 내 생각에는, 그때, 즉 남한산성으로 이어한 상태는 이미 상황이 끝나버린 것이다. 다시 말해 그 상황에서는 논쟁 자체가 무의미하다.

당시 청군의 용맹은 전성기 적 칭기즈칸 부대의 전투력을 무색케 할 정도로 위협적이었다. 조선의 조잡한 군병으로써 대적한다는 것은 섶을 지고 불구덩이로 뛰어드는 격일 터, 사세를 그 지경으로 몰아넣은 자들이 무슨 염치로 백성들에게 목숨 바쳐 싸워 달라 할 것인가!

굳이 논쟁거리가 있다면 임금과 대신들이 언제, 어떤 식으로, 몇 명 정도가 그 더러운 목숨을 스스로 끊었어야 했을까 하는 것이어

야 했다. 당연히 실제의 역사에서는 단 한 사람도 죽어 주지 않았
다. 참으로 뻔뻔한 위인들이다.


## 🌿 디오게네스

집안을 호화롭게 꾸며놓은 한 졸부가 디오게네스를 초청했다.
집을 휘 둘러보고 나서 디오게네스가 느닷없이 집 주인의 얼굴에
가래침을 탁 뱉는다. 놀라 어쩔 바를 몰라 하는 주인에게 디오게네
스는 태연스레 말한다.

"이 집은 너무 호화롭고 깨끗해서 당신 얼굴밖에 침 뱉을 곳이
없군요."

## 🌿 정의론, 존 롤스

슬림 헬, 빌게이츠, 워렌버핏, 래리 엘리슨……

이런 불세출의 거부들은 돈 버는 재주가 비상하다. 또 누구는
스포츠에서, 누구는 예능 분야에서 발군의 재능을 보인다. 그리고
그들은 한결같이 부(富)를 거머쥐고 제 것인 양 으스대며 누린다.

피땀 어린 노력, 강인한 정신력, 인간 의지의 승리 운운하는 이
가 있겠지만 그것들은 일정 부분의 기여를 하였을 뿐 결국은 천래
의 재능에 그 공을 돌려야 할 것이다.

하늘이 유독 특정인에게 그런 출중함을 부여한 의도는 무엇일

까? 그 깊은 뜻을 알 수야 없지만 독점하여 세상에 군림하라는 의미는 아닐 것이다.

자연을 보자. 태양은 온 누리에 빛을 내리건만 군림하는가? 모든 이에게 골고루 나누어 줌으로써 만인이 공유토록 하고 있다. 인간 또한 자연의 일부일진대 왜 인간의 재능은 그것이 온전히 개인의 소유여야 할까? 왜 그것은 공유되지 못하는 걸까?

이와 관련해서 존 롤스(1921~2002)는 아주 그럴 듯한 생각을 해 낸다. 1971년 출간된 그의 『정의론』 중 무지의 장막(veil of ignorance) 또는 무지의 베일은 원초적 입장에 도달하기 위해 필요한 가상의 개념적 장막이다.

무지의 장막이 쳐진 상태에서 사람들은 자신의 능력, 재산, 신분, 성(gender) 등의 사회적 조건을 알 수 없기 때문에 사회계약 체결 후 어떤 계층에 속할지 알 수 없다.

롤스는 그런 상황에서 사람들이 어떤 계층에 특별히 유리하거나 불리하지 않도록 조화로운 사회계약을 체결할 것이라고 보았다.

다시 말해 우리 모두 원초적 상태, 즉 개개인이 자신에 대해 특수 능력 여부를 비롯한 일체의 정보를 모르는 상태를 가정해서 우리가 바라는 사회, 경제 시스템을 정해 보자는 것이다.

그런 경우 사람들은 '최대 다수의 최대 행복'이란 논리로 부의 편중을 묵인하고 소수의 희생을 정당화하는 공리주의를 선택하지 않을뿐더러 최하층에 대한 배려를 한층 강화하는 자세를 취할 것이라 본 것이다.

# 명사의 죽음

유명 인사 한 분이 암으로 세상을 떠났다. 향년 65세. 타고난 재주로 20대 초반부터 두각을 나타내기 시작해 황혼에 이르도록 명성이 그치지 않았다. 아마 돈도 꽤 많이 벌었을 것이다. 많은 사람들이 평생을 깨끗하고 명예롭게 살다 간 그를 아쉬워하며 명복을 빌어 주었다.

그를 칭송하는 기사를 보며 문득 묘한 반발심이 몸속에서 치솟았다. 그가 무엇 때문에 더럽게 산단 말인가. 부와 명예를 한껏 누리도록 운명 지어진 그가 거칠게 살 이유는 없다. 다만 그는 주어진 것 이상의 탐욕을 부리지 않았을 뿐이다. 충분히 소유한 자가 더 이상의 탐욕을 부리지 않은 것이 칭송을 받아야 할 만치 장한 일은 아닐 것이다. 자식들도 모두 훌륭하게 잘 자랐다.

보통 사람의 시각으로 보았을 때 그는 아마 더없이 행복했을 것이다. 그것을 그는 당연한 것으로 생각했을까? 그리고 못난이들에게는 손가락질을 했을까? 그가 그러했으리라 믿고 싶지 않지만 문제는 소위 잘 나간다는 사람들 중 상당수가 그렇게 생각한다는 점일 것이다.

그렇다면 그것은 그들이 틀렸다. 그들의 명예와 부는, 그들의 노력의 결실이기도 하지만 다른 한편 상속 재산 물려받듯 공짜로 얻은 측면이 또한 상존하고 있기 때문이다. 그들은 한껏 겸손하고 고마워하고 베풀며 살아야 했을 것이다.

# 🌿 양심과 정의의 법정

청소년 시절, 불량배들과 어울려 놀다 동네에서 큰 사고를 저질렀는데, 일이 발각되어 혼찌검을 당하게 되자 모르는 일이라며 생떼를 쓴 적이 있었다. 그것을 지켜보는 예쁜 동네 누나가 있었다. 지혜로운 누나는 물론 내가 한 짓임을 확신하고 있을 것이었다. 안타까운 얼굴로 나를 바라보고 있었는데, 수십 년이 지난 지금까지도 그 순간의 치욕을 잊지 못한다.

가끔 지난 일을 더듬어 볼 때가 있다. 가난과 실패가 나를 부끄럽게 하기도 하지만 쉽게 용서가 된다. 정작 나를 치욕스럽게 하고 용서가 안 되는 것은 성패와 무관하게 내 행위와 생각의 이면에 거짓과 비양심이 존재했었던 경우이다.

강자에게 아부하여 출세를 꾀했거나, 의롭지 않은 일을 보고도 못 본 체했거나, 거짓을 말하고 행동했거나……

내 양심의 법정은 세부적으로 파고든다.

비양심이 생계형이었던가, 부를 쌓으려는 탐욕이었던가. 거짓 행동과 말이 사랑받고 싶은 가련한 몸부림이었던가, 상대를 제압하여 이득을 취하려는 사악함이었던가.

철저한 심리가 이루어지고 나는 집행유예를 선고받는다.

사지(四知)라는 말이 있다. 하늘과 땅, 그리고 자신과 상대편이 각각 알고 있다는 뜻이다. 세상에는 '비밀이 없음'을 이른다. 『후한서』의 '양진전(楊震傳)'에 나오는 말로 양진이 뇌물을 건네려는 제자에게 한 말이다.

양심과 정의의 법정에서 무죄라고 강변하는 고위층들이 많다.
죽을 때 어찌 죽으려고 저러나……. 홀로 중얼거리곤 한다.


## 🌿 죽음의 순간까지

치열한 투쟁 끝에 권좌를 차지한 독재 정권의 최고 실력자는 권력을 공고히 하는 과정에서 많은 사람들을 숙청한다. 대부분이 고위급 인사들인 숙청 대상자들은 그러나 실로 어처구니없이 또 너무나 무력하게 죽어간다. 죽어 가면서 그들은 무슨 생각을 했을까? 탄식하며 이렇게 읊조리지나 않았을까?

'이럴 줄 알았으면 저놈을 내 손으로 먼저 죽였을 것을!'

나락으로 떨어지며 쏟아내는 이러한 장탄식은 인간이 존재하는 한 그칠 날이 없을 것이다. 외부인의 시각에서 볼 때 납득할 수 없는 대목은, 비록 확정적인 것은 아니지만 그동안 벌어진 일련의 행태로 미루어 보아 자신들의 최후 또한 충분히 예측할 수 있었을 텐데 왜 선제적 조치를 취하지 않았을까 하는 점이다.

취할 조치라는 것이 최고 권력자를 제거해야 하는 엄중한 일일 터, 그것은 곧 죽음을 각오해야 하는 일이고 결코 쉬운 일이 아니기는 하다. 그러나 내가 여기서 강조하고 싶은 것은 그 점이 아니다. 저들이 그토록 허망하게 당할 수밖에 없는 이유가 자신만은 결코 당하지 않을 것이라는 어리석은 믿음 때문이었을 것이라는 점이다. 믿음의 근거가 터무니없이 옹색함에도 사람들은 거기에만 매달린다. 진실의 소리에는 철저히 귀를 막은 채.

　이러한 예는 많다. 대표적인 예가 국회의원을 비롯한 선출직 지망생들이다. 낙선이 너무나 확실한데도 출마해서 가산을 탕진하고 패가망신한 예가 허다하다. 그들이라고 객관적이고 과학적인 데이터의 경고를 모를 리 없다. 그러나 머리로만 알 뿐이다. 가슴이 따라주지 않는 것이다.

# 6
# 황혼에 서다

사람들은 대체로 죽음을 두려워하고 기피한다.

그러나 인간에게 죽음만 한 축복이 있을까 싶다.

일정 기간, 그것도 그리 길지도 않은 시간이 지나면

누구건 반드시 죽는다는 대전제가 있음에도

인간은 대체로 이기적이고 사악하다.

'이기적 유전자'라는 말이 실감 나는 대목이다.

## 노인의 추억

노인은 65세가 지나면 죽어야 경제가 회복되고 복지연금으로 쓰이는 돈을 줄일 수 있다고 말하는 소름 끼치는 젊은것들도 있다니……. 현준이는 웃으면서 정신 나간 녀석들이라고 단칼에 자르지만 왠지 씁쓸해지는 이 기분은 뭘까? 옛날 고려장이나 지금의 이 현실이나…….

누이가 아픈 마음을 글로 보내 왔다. 현준이는 누이동생의 장녀다.

늙어 가는 것이 아니라 익어 가는 것이라 말하기도 하지만 노년은 대체로 추하고 초라하다. 도시의 어느 모퉁이 벤치에서 멍한 시선으로 하릴없이 앉아 있는 노년을 대할 때마다 순간적으로 다가오는 느낌은 추함과 거부감이다.

무책임한 직관을 이성이 다독인다. 저들의 젊은 시절은 어떤 것이었나? 사랑하는 가족을 위한, 나라를 위한 노고와 희생, 오직 그것뿐이었으리라. 우리의 지금의 삶이 이만큼이나 평화로운 것이 저들의 피, 저들의 땀, 지금은 흔적도 없이 사라져 버린 저들의 활력 넘치던 젊음의 봉사 때문이었으리라.

그대 노년의 넋이여, 마음 속 눈길 애처로이 향하는 곳 그 어디인고?

그대 두 눈 지그시 감고 무엇을 소망하는가?

가끔 지하철 경로석에서, 파고다 공원의 벤치에서, 또는 종로의 실버 극장 구내의 휴게실 같은 곳에서 한가로이 앉아 있는 노인들을 보게 되는데 그때마다 마음에 묵직하게 와 닿는 아픔 같은 추억에 빠져들곤 한다. 저들은 인생이라는 긴 시간의 늪을 어떻게 통과해 왔을까. 지금 종착역을 가까이에 두고 숨고르기 하는 저들의 소회는 어떤 것일까.

전쟁 직후, 폐허의 거리를 뒹굴던 어린 시절, 배고파 아침이면 꿀꿀이죽을 배급받으러 동회(동 주민센터) 길목 어귀의 비탈길에 길게 줄지어 늘어서 있었으리라. 배고파 낮에는 아카시아 꽃잎을 따 먹으러 또는 칡뿌리를 캐기 위해 동무들과 동네 근방의 야산을 헤매고 다녔으리라.

훌쩍 자라서 청춘. 그러나 대학가는 시끄러웠다. 반독재 민주화 투쟁, 그 열기를 외면하기에 젊음의 붉은 피는 너무 뜨거웠다.

나가자, 나가자! 타도하자, 독재 정권! 수립하자, 민주 정부!

그때, 시끄러운 외침의 저편에 아련히 떠오르는 고향에 홀로 계시는 어머니. 어머니가 가냘픈 손을 저으신다.

# 어머니 촛불

-권달웅

하루 더 머물지 못하고

내가 집을 떠나오는 날

어머니는 물 한 그릇 떠놓고

밤새도록 나를 위해

촛불을 밝혔습니다

촛불은 밤새도록

어머니 사랑처럼 타오르고

기원처럼 타오르고

(지금쯤은 도착했겠지……)

자식 근심 끌어안고

자식 공부 끌어안고

가슴 태우며 간절히 빌며

간절히 빌며 가슴 태우며

달아 달아

어머니는 촛불을 켜놓고

밤새도록 나를 위해

환한 달빛처럼

내가 걸어가는

어둑어둑한 길을

밝혀주었습니다

나아가며 갈등하고 쫓기며 고뇌했으리라.

마침내 군 입대, 월남 파병, 사선을 넘어 수출 입국의 기치 아래 조국 근대화의 역군으로 우뚝 섰다. 수출 목표 초과 달성, 그 와중에 저들의 삶은 없었다. 피와 땀과 희망이 있었을 뿐. 조국은 한강의 기적을 이루어냈고 저들은 자립의 터전을 마련했다.

결혼 적령기. 사랑의 기쁨에 행복했고 사랑의 아픔에 불행했다. 거친 구간, 거센 파도였다. 그 파고를 넘어 가정을 이루었지만 아파트를 장만하기 위한 삶과의 모진 투쟁이 있었을 뿐 젊음의 향유는 없었으리라. 이제 인생의 황혼녘에 이르러 아파트 팔아 자식들 여의고 저들은 갈 곳이 없구나.

상속 재산을 고대하고 있는 자식들이 아비의 죽음을 오매불망 소망하고 심지어 패륜적 행위로 이어지기도 한다. 영화나 소설에서 심심치 않게 접할 수 있는 대목이다.

그런 날 나는 본능적으로 아들 생각을 한다. 어느 시점이 오면 녀석도 저러할까? 실질적 행위야 없다지만 마음만이라도 그러하다면 어쩔 것인가! 생각이 거듭될수록 울적함이 더해 갔다.

그러다 문득 생각이 머문 곳, 신촌의 부모님 댁이었다. 현관문을 열고 안으로 들어서면 고개를 기웃이 빼고 나를 미소로 맞아 주던 어머니, 애써 덤덤하려 하나 반가운 기색이 완연한 아버지.

그 순간 나는 무한한 행복을 느꼈다. 그리고 진정 소망했다. 오래오래, 건강하게, 즐겁게 누리면서 사시기를.

내 마음이 그러했으니 아들의 마음도 그러하리라 믿는다.

저들을 용서하소서. 저들은 자기가 하는 일을 모르나이다.          -누가복음

# 인간의 수명

사람들은 대체로 죽음을 두려워하고 기피한다. 그러나 인간에게 죽음만 한 축복이 있을까 싶다. 일정 기간, 그것도 그리 길지도 않은 시간이 지나면 누구건 반드시 죽는다는 대전제가 있음에도 인간은 대체로 이기적이고 사악하다. '이기적 유전자'라는 말이 실감나는 대목이다.

그런 터에 죽음이 없다고 가정해 보자. 상상하는 것만으로도 몸서리가 쳐진다. 아니 영생은 고사하고 수명이 두 배로만 늘어나도 세상은 극도의 혼란을 겪게 될 것이다.

가장 두려운 것이 골육상쟁일 듯하다. 부모, 자식 간의 다툼, 그 참담함이 말로 다할 수 없는 지경에까지 이를 것이다. 혈육이 그럴진대 다른 관계야 오죽할까. 가진 자는 더욱 가지려 할 것이고 없는 자들은 더욱 삶이 궁핍해질 것이다.

수명도 늘고 삶도 개선되는 솔로몬의 해법을 찾는 것이 인류가 풀어야 할 숙제다.

# 서글픈 아버지

××대 모 교수가 서울시에 거주하는 대학생을 상대로 아버지에게 원하는 것이 무엇인지에 대해 설문조사한 결과 약 40% 정도가 '돈을 원한다'라고 답을 했다고 한다. 이어서 '서울 대학교' 학생만

을 대상으로 '부모가 언제쯤 죽으면 가장 적절할 것 같은가?'라고 물은 조사에서는 '63세'라고 답한 학생이 가장 많았다고 한다. 그 이유가 은퇴한 후 퇴직금을 남겨 놓고 사망하는 것이 가장 이상적이기 때문이라니 가슴이 답답할 따름이다.

어쩌다 이 시대 젊은이들이 스스로 잘살기 위해 노력하기보다는 피땀 흘려 이루어 놓은 부모 재산을 호시탐탐 노리는 강도가 되었는지 한숨만이 나온다. 우리는 이미 63세가 다 넘었으니 벌써 죽었어야 할 나이다.

"자식을 조심합시다!"

이 글은 〈녹색 평론〉의 기사를 인용하였다. 공부 잘하는 것과 효도는 전혀 상관이 없는 것 같다. 아버지 입장에서야 놀랍고 서운하겠지만 어쩌랴, 그것이 엄연한 현실인 것을! 그러나 아버지들이 한 가지 참고할 것이 있다.

그것은 63세라는 나이에 대해 느끼는 아버지 세대와 자식 세대의 정서와 인식의 차이다.

나는 서른일곱 살 때 마흔두 살의 선배 두 분과 같은 사무실에서 일한 적이 있었다.

직책이 같아 수평 관계였고 허물없이 지내는 사이였으며 무엇보다 두 분이 다 그리 늙어 보이는 얼굴도 아니었다.

그럼에도 불구하고 그들이 까마득하게 느껴졌다. 심지어 섹스도 어쩌면 멀리할 것이라고 생각했던 것 같다. 도무지 무슨 근거로, 어떤 논리로 그렇게 생각했는지 모르겠으나 분명한 것은 그런 느낌을 지니고 있었다는 사실이다.

서른일곱에 마흔둘을 인생의 황혼쯤으로 느꼈다고 볼 때 스무살 청춘이 60대를 어떻게 느끼고 있을까 하는 것은 굳이 말하지 않아도 알 수 있을 것이다. 그런 점으로 미루어 볼 때 젊은 친구들이 그리 말했다는 것은 딱히 이기심이나 탐욕이라기보다는 자연의 섭리를 덤덤히 맞아들이는 자세라 봄이 옳지 않을까 싶다.

개인의 특별한 경험을 일반화시킨 것이라고? 그거야 조사해 보면 금방 알 수 있지 않을까?

# 곱하기 0.8

쏜살처럼 지나는 세월에 깜짝깜짝 놀란다. 막 시작한 것 같은데 어느새 주말이고, 엊그제 같은데 어느새 새달이고 새해다. 오, 인간사의 속절없음이여!

그러나 작으나마 한 가지 위안이 있다. 나이에 대한 사회 인식의 변화가 흐르는 세월만큼이나 빠르다. 60 고개를 넘어서자 60은 어느 샌가 사람들의 인식에서 중년 정도로 자리를 바꾸어 앉았고, 70 고개를 넘어서자 10년 전의 60만큼도 인식해 주지 않는다.

자기 나이에서 곱하기 0.8을 하라는 소리도 들린다. 속으로 살짝 계산해본다. 7×8=56, 아직 까마득한 80세라도 8×8=64이다. 진심으로 이제 그만 떠나고 싶은 마음이 들 성싶은 90세라 한들 90×8=72이다.

# 🍂 노년의 잔소리

부탁받지 않은 충고는 굳이 하려고 마라. 늙은이의 기우와 잔소리로 오해받는다.

　　　　　　　　　　　　　　　　　　　　　-셰익스피어

언젠가 라디오에서 들은 가난한 젊은이의 넋두리가 생각난다. 한 젊은이가 사글셋방을 얻어 자취를 하고 있었는데 월세가 밀릴 때마다 밤이 이슥해지면 주인집 아저씨가 술이 거나해서 문을 두드렸다. 사람 좋아 보이는 초로의 아저씨였는데 문제는 그의 끊임없이 이어지는 이야기였다. 더구나 방금 했던 길고 지루한 그의 지난했던 과거사를 처음부터 다시 시작할 때는 고역도 그런 고역이 없었다는 것이었다.

그 이야기를 들으면서 나는 대번에 주인집 아주머니의 고의적 의도이려니 의심했다. 아마 그 학생은 바로 다음 날 장변리(場邊利)를 얻어서라도 월세를 냈으리라 짐작된다.

젊은 친구들이 부모 세대 어른들에게 느끼는 거부감 중에서 으뜸은 끊임없이 쏟아져 나오는 이야기가 아닐까 싶다. 말하는 사람이야 선의일 수도 있겠지만 듣는 이의 입장에서는 전혀 그렇지 않은 경우가 많을 것이다. 무엇보다 그 이야기에 새로움이 없다는 점이다.

세계를 손에 쥐고 세계와 실시간으로 소통하고 있는 사람들이다. 그런 사람들한테 보통 사람의 흔하디흔한 인생 역정이 무슨 의미가 있을 것이며 따라서 그 뻔한 이야기에서 무엇을 느끼고 무엇을 얻을 수 있겠는가.

앞서 선의일 수도 있겠다고 했는데 선의로 포장한 자기 욕망의 분출인 경우가 적지 않을 것이다. 다만 착각하고 있거나 혼동하고 있거나 아예 거기까지 생각이 미치지 못하거나 하는 것이리라.

어디에도 예외는 있다. 소중하고 가치 있는 경험이 왜 없을까. 다만 그런 경우라 해도 듣는 이의 자세가 갖추어지지 않았다면 말을 아껴야 할 것이다. 예상컨대 아마도 대부분의 젊은이들이 듣고자 하지 않을 것이다. 어른들에 대한 고정관념, 곧 고리타분한 잔소리일 것이라는 선입견이 작용하기 때문일 것이다.

어른의 권위가 사라진 지 오래다. 되찾기 위해서 한 가지 방법이 있을 뿐이다. 행동으로 보여 주는 것이다. 너그러운 마음씨로 없는 사람에게 베풀고, 소외된 사람들을 사랑으로 대하며, 성급하거나 서두르지 않고 인내와 겸양의 미덕을 보임으로써 젊은이들로 하여금 존경하고자 하는 마음이 절로 우러나도록 해야 할 것이다.

## 🌿 꼰대들

1. '내가 너희만 할 땐~'이란 소리를 입에 달고 산다.
2. 누굴 만나면 대뜸 나이부터 물어본 뒤 어리면 말을 놓는다.
3. '솔직하게 말하라' 해 놓곤 막상 후배가 그렇게 하면 기분이 상한다.
4. 회의 때 '자유롭게 의견을 나누자'고 한 뒤 결국 먼저 답을 제시한다.

시중에 나도는 꼰대 테스트 항목이다. 얼핏 봐도 그럴 듯하다.

꼰대들이 마땅히 주목해야 대목이다.

다른 측면에서도 생각해 볼 여지가 있다. 명연주자는 피아노를 치는 것이 아니라 피아노에서 음을 끌어낸다는 말이 있다. 그럴진대 꼰대들에게서 얻어낼 만한 것은 없을까?

가끔 홈드라마를 보면서 인물들이 일상에서 겪게 되는 난감하고 신산스런 상황에 어떻게 대처하는지를 미리 점쳐 보는 재미가 쏠쏠하다. 그때마다 절실히 느끼는 것이 연륜의 지혜다. 노인들이 대수롭지 않게 툭 던지는 한마디지만 거기에는 수십 년 간난신고의 지혜가 녹아 있는 예가 허다하다.

다만 젊은이들에게는 그것을 새겨들을 수 있는 안목도, 새겨듣고자 하는 의지도 없는 듯하다. 아니 그런 것에 대한 인식 자체가 없는 것 같다. 그들은 오로지 반대 방향만을 보고 있다. 바로 꼰대들의 행태나 아닐까?


## 🌿 곱게 저무는 노년

생명보다 더 귀한 것이 뭘까요? 나이가 드니까 나 자신과 내 소유를 위해 살았던 것은 다 없어집니다. 남을 위해 살았던 것만이 보람으로 남습니다.

만약 인생을 되돌릴 수 있다면? 60세로 돌아가고 싶습니다. 젊은 날로는 돌아가고 싶지 않아요. 그때는 생각이 얕았고, 행복이 뭔지 몰랐으니까요.

65세에서 75세까지가 삶의 황금기였다는 것을, 그 나이에야 생각이 깊어지고, 행복이 무엇인지, 세상을 어떻게 살아야 하는지를 알게 되었습니다.

나이가 들어서 알게 된 행복은?

사랑하는 사람을 위해 함께 고생하는 것……

사랑이 있는 고생이 행복이라는 것……

　노 철학자 김형석(97세, 2018년 현재) 교수의 속삭임이 가슴에 새삼스럽다.

　드문 일이지만 곱게 저물어 가는 노년과 마주할 때가 있다. 절반쯤 하얀 머리카락이 검은 머리와 절묘한 황금비를 이루며 푸근하고 은은하다. 그 아름다움이 젊음의 상큼함에야 댈까마는 그 나름만의 원숙미가 사뭇 고혹적이다.

　순간 가슴 속을 싸하게 훑고 지나는 소망 하나. 저토록 아름다운 모습의 마음은 어떤 것일까? 우리 모두가 그러한 마음을 지닐 수 있었으면……

# 7
# 어버이

많은 부모가 우연한 기회에

자식의 솔직한 마음을 알고 깜짝 놀란다.

자식은 이제껏 심복하고 있었던 것이 아니라

강력한 힘에 굴복하고 있었을 뿐이지만,

부모는 그러한 현실을 도저히 받아들일 수 없다며

자식에 대한 서운함을 내비친다.

그러나 엄연한 사실이고,

딱한 것은 귀책사유가 부모에게 더 많다는 점이다.

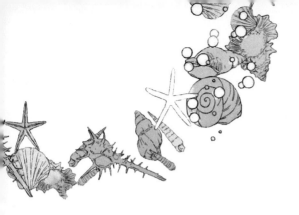

## 시한부 삶

수능을 마친 고3 교실,

"여러분이 앞으로 1년밖에 살지 못한다면, '꿈'을 이루는 것과 '돈 5억 원' 중 무엇을 선택하겠습니까?"라는 질문이 던져진다.

학생들은, "꿈을 이루고 싶어요."라고 하나같이 입을 모은다. 시한부 삶이라는 무거움 속에서도 아이들 특유의 자유분방함이 튀어나온 것이다.

갑자기 교실 조명이 꺼지면서 스크린에 학생들의 아버지들이 등장한다. 학생들은 어리둥절해서 눈과 귀를 모은다. 같은 질문을 받은 화면 속 아버지들은 예외 없이 '5억 원'을 선택한다. 남은 가족을 위해, 아이들을 위해…….

어둠 속에서 학생들은 눈물을 흘린다.

# 🌿 가족이라는 이유로

"평소에 우울증에 시달리고 죽고 싶다는 말을 자주 하는 친구들이 꽤 많다. 나도 학교 수업을 마치고 학원에 다니면서 공부하기 싫을 때가 많다. 학업 스트레스에서 벗어나고 싶다."

지난 2일, 서울 ××구의 한 학원 화장실에서 고등학교 2학년 학생 A군이 목을 맨 상태로 숨진 채 발견됐다.

오늘 아침 모 일간지에 실린 기사다. 놀랄 것도 새로울 것도 없는 흔하디흔한 사건에 지나지 않는다. 그렇기 때문에 더욱 세심히 들여다보고 생각해 볼 필요가 있을 듯하다.

가정 내에서 일어나는 부모 자식 간의 불화와 갈등은 거의 대부분이 부모의 사랑 또는 사랑으로 포장된 집착이 그 원인이다.

우리는 연륜이 쌓임에 따라 그만큼의 경험과 지식을 축적하게 된다. 그것은 세월의 숙성 과정을 거쳐 고정관념으로 굳어지고 절대 불변의 진리로 우리 안에 자리하게 된다.

우리 안의 진리가 사랑의 이름으로 자식에게 강요되는 순간 그것이 전혀 생소하게만 느껴지는 자식에게는 권력이 되고 폭력이 된다.

부모에 대한 자식의 신뢰가 무너지고 불만과 저항심이 고개를 쳐든다. 자연 순조롭게 뜻한 바를 이룰 수 없으며 설령 이루어 냈다 한들 그 속에 앙금이 그득한 채 겉으로만 미소를 짓게 되는 것이다.

많은 부모가 우연한 기회에 자식의 솔직한 마음을 알고 깜짝 놀란다. 자식은 이제껏 심복하고 있었던 것이 아니라 강력한 힘에 굴복하고 있었을 뿐이지만, 부모는 그러한 현실을 도저히 받아들일 수 없다며 자식에 대한 서운함을 내비친다. 그러나 엄연한 사실이고, 딱한 것은 귀책사유가 부모에게 더 많다는 점이다. 앞에서 말한 화석화한 나만의 진리 때문이다.

이쯤에서 나는 답을 알 듯하다. 그것은 부모의, 자식에 대한 생각의 유연성이 아닐까? 다음으로는 진실한 사랑을 들고 싶고.

너무 추상적인 이야기여서 보충 설명이 필요할 듯싶다.

당장에 자식과의 불화를 치르고 있는 부모들은, 학생이면 학생답게 열심히 공부해야 하는 것이 당연하지 않은가. 그런데 허구한 날 싸돌아다니거나 아니면 방구석에 틀어박혀서 문 닫아걸고 오락에나 미쳐 있다. 밥을 먹으라고 불러도 대답조차 하지 않는다. 이제 곧 고3인데 어쩔 심산인지 알 수가 없다. 어려서는 말 잘 듣는 착한 아이였었는데 갈수록 점점 더 못돼 처먹어 간다! 이런 판국에 그만큼 참았으면 됐지 얼마나 더 참아야 유연하다 할 것이며 또 진실로 사랑하라고 하는데 어떻게 사랑하는 것이 진실한 사랑인가, 라며 분통을 터뜨릴 것이다.

이즈음 아마도 자식은 대화는커녕 대면 자체를 거부할 것이다.

부모는 죽을힘을 다해 참고 있을 테지만 자식의 입장에서는 그것이 오직 자기를 향한 증오심으로 비칠 뿐이다. 무겁고 살벌한 공기를 왜 못 느끼겠는가. 자식은 마음의 문을 더욱 겹겹이 걸어 잠글 것이다. 바로 이 지점에서 발상의 대전환, 곧 인문학적 성찰이 요구된다. 공부를 잘해야만 한다는 생각 자체가 앞서 지적한 고정관념이다.

왜 꼭 공부를 잘해야만 하는가, 대학은 꼭 가야만 하나? 좋은 대학 나와서, 그 다음은 무엇인가, 취직해서 죽어라 일하는 거 아닌가, 어른들처럼 꼭 그래야만 할까? 자연을 보라, 오직 인간만이 죽어라 공부하고 또 죽어라 일을 한다.

자식이 설령 이 지경까지 생각이 가 있다 해도 웃으며 토론할 수 있는 유연성이 필요한 것이다.

그리 생각할 수도 있다. 그 생각이 틀린 것이라고 확신할 수 있을까? 왜 내 자식은 꼭 좋은 대학에 가야만 하는가, 왜 남의 자식들보다 높은 자리에 올라 거들먹거리며 살아야만 할까, 결국 치열한 경쟁을 초래할 뿐이 아닌가? 경쟁을 해야 발전을 이룰 수 있다고? 인류는 꼭 발전해야만 하는 걸까? 일찍이 장자크 루소도 유사한 맥락으로 지적한 바 있지만 인간이 끊임없이 노력해서 이룩해 놓은 발전된 문명이 반드시 긍정적인 것일까? 또 설사 그렇다 한들 왜 그리 다급하고 치열한가. 우주적 차원에서 볼 때 시간은 무한하다. 아니 시간이라는 개념 자체가 없다. 그럴진대 경쟁도 서두름도 헛되고 부질없는 일이 아니겠는가!

이런 식으로 자식의 입장이 되어, 경우에 따라서는 오히려 한발 앞서 혁신적인 생각까지 할 수 있어야 한다. 그렇게 함으로써 자식을 이해하고 내 마음을 온화하게 갖추어 놓아야 한다. 호흡이 안정될 것이고 바라보는 눈길은 선량한 기운을 띨 것이다.

자식은 대번에 그것을 알아챌 것이며 마음의 빗장이 하나하나 풀릴 것이다. 비로소 대면과 대화가 가능해진다. 거기에 자식에 대한 사랑이 진실한 사랑이었던가, 나의 욕망이 슬쩍 끼어들었던 것이나 아니었을까, 하는 가슴 저미는 성찰이 더해진다면 그 가정은 웃음을 다시 찾을 수 있을 것이다.

가정의 화목은 그 자체만으로도 무엇과도 비할 수 없는 가치를 지니고 있는 것이다. 부모 자식 간 갈등의 문제를 다루면서 대학 진학을 앞둔 고등학생과 학부모의 예를 들었던 것은 명문 대학의 진학 여부가 우리네 가정의 가장 민감하고도 중차대한 사안이고 그로 인해 발생하는 부모, 자식 간의 갈등 수위가 도를 넘고 있다고 생각하였기 때문이다.

그러나 근년에 들어 경기 침체로 인해 청년 실업이 증가하면서 그 문제가 또한 가정 내에서 부모 자식 간 심각한 갈등 요인이 되고 있다. 미성년인 대입 준비생과 달리 모든 학업을 마치고도 취업을 못해 사회 진출의 문턱에서 주저앉을 수밖에 없는 청년 실업의 경우는 그 고충의 질과 내용이 판이할 수밖에 없을 것 같아 굳이 새로운 장을 추가하고자 한다.

언젠가 아비가 자식의 밥에 세제를 뿌리자 자식이 아비에게 칼을 들고 달려들고, 아비는 골프채를 휘둘러 대항하는 패륜적 사건이 신문 사회면을 도배질하더니 근자에 들어서는 어미가 늦게까지 자고 있는 자식에게 뜨거운 물을 붓는 해괴한 일이 발생했다. 그런 일이 발생하기까지 부모가 얼마나 애가 타고 속을 끓였을는지는 누구나 쉽게 상상할 수 있을 것이다.

부모는 아마 끊임없이 자식에게 말했을 것이다.

"우리가 바라는 것은 오직 네가 사람답게 사람 구실하면서 사는 것이다. 큰 거 바라지 않는다. 네게 기댈 생각도 없다. 대기업은 안 된다 하니 지방의 중소기업에라도 들어가서 봉급이 적으면 적은 대로 거기에 맞춰 씀씀이를 줄이고, 또 짚신도 짝이 있다 하니 그 형편에 맞는 사람 만나서 가정을 꾸려 자식 낳고 오손도손 살면 그게 바로 사람답게 사는 것이다. 그런데 지금 네가 하는 짓거리가 뭐냐? 대기업은 받아 줄 생각이 없다는데 중소기업은 죽어도 싫고, 해가 중천에 뜰 때까지 자다가 저녁이 다 되어서야 나가 알바랍시고 해서 고작 네 용돈이나 벌어 쓰면서 허송세월을 한 것이 벌써 몇 년째냐!"

언뜻 듣기에 어디 하나 틀린 데가 없는 모범 답안이다. 자식에 대해 기대를 최소한으로 낮추고 노후 문제도 자식에게 기대지 않고 스스로 해결하겠다는 것으로 보아 시쳇말로 아주 쿨하다. 그러나 자식의 생각은 어떨까? 멋지고 쿨하다 여길까? 자식의 생각은 이런 것이나 아닐까?

'나는 이놈의 세상이 싫다. 정의도 올바른 질서도 없다. 오직 금수저의 횡포와 만행, 흙수저의 참담함만이 있을 뿐인 이놈의 세상에 태어나 살고 있다는 것 자체가 내게는 모욕이고 불행이다. 이놈의 지긋지긋한 세상에 밀어 넣은 부모님을 원망까지는 하지 않겠지만 고맙다 여기지도 않는다. 따라서 나는 굳이 흙수저를 물릴 수밖에 없는 자식을 낳지 않을 생각이다. 결혼도 필요 없다. 그런 터에 굳이 적성에 맞지 않는 중소기업에 다니면서 천덕꾸러기 인생을 살 이유가 없다. 자식 낳아 기르면서 고생고생하며 살아 준다는 자체가 저 추악한 금수저 놈들의 모순투성이 사회 질서에 따르는 것이다. 부모님은 다행히 마련이 있으신 듯하니 나는 내 한 몸 살 궁리만 하련다. 쉬엄쉬엄 젊음을 즐기면서 살 생각이다.'

아마 자식은 부모에게 자신의 생각을 말하지 못했을 것이다. 그렇다 해서 자식의 생각은 그르고 부모의 생각만이 정의며 진리라 단정할 수 있을까? 자식은 다만 부모의 권력과 폭압에 눌려 말하지 못했을 뿐 자유로운 토론이 보장된다면 하고 싶은 말이 산처럼 쌓였을 것이다.

부모는 이 지점에서 열린 마음이어야 한다. 인간들은 반드시 결혼을 하고 자식을 낳아야만 하는지, 자식이 왜 그런 생각을 하게 되었는지, 자식의 그러한 생각에 동의할 만한 부분은 없는지, 자신들이 고정관념의 틀에 갇혀 어리석은 생각을 고집하고 있지나 않은지, 하는 것들에 대해 깊은 성찰이 있어야 하는 것이다.

그런 다음에야 자식과의 진지한 대화가 가능할 것이다. 세제를 뿌리고 뜨거운 물을 부은 행위에 대해서도 다시 생각하게 될 것이다.

노파심에서 한마디 덧붙인다. 앞서 제시한 발상의 대전환, 곧 인문학적 성찰은 우리 사회의 구석구석, 이른바 노사 관계, 갑을 관계, 여야 관계 등 인간 상호간의 관계가 이루어짐으로써 갈등이 존재하는 곳이라면 어디에서건 절실히 요구되는 해법이다.

다만 한 가지 정치, 사회적 갈등의 경우는 부모, 자식 간의 갈등과는 달리 개인과 집단의 이기적 탐욕이 작동하기에 더욱 지난한 과제라 말할 수 있을 것이다.

# 🌿 우리의 혈연 문화, 문제는 없는가

'인간이 인간인 이유는 인간에게 있다.'

공자의 언행록인 『논어』에 나와 있는 모든 말의 의미를 한마디로 요약하면 바로 이것이라 한다. 공자에 의하면 인간은 누구나 그 마음 깊숙한 곳에 '인'을 간직하고 있다. 여기서 '인'은 '어질다'는 의미가 아니라 '효와 제' 곧, 혈육 간의 뜨거운 정, 끈끈한 그 무엇이다.

우리가 유독 혈연을 강조하게 된 것은 아마도 유교 사상의 영향 탓일 것이다. 유교는 인간 정신의 위대성을 혈육 간의 본능적 사랑과 태생적 유대감에서 찾는다. 한 인간의 생애는 이를 전제로 하여 이 지점에서 출발이 이루어져야 하고, 부단한 학습을 통해 마침내 성숙한 인간이 되어 바람직한 사회의 구성원이 될 수 있다는 것이다. 따라서 혈육 간의 긴밀한 유대는 필요가 아니라 필수였고 상대가 아니라 절대였다.

500년 조선 사회를 관통하며 이어진 혈연 중시 문화가 반드시 부정적인 것만은 아닐 것이다. 근자에 들어 패륜적 행위가 속출하는 것을 볼 때 더욱 그러한 생각이 든다.

그러나 60년대 이후 급속한 산업화에 따른 경제의 성장과 그로 인한 국민 생활수준의 향상은 치열한 경쟁 구도를 야기했다. 그 과정에서 인간 정신은 피폐해져 갔고 그것은 곧 탐욕과 허례허식, 과시 욕구로 이어졌으며 혈연 중시 문화와 맞물려 세계에 유례없는 기이한 현상을 불러일으키고 있는 것이다.

자식에게 재산을 물려주기 위해 명망 높던 자산가들이 자진해서 파렴치한이 되고, 자식 교육을 위해 부부가 이역만리를 격하여 떨어져 살며, 자식 결혼을 위해 부모가 수천만, 많게는 수억 원의 빚을 지고 노후를 허덕인다.

혈육 간의 이 같은 맹목의 사랑, 비이성적 유대를 세계사적 시각에서 또는 우주적 차원에서 돌아볼 때 정의요, 온당한 일이라 말할 수 있을까? 이제 진지하게 생각해 볼 때가 되었다. 공자의 혈연 절대주의 사상은 천도에 맞는 것일까?


## 🍃 아! 어머니

살아가면서 슬프거나 즐거울 때, 또는 아름다운 선율이 온몸을 파고들며 그의 영혼을 휘저어 댈 때 그가 찾는 가슴 속 은밀한 곳, 어머니의, 아, 이름을 떠올리는 것만으로도 가슴이 뭉클, 고마움과 감동의 물결을 세차게 일게 하는 분.

어머니라는 이름의 천사…….

밖에서 마음의 상처를 입은 날 그는 말없이 방으로 들어가 자리에 누워 잠을 청하곤 했다. 어머니는 저녁 준비를 하고 계시거나 빨랫감을 만지고 계셨다.

얼마나 잤을까, 방 안은 석양에 물들어 그윽했다. 그는 황혼녘의 세상을 여명의 어둑새벽으로 착각하곤 했다. 가끔은 학교에 갈 채비를 하기도 했다. 어머니는 저녁 먹어야지, 우리 도련님, 학교에서 많이 힘들었나 보구나, 그렇게 말씀하시며 살포시 웃으시곤 했다.

218

그 순간의, 어머니의, 자애로움이 넘쳐나는 살가운 표정, 정겨운 목소리는 저녁노을에 발그레 물든 적막한 방 안 분위기와 기묘한 조화를 이루며 그의 가슴 속 깊은 곳에 영원히 지워지지 않는 흔적을 남겼다.

사람은 따뜻했던 시절을 그리움 속에 회상하는 것만으로도 어려움과 외로움을 극복할 수 있다고 한다.

"저에게 따스한 눈길을 주세요. 그것을 추억 속에 고이고이 간직해 두었다가 외로움에 가슴이 시릴 때마다 꺼내 보며 위안을 삼겠어요."

그리스의 비극이었던가, 운명의 소용돌이에 휘말려 다시는 돌아올 수 없는 먼 길을 떠나며 아들은 사랑하는 어머니에게 애타게 호소하고 있었다.

### 어머니 걱정 마세요. 천천히 갈게요

어머니가 꿈 얘기를 꺼내신다. 꿈속에서 아들이 노루였단다. 그런데 발이 셋이다. 어머니가 뒷다리 하나는 어디 뒀냐고 묻는다. 노루 아들이 울먹울먹 말한다.

"추석이라서 어머니께 드리려고 다리 하나 푹 고았어요."

어머니가 말한다.

"잠 깨고 얼마나 울었는지(모른다), 운전 잘해라. 뭣보다 학교 앞 건널목 지날 땐 소금쟁이가 풍금 건반 짚듯이 조심하고, 또, 조심해야 쓴다."

먼 길을 달려 차례 지내고, 친지를 뵙고, 고향 친구를 만났다.

다들 귀성길 다녀온 것 같지만 사실은 마음속 어머니를 뵙고 온다. 천안 지나서였을 것이다. 못 보던 교통안전 표어가 가로로 붙어 있었다.

'어머니 걱정 마세요. 천천히 갈게요.'

순간 심장이 쿵 했다. 금세 눈가가 뜨듯하다. 지금껏 봐온 교통 표어는 끔찍했다.

'졸음운전 황천운전'

'졸음운전은 살인 운전입니다.'

'5분 먼저 가려다 50년 먼저 간다.'

사람들은 무뎌졌다. 초강력 살벌 문구가 아니면 기별도 안 간다. 그런데, '어머니, 걱정 마세요.'라니……

등불이 켜지듯 가슴이 환하다.

비가 내린다. 길이 미끄럽다. 핸들을 두 손으로 움켜진다.

'어머니, 걱정 마세요.'

여덟 글자가 망막에 매달려 눈을 찌른다. 속으로 되뇐다.

'어디 길뿐이겠습니까. 집에서, 직장에서 소금쟁이 건반 짚듯 하겠습니다.'

— 김광일 논설위원(조선일보)


가끔 방송에서 몸이 성치 않은 자식을 돌보는 부모가 끝날 때쯤 반드시 하는 말이 있다.

"마지막 소원은…… 제가 저 아이보다 하루만 더……."

# 8
# 인생길 I

우리가 살아가다 보면 우리의 삶 속에도

이런저런 모래알이 들어올 때가 있다.

이것을 우리는 '시련'이라고 부른다.

우리에게 시련이 올 때

'내가 지금 값진 진주를 품는구나!'라고 생각하라.

내가 당하는 시련이 크면 클수록

'내가 품고 있는 진주는

더 값지고 더 크겠구나!'라고 생각하라.

그러면 오늘 우리가 흘리는 눈물은

내일이면 아름다운 진주로 바뀔 테니까.

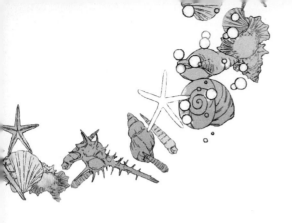

## 🌿 청춘의 끓는 피

동영상을 통해 방황하는 10대를 보다.

가끔 삶을 회고할 때가 있다. 크게 후회되는 것은 없지만 한 가지는 아쉬움으로 가슴속에 남아 있다.

'좀 더 공부를 열심히 했었더라면…….'

잠시 생각에 잠긴다. 그러나 이내 고개를 젓는다.

학창 시절, 청춘, 그 끓는 피, 아! 그 시절…….

나는 책상 앞에 앉아 있다. 앞에는 두꺼운 참고서가 놓여 있다. 사방은 죽은 듯 고요한 가운데 어디선가 들려오는 듯하다. 봄이 손짓하며 노래하는 소리. 불현듯 엄습해 오는 숨 막힐 듯한 느낌. 나는 가슴을 세차게 두드린다.

그대 물속에 잠겨 보았는가. 그 고독을, 태고의 정적감을 아는가. 그 처절한 외로움을 느껴 본 적이 있는가.

그때 저 세상 밖에서 새들은 노래하고 꽃향기 물씬 풍겨 오는 가운데 청춘의 활기 넘치는 쌍들은 아름다운 선율에 맞추어 춤을 추고 있다.

그들이 손짓한다. 어서 이리로 나와요, 우리 함께 춤추고 노래해요. 인생을 즐겨요.

아, 어떻게 이 유혹을 떨쳐 낼 수 있단 말인가!

나는 무너졌고 후회했고, 결심했고 또 무너졌으며 아마 수없이 많은 날을 몸부림치며 탄식했던 것 같다. 인간의 나약함이여…….


## 🌿 소와 가죽신

한 농부가 큰 소를 끌고 산길을 가고 있다. 농부의 뒤로 수상한 두 명의 남자가 보였다. 눈이 작고 약빠르게 생긴 남자가 키가 껑충한 옆의 남자에게 말했다.

"조금 기다려 봐. 내가 저 소를 빼앗아 오겠네."

"자네가 아무리 소매치기의 달인이라고는 하지만 물건이 좀 크지 않나?"

"두고 보면 알게 돼."

두 명의 남자는 소매치기였다.

눈이 작은 소매치기가 옆길로 해서 농부를 잽싸게 앞질러 가서 새 가죽신 한 짝을 그가 발견하기 쉽게 길가에 놓아두고 더욱 잰 발걸음을 앞으로 옮겼다.

농부는 산길을 걸어가다가 새 가죽신 한 짝을 발견하고 집어 든다.

"안타깝구나. 한 짝뿐이라 아무 소용도 없으니……."

농부는 아쉬워하면서 가죽신을 내버려두고 가던 길을 계속해서 갔다.

그런데 얼마 더 가지 않아서 조금 전에 보았던 새 가죽신의 나머지 한 짝이 길가에 버려져 있는 것이 눈에 들어왔다.

"이런 횡재가 있나!"

그는 뛸 듯이 기뻤다. 깊은 산속이라 지나는 사람도 없으니 아직 그 가죽신이 그대로 있을 것이었다. 농부는 하늘에 감사하며 옆에 있는 나무에 소를 엉성하게 묶어두고는 서둘러 조금 전의 장소로 달려갔다.

예상대로 가죽신은 그곳에 있었다. 농부는 멀쩡한 새 가죽신 한 켤레가 생겼다고 좋아하며 소를 묶어둔 곳으로 되돌아왔다. 그러나 소는 이미 소매치기가 가져가고 없었다.

사람은 하루에 5만 가지 생각을 한다. 놀라운 사실은 5만 가지 중 4만 9천 가지 이상이 부정적인 생각이라는 점이다. 감사보다는 불평, 만족보다는 불만, 존경보다는 시기, 질투, 신뢰보다는 불신, 그 밖에도 원망, 심술, 짜증, 불안, 초조, 아상(我相), 망념 등 복잡 다단하다. 이는 주변 여건이 조금만 받쳐 준다면 인간은 하시라도 악으로, 불법으로 나아갈 수 있다는 의미로도 해석될 수 있다.

여기서 유추해 볼 수 있는 대목이 있다. 만약에 누군가가 어떤 사람을 파멸시키기 위해 함정을 파놓고 교묘한 말로써 유인한다면? 아마도 열에 아홉, 아니 꾸미기에 따라서는 백에 아흔아홉이 걸려들 것이다. 그런 경우 걸려든 사람을 엄히 벌해야 할까, 아니면 죄의 길로 유인한 자를 응징해야 할까?


## 🌿 자식 자랑

"둘째며느리가 30만 원 보냈고, 셋째가 40만 원, 큰딸이 20만 원, 막내가 50만 원⋯⋯. 너희들 이렇게 안 보내 줘도 애비 먹고 살 만한 돈 충분히 있다고 그렇게 일러도 애들이 통 내 말을 안 듣네요."

××역 지하철 승강장의 한쪽 구석에서 70 중반쯤의 할아버지가 비슷한 연령대의 할머니들에게 그렇게 말하고 있었다. 무심코 고개를 돌려 바라본 한 할머니의 눈가에서 미세한 떨림이 느껴졌다.


## 🌿 누에환

삶의 지혜를 터득한 것인가, 마음이 자비로워진 것인가.

전북 부안 누에환 이순영 팀장의 간절한 요청을 끝내 거절하지 못해 카드로 37만 원을 결재해 주고 말았다. 황학동 시장에 비해 몇 배 비싼 편이고 효과 또한 그것에 비해 탁월할 것 같지도 않았지만 어린 자식 둘을 둔 주부라는 말에 그만 마음이 약해진 것이다. 결재를 해주고 나서도 그날 내내 마음이 가볍고 상쾌했다.

그녀는 지금, 어쩌면 오늘 내내 얼마나 활기가 넘쳐 있을 것인가.

나의 머릿속은 온통 그 생각으로 가득 차 있었던 것이다. 예전 같았으면 상상도 할 수 없는 기이한 현상이지만 이런 일이 비단 이번뿐만이 아니다.

언제부터인지 딱 꼬집어 말할 수는 없지만 공공(公共) 시민으로서의 책무에 대한 인식이랄까, 사회관이랄까 하는 것이 사람 친화적으로 바뀌어 가는 느낌이다.

예전에 재래시장에서 물건을 살 때 가장 마음 쓴 것은 어떻게든 값을 깎는 일이었다. 그러나 요즈음 나는 가급적 부르는 대로 값을 치른다. 물론 지금은 재래시장의 노점상까지도 거의 정찰제를 하고 있지만 그래도 아직 흥정할 여지가 남아 있는 경우도 적지 않아 가끔은 혹 더 주고 산 것이나 아닐까 의문이 들 때가 있기도 하다.

그럴 때마다 속을 끓이기보다는,

'시장통에서 온갖 고생 다 하는 어려운 사람인데 설령 내 돈이 조금 더 갔기로서니 어떤가.'

그렇게 중얼거리며 좋은 일이라도 한 것 같아 오히려 마음이 상쾌해지기까지 한 것이다.

가치관의 변화를 더욱 분명하게 확인시켜 주는 것은 아들을 통해서다. 녀석은 집에서 거의 식사를 하지 않는다. 회사에서야 어쩔 수 없겠지만 저녁에도 닭튀김이나 피자 따위를 사 가지고 와서 먹는다. 그 외에도 다른 여러 분야에서 소비 활동이 여간 활발한 것이 아니다. 도무지 아까운 것이 없고 아낄 줄을 모른다.

신혼여행 가서 백반을 1인분만 시키고 공깃밥을 추가해서 2인분으로 먹은 우리 부부다. 다른 것 다 그만두고 돈이 아까워서라도 아들의 그런 행태를 그냥 두고 볼 수 없었다. 다 큰 아들이 그 말을 쉬 들어 줄 리 없고 부글부글 속을 끓이기 딱 제격인 사안이었다.

그렇지 않아도 어느 시점까지는 그 일로 녀석과 앙앙불락했었다. 그러던 것이 나의 생각의 변화가 마음의 평화를 맛보게 한 것이다.

'우리 부부 같아서야 장사하는 사람들 다 굶어 죽는다.'

'가정 경제에 크게 악영향을 끼치지 않는 범위 안에서 한 집에 한 명쯤 저렇게 소비를 해줘야 경기가 숨통이 트인다.'

아내에게 입버릇처럼 말했고 그 말이 주효한 것인지 아니면 다른 이유가 따로 있었는지 모르겠지만 아내도 그 일로 애를 태우지 않았다.

내가 지금 간절히 바라는 것은 아들과 우리 가정과 나라가 서로에게 필요한 황금비적 경제 활동 지점을 찾는 것이다.


## 도덕적 해이

어제 ××시장에 갔었다. 지체장애자가 혼잡한 시장통의 길바닥에 길게 엎어져서 지나는 사람들을 바라보며 돈을 구걸하고 있었다. 주머니에 천 원짜리가 없어서 돌아오는 길에 주기로 마음먹고 지나쳤다.

장을 다 보고 돌아오는 길에 사람들이 서넛 그에게 돈을 건네는 것을 보았다. 마음먹고 천 원짜리를 준비하고 있었지만 나는 마음을 바꾸어 동정을 베풀지 않는다. 이런 경우 내게는 분명한 기준이 세워져 있다. 지나는 사람들이 아무도 그를 측은히 여기지 않고 매정하게 지나쳐 가야 한다. 그 지경까지 되어서야 나는 비로소 그 지체장애인에게 동정할 필요를 느끼기로 한 것이다.

사연이 이러하다. 거리에서 구걸하는 것을 나라에서 법으로 금하고 있는 것은 다 그만한 이유가 있을 것이다. 그런 만큼 최소한도의 생계비는 보조해 주고 있을 것이다. 다른 한편으로 생각해 볼 여지도 있다. 성치 않은 몸으로 오죽하면 저렇듯 거리로 나왔을까. 둘 사이에서 갈등하다 나는 그렇게 기준을 정한 것이다.

국가로부터 빚 탕감의 수혜를 받은 사람들이 또 한 번의 탕감을 기대하며 조금만 어려워도 다시 고리의 빚을 얻고 빚의 늪에 빠지는 일이 벌어지고 있다고 한다. 이른바 도덕적 해이 현상이다.

## 🌿 승자의 아량

조조가 원소를 이겼다. 도저히 이길 수 없을 것 같은 싸움에서 이긴 것이다. 수많은 회색분자들이 원소 편에 줄을 대고 있었고 그 사실을 조조는 누구보다 잘 알고 있었다.

그러나 조조의 제 일성은

'원소의 진중에 쌓여 있는, 외부와 오갔던 모든 서신을 불사르라!'라는 것이었다.

# 🌿 90:10의 법칙, 스티븐 코비

우리는 인생에서 일어나는 10%를 전혀 통제할 수 없다. 비행기가 연착하여 모든 일정을 엉망진창으로 만드는 것도, 어떤 운전자가 느닷없이 내 차 앞에 끼어드는 것도 어쩌지 못한다.

나머지 90%는 다르다. 당신이 마음먹기에 달려 있다.

예를 하나 들어보자. 당신은 가족과 아침식사를 하고 있다. 당신의 딸이 커피잔을 엎어서 당신의 정장 출근복 위에 커피를 쏟아버린다. 당신은 화를 내고, 욕을 하며 딸을 혼낸 뒤 아내에게마저도 컵을 테이블 끝에 두었다고 비난한다. 작은 말싸움이 따른다. 발소리를 요란하게 내며 2층으로 올라가 옷을 갈아입는다. 다시 아래층으로 내려와 보니, 딸은 우느라고 아침도 못 먹고 학교 갈 준비도 못해서 통학버스를 놓친다.

당신은 딸을 학교에 데려다 줘야 한다. 늦었기 때문에 과속으로 달린다. 속도위반으로 벌금을 물고 학교에 도착한다. 15분이나 지각한 딸은 인사도 없이 학교 안으로 달려간다. 당신은 20분이나 지각하여 회사에 도착하여 보니 서류 가방을 집에 두고 왔다.

당신의 하루는 엉망으로 시작하였다. 그리고 시간이 갈수록 점점 더 악화된 것 같다. 빨리 집에 가고 싶을 것이다. 집에 도착하면 당신은 당신의 부인과 딸 보기가 많이 어색할 것이다. 5초 동안에 보인 당신의 반응이 당신의 나쁜 하루를 만든 것이다.

당신은 이렇게도 할 수 있었다.

커피가 당신 옷에 쏟아졌다. 당신은 딸에게 다정하게 말한다.

"괜찮아. 다음부터 더 조심하면 돼."

그리고 수건을 들고 2층으로 올라가 옷을 갈아입는다. 서류 가방을 들고 내려온다. 창밖을 보니, 딸은 통학 버스에 오르고 있다. 딸이 뒤돌아보더니 손을 흔든다. 당신은 5분 일찍 회사에 도착하여 동료들을 반갑게 맞이하고 즐거운 하루를 보낸다.


## 🌿 결정적 한 방을 사양하다

저녁식사를 하고 있는데 스마트폰이 울렸다.

대학 동창회 총무다. 수화기를 들자 총무가 다짜고짜 소리친다.

"너 지금 집에 앉아 있으면 어떡해!"

지금 친구들이 다 모여서 한잔 하고 있다며 문자를 보냈는데 왜 안 나왔느냐고 추궁한다. 금시초문이다. 도서관에서 살다시피 하기 때문에 핸드폰을 늘 진동으로 해 놓는다. 그 대신 자주 들여다본다. 문자를 놓쳤을 리 없다. 나는 즉시 확인해 본다. 역시 아무것도 온 것이 없다. 문자 온 것이 없다고 하자 무슨 소리냐며 언성을 높인다.

"거 참 이상도 하다."

나는 그렇게만 말했고 총무는 다음을 기약했다. 거의 6개월 만의 모임이어서 꼭 참석하고 싶었는데 다소 서운한 마음이 들었다. 혹 내 핸드폰에 문제가 있을 수도 있겠지 하고 만다.

그렇다 해서 총무의 잘못이 사해지지 않는다. 내 경우 이제껏 총무한테서 문자를 받으면 반드시 답을 보냈다. 따라서 아무 답이 없었다면 녀석은 반드시 내게 확인 전화를 했어야 했다.

나는 그러나 결정적 한 방을 총무에게 날리지 않는다. 말문이 막힌 친구가 어떤 기분일까 생각했기 때문이다.


## 정도를 따르다

실로 공교로운 일이었다.

그동안 수차례 행사를 치러내면서 내가 얻은 결론은, 내가 맡은 것이 합격되면 회사 차원의 종합 성적은 좋지 않고, 내 것이 불합격했을 때는 전체로 본 합격률이 높았다는 점이었다.

당락을 기다리면서 나는 갈등했다. 어느 쪽을 진심으로 바랄 것인가. 그러나 고민의 시간이 그리 길지는 않았다. 정답은 의외로 쉬운 곳에 있었다. 정도를 따르는 것이다. 가장 훌륭한 것에 합격의 영광을…….

정치하는 사람들은 그러나 그 쉬운 답을 좀처럼 찾지 못하고 있는 것 같다.


## 유비와 조조

삼국지를 중국 TV드라마로 보고 있다. 50분짜리 95회 분량이다. 중학 시절 삼국지에 흠뻑 빠져서 늘 옆에 끼고 살다시피 했었다. 아마 열 번은 읽었을 듯. 50년이 훨씬 넘었는데도 내용이 어제 읽은 듯 생생해 그런 면에서 다소 흥미가 떨어지긴 하지만 만사전 폐하고 드라마에 매달리게 되는 것을 보면 역시 삼국지다.

많은 요인이 있겠지만 특히 나를 사로잡는 부분은 유비의 덕성이다. 적의 침공으로 절체절명의 위기 상황에 몰려 있음에도 끝내 백성을 버리지 않고 그들과 생사를 함께하려는 지도자다움에 가슴이 찡하는 감동을 느꼈던 것이다. 아마 유비라는 인물이 없었다면 삼국지에 대한 나의 평가는 많이 달라졌을 것이다. 그의 인덕에 취해 넋을 잃고 드라마를 보고 있다.

학창 시절, 삼국지가 나를 사로잡았던 요인은 제갈 량의 뛰어난 지략이었다. 유비는 안중에도 없었다. 도무지 내세울 것이 없는 인물이었다. 그나마 으뜸으로 치는 인품이라야 동네에서 흔히 볼 수 있는 마음씨 좋은 아저씨 정도로밖에는 그 가치를 인정할 수 없었다.

반면에 조조를 높이 평가했다. 그는 용인술의 달인이고 의로운 면도 있는 사람이라고 평가했다. 그런 까닭에 나는 당시의 어른들의 일반적인 통념 곧, 유비는 어질고 진실하며 조조는 간사하고 이기적인 인물이라는 평가에 대해 늘 의문을 품고 있었다.

그러한 생각은 꽤 오랜 기간, 생애의 후반 무렵까지 유지되었던 것 같다. 삶의 갈피마다에서 두 인물에 대한 이야기를 접했지만 나는 언제나 조조의 편에 섰던 것이다.

이제 인생의 황혼 무렵에서 무르익은 심성으로 삼국지를 다시 접하면서 조조의 사특함과 가식이, 유비의 덕성과 의로움이, 그 귀천의 차이가 한눈에도 명료히 드러나 보인다.

# 🌿 덩치 큰 젊은이들

'어려운 상황은 사람을 분발하게 하지만 안락한 환경에 처하면 쉽게 죽음에 이른다'는 말이 예로부터 전해져 내려온다.

동물의 세계도 마찬가지다. 천적이 없는 동물은 시간이 갈수록 허약해지고, 천적이 있는 동물은 점점 강해지고 웬만한 공격은 스스로 이겨낸다.

아주 화목한 가정에서 부모 사랑을 듬뿍 받으며 뭐 하나 부족함 없이 자라나는 아이들을 종종 본다. 그럴 때 문득 나는 역설적인 질문을 한다.

'저렇게 평화롭기만 하다면 정신의 키가 언제 자랄까?'

지하철을 기다리고 있는데 키가 장대 같고 덩치가 산만한 서양 남성들이 나타났다. 나를 포함해 주의에 있는 모든 사람들이 하나같이 그들의 어깨 아래에서 조무래기가 된 것 같은 초라한 느낌이 들었다.

나는 이상스런 민족적 열등감에 한동안 그 외국인들과 그 옆을 지나는 우리의 젊은 친구들의 체구를 비교하며 열심히 응원하고 있었다. 키며 몸집이 엇비슷한 친구들이 적지 않게 지나갔고 그럴 적마다 알 수 없는 승리감에 흐뭇한 기분이 들었다. 사실 얼마 전까지만 해도 상상도 못했던 일이 아닌가.

허우대는 멀쩡해서 좋은데…….

흐뭇하고 대견해 했던 기분은 잠시였을 뿐, 마음 한 구석에 어두운 그림자가 드리워지기 시작했다.

'저들의 정신은 멀쩡한 허우대와 반비례 관계나 아닐까?'

저렇게 훤칠하게 잘 컸다는 것은 어릴 때 대체로 여유로운 환경에서 자랐다는 의미이고 그것은 역설적으로 그만큼 참아내는 정신을 키울 기회가 적었다는 것이 된다. 안타까운 것은 저성장 시대를 맞아 길고 어두운 터널을 지나기에 저 덩치만 커다란 젊은 친구들의 정신이 너무 나약하다는 점이다.

"밥 먹다가 옆이 허전해서 돌아보면 윗목 구석에서 둘이 머리끄덩이 잡고 싸우고 있는 거예요."

"그 추운 겨울에 속옷 바람에 내쫓겼는데 오들오들 떨면서도 엄마한테 잘못했다고 빌기 싫어서 그냥 대문 밖에 계속 서 있었어요. 아마 외삼촌이 그때 안 왔으면 얼어 죽었을지도 몰라요."

아내는 종종 유년 시절을 그렇게 회고했다. 내 경우는 아내보다 더욱 다양하고 치열했다. 늘 바로 위의 형과 다투었고, 대체로 맞았고, 그럼에도 엄마한테 또 혼이 났고, 분해서 어쩔 줄 몰라 했으며 가출을 수도 없이 생각했었다. 형들도 몇 차례씩 가출했던 것으로 보아 나름대로 분하고 속상한 일을 많이 겪었던 것 같다.

이 모두가 다 넉넉치 못한 환경에서 먹고 싶은 것, 가지고 싶은 것을 누릴 수 없었기에 빚어진 일이었으리라. 딱하고 가슴 아픈 일이지만 그런 시련을 겪는 과정에서 우리 세대는 양보를 배웠고, 협동의 미덕을 알았으며 무엇보다 인내를 터득할 수 있었던 것 같다.

가난한 가정의 아이들 말에 귀를 기울여라. 지혜가 그들에게서 나올 것이다.

―탈무드

## 🍃 관운장의 오만

천하 명의 '화타'는 관운장의 팔을 고쳐 준 다음 그의 진영을 떠나며 운장의 측근에게 말한다.

"그의 몸의 병은 무엇이든 고칠 수 있지만 마음의 병인 오만은 고칠 수가 없군요."

오만은 독선과 통하는 법, 지도자의 독선은 몰락의 지름길이다.

관운장이 형주를 맡아 지키는데 유비는 서촉 원정을 성공리에 마쳤다. 조조를 쳐서 한중마저 빼앗았다. 승승장구, 이제 중원을 쳐 조조를 징치할 일만 남았다. 한껏 고조된 관운장, 번성을 쳐서 우금을 사로잡고 방덕마저 죽인다. 기세가 하늘을 찌른다.

딱한 것은 그의 전술, 전략적 지략이 동오의 장수 여몽에 미치지 못한다는 점, 그런 터에 그의 근거 없는 자신감과 오만은 기세등등하여 거침이 없다. 주위의 간언에 여몽을 어린아이라 비하하며 노기마저 띤다. 형주를 빼앗기는 것은 당연한 수순이다.

자신을 객관적으로 볼 수 있다는 것, 겸손이라는 것, 이는 얼마나 지난한 일인가, 인간의 어쩔 수 없는 한계던가!


## 🍃 진정한 가치

태권도에 출전한 2012 런던 올림픽 은메달리스트 이대훈이 8강전에서 패하고도 승자에게 축하의 박수를 보냈다는 기사를 읽었

다. 그는 패배 후 눈물을 쏟는 대신 상대 선수의 손을 번쩍 들고는
이렇게 말했다.

메달을 못 땄다고 인생이 끝난 건 아니다. (저도) 상대 선수를 존중하는 그런 사람이
되고 싶었다. 더 나은 사람이 되기 위해 한 가지 경험을 했다. 졌다고 기죽고 싶지 않다.

당신은 나의 적수지만 나의 적은 아니야
당신의 저항이 내 힘을 북돋고
당신의 강인함이 내게 용기를 줘
(······)
비록 내가 당신을 제압하더라도 당신에게 굴욕을 주진 않을 거야
오히려 당신의 이름을 드높이겠어
당신이 나를 거인으로 키워줬으니까

―스콧 프로덤햄

대부분의 선수들은 '금메달이 아니어서 죄송하다'라며 눈물을 쏟
는다. 그런데 동메달을 걸고서도 그는 당당히 웃었다. 그것은 그가
잘못된 경쟁을 한 게 아니라 올바른 경쟁을 하고 있었기 때문이다.

아름다운 공동체 사회를 구현해 내기 위해 인류에게 필요한 가치는
무수히 많지만 거기에는 경중과 우선순위가 있다. 올바른 경쟁심, 이
타적 희생정신, 인간에 대한 헌신적 사랑······. 아마 이와 같은 것들이
가장 무겁게, 가장 우선적으로 주목받아야 할 가치일 것이다. 그러나
현실은 전혀 그렇지 못하다. 그 고품격의 순수성이 인정받지 못한 채

천덕꾸러기 취급을 받거나 심지어 조롱거리가 되기도 한다.

반면에 꺾일 줄 모르는 강한 의지와 인내심, 각 분야의 천재급 인재, 비상한 사업 수완, 난관 극복 능력, 사교술, 아름다운 외양…… 이런 것들은 그 가치 이상의 대접과 조명을 받는다.

무엇보다 딱하고 안타까운 것은 실적 위주의 경쟁심, 탐욕과 이기심, 인간을 지배하고자 하는 야심, 만인 앞에 우뚝 서고자 하는 비뚤어진 명예욕 따위 가장 배척당해야 할 암적 요소들이 오히려 환대받고 있으며 적지 않은 청춘들이 그 가치를 목표 삼아 일로매진하고 있다는 점이다. 세상이 정반대로 가고 있는 것이다.

최고의 가치인 훌륭한 인성을 지닌 자가 실무 능력 부족 또는 실적이 나쁘다는 이유로 최하위 직책에 자리하고, 배척당해야 할 악덕은 실적과 성적이 우수하다는 이유로 최상의 직책을 배정받는다.

세월호 사건이 일어났을 때 비정규직의 말단 선원이 위기의 순간에 살신성인의 진수를 보여 주었으며 선장은 인간 말종의 악덕을 유감없이 발휘했다. 만일에 말단의 선원이 선장의 권한을 행사할 수 있었다면 비극은 현저히 줄었을 것이다. 이런 예는 세상의 곳곳에 비일비재하다. 고위직들의 부패와 비리가 끊임없이 터져 나오는 것이 그 단적인 예다.

전도된 가치 체계를 바로잡는 것, 곧 최고의 가치인 훌륭한 품격이 최고의 인재, 최상의 능력자를 관리, 감독할 수 있는 가치 체계로의 전환은 기술적으로 불가능할까? 나는 가능하다고 본다. 그로 인해 손해를 보는 악덕의 부류들이 눈을 부릅뜨고 방해 공작을 펼치지만 않는다면.

# 🌿 하늘을 우러러 한 점 부끄러움이 없는

목사가 말씀을 마치자 회중은······ 교인들 중엔 흐느끼는 소리가······ 놀라운 회개의
역사가 일어나고 있었습니다······.

마태복음 25장을 목사가 읽어 주자 회중에 놀라운 회개의 역사
가 일어날 수 있었던 것은 회중이 사유(思惟)의 산물인 추상의 호화
로운 정원을 거닐고 있었기 때문일 것이다.

그러나 사랑의 완성은 구체적 현상(現象), 곧 실질적 행위가 뒤따
라야 한다. 더럽고, 악취 풍기는 실체와의 접촉이 전제되어야 하는
것이다. 더해서 조금 말하고 남의 말을 더 많이 들을 수 있어야 하
며, 나를 뽐내기보다 남을 높여줄 수 있어야 하며, 나의 역사 인식
만이, 나의 정치적 식견만이 옳은 것이라 여기지 않아야 하며, 무
엇보다 이 모두가 일회성이 아닌 일상에서의 자연스러운 행위로 이
어질 수 있어야 하는 것이다.

그러나 추상과 구상, 생각과 실행, 일회성과 일상성, 이것들 사
이의 벽은 실로 높고도 험난하다. 많은 이들, 정치인이며 교수며 고
위 공직자며 심지어 목회자와 고승들마저도 번번이 이를 넘지 못해
주저앉는다.

어디 그들뿐일까, 동짓달 긴 밤이 짧을세라 둘이서 셋이서 밤을
꼬박 지새우며 나누는 청춘의 우정도, 흐트러진 사회에 대한 어르
신들의 애정 어린 비판도, 힘겹게 하루 일을 마치고 동료들과 한잔
술 나누며 토해 내는 오너에 대한 봉급생활자들의 비분강개도, 더

욱이 시민 사회 단체들의 나라 사랑의 구호마저도 행동이 따르지 않는 화려한 추상이기는 별반 다를 바 없다.

그렇다면 그들은 이 넘지 못하는 벽을 스스로에게 어떻게 설득하고 또한 무슨 말로 회유하며 극복하고 있을까? 아, 천도는 헤아릴 수 없어라. 자연은 그들에게 축복을 내린다. 자신의 투시에 관한 한 저능 수준의 안목, 가없는 무조건적인 편애, 머리와 가슴의 괴리, 거기에 천부의 자기 합리화 능력, 이 네 가지 요소들의 절묘한 배합과 조화를 통한 면죄부, 이로써 그들은 '하늘을 우러러 한 점 부끄러움이 없도다'라 사자후를 토하면서 보무도 당당히 세상을 활보하는 것이다. 어제도, 오늘도, 그리고 또 내일도.


## 🍃 명품

언젠가 무길이가 말했다. 소주나 양주나 미국에서는 값이 비슷하다고. 그렇지만 자기는 소주를 마실 때가 많다고. 무길이가 말한 양주는 그 당시 여기서 이만 원쯤 한 것으로 알고 있다. 무길이가 소주에 인이 박힌 탓이 없지 않겠지만 그렇기로서니 스무 배의 가격 차이가 그런 식으로 무너져 버린다는 것은 납득이 쉽지 않다. 상품의 질에 별 차이가 없다고 봐야 하지 않을까?

남편은 수백만 원 하는 양주를 마시고, 이에 질세라 마나님은 수천만 원 하는 밍크코트에 명품 가방이다. 돈푼깨나 있는 사람들의 행태다. 그들은 진정 그 상품 자체에 그만한 가치가 있다고 인정하는 것일까? 그렇지는 않을 것이다. 아마도 그들이 정작으로 노리는 것은 과시요, 정신의 사치요, 허영의 충족이었을 것이다.

그들의 과시욕을, 허영을, 국가에서 충족시켜 주는 것은 어떨까. 그들에게 옛날에 임금이 연로한 신하에게 궤장을 내리듯이 표지가 될 만한 소품을 내려 옷에 부착하게 함으로써 만인이 우러르게 하는 방법은 어떨까?

민간 업자에게 그 좋은 문화 상품 시장을 고스란히 내줄 수는 없지 않을까? 시장 경제 선생은 못마땅하게 여기려나? 그렇지만 우리네 조상님들은 개처럼 벌어 정승처럼 쓰라고 하지 않았던가. 없는 사람들, 소외받는 사람들에게 사랑으로 전해질 수 있다면 선생도 더는 뭐라 못하리라.


# 🌿 진실한 우정

우리는 우정이니 의리니 하는 말들을 너무 쉽게 한다. 그러다 보니 소심한 사람들은 진실한 친구라는 명제에 대해 일종의 의무감, 심지어 압박감마저 느끼는 듯하다.

그러나 조금만 주의를 기울여 생각해 보아도 막역지우니, 희생이니 하는 것들의 실상이 내가 막연하게 알고 있는 것과 전혀 다르다는 것을 알 수 있을 것이다.

모름지기 진실한 우정, 참다운 의리라면 벗이 모진 운명에 치여 궁지에 몰렸을 때 또는 위급한 상황에 놓였을 때 내 모든 것을 던져서 구원에 나설 수 있어야 할 터, 문제는 그것이 현실적, 구조적으로 불가능하다는 점이다.

혼전에는 부모가, 결혼한 이후에는 배우자와 자식이 있기 때문이다. 어느 부모가 내 자식의, 어느 아내가 내 남편의, 어느 자식이 내 부모의 친구 때문에 하루아침에 빈털터리가 되어 거리에 나앉는 것을 받아들일 수 있을까?

그럼에도 가족의 반대를 무릅쓰고 파탄의 길로 들어설 수 있는 사람이라야 진실한 우정을 말할 수 있지 않을까? 드물지만 있을 수 있다. 그러나 그런 경우 무책임한 권한의 남용일 뿐 정도는 아닐 것이다.

이에 더해서 우리가 간과하고 있는 또 하나의 진실은 우정에 대한 우리의 인식이 디테일한 부분을 놓치고 있다는 점이다. 정신과 물질을 분간치 못하는 경우다. 내가 파산의 위기에 몰렸을 때 어느 친구가 선뜻 거액을 내주어 나를 구했다면 그것을 진실한 우정이라고 생각하는 경향이 있다. 그것은 바른 시각이 아니다. 그런 식이라면 넉넉한 재력을 가진 사람은 아주 많은 진실한 벗을 가질 수 있다.

결론적으로 말해 보통의 인간에게 진실한 우정이란 현실적으로 불가능한 것이라고 생각한다. 그것은 신앙 같은 것이나 아닐까? 믿고 싶어서, 간절히 소망해서 오늘도 끊임없이 기도하는, 그러나 끝내 손에는 잡히지 않는 허공 속의 구름 같은 이상……

# 🌿 얼어붙은 눈물

　서양에서는 결혼할 때, 어머니가 시집가는 딸에게 진주를 주는 풍습이 있다. 그때의 진주를 '얼어붙은 눈물(Frozen Tears)'이라고 부른다.

　왜 이런 풍습이 생겼을까? 아마도 딸이 시집살이 하다가 속상해할 때, 조개가 자기 안으로 들어온 모래로 인해 받는 고통을 이겨내고 아름다운 진주를 만든 것처럼, 잘 참고 견뎌내라는 뜻일 것이다.

　진주는 땅에서 캐내는 보석이 아니라 바다 속의 조개 안에서 만들어진다. 어쩌다 잘못해서 모래가 조개의 몸속에 들어가면 깔깔한 모래알이 보드라운 조갯살 속에 박히게 되는데, 그때 조개가 얼마나 고통스러울까?

　깔깔한 모래알이 조개의 보드라운 살에 박히게 되면 조개는 본능적으로 두 가지 중에서 한 가지를 선택해야 한다.

　하나는 모래알을 무시해 버리는 것으로서, 결국은 조개가 모래알 때문에 병들어 살이 썩기 시작하면서 얼마 지나지 않아 조개가 죽어버린다.

　또 다른 하나는 조개가 모래알의 도전을 받아들이는 것인데, 조개는 '진주층(nacre)'이라는 생명의 즙을 짜내어 자기 몸속에 들어온 모래알을 계속해서 덮어 싼다. 하루, 이틀, 한 달, 두 달, 일 년, 이 년 동안을 계속해서 생명의 즙으로 감싸고 또 감싼다. 이렇게 해서 이루어진 것이 바로 진주이다.

　우리가 살아가다 보면 우리의 삶 속에도 이런저런 모래알이 들어

올 때가 있다. 이것을 우리는 '시련'이라고 부른다. 우리에게 시련이 올 때 '내가 지금 값진 진주를 품는구나!'라고 생각하라. 내가 당하는 시련이 크면 클수록 '내가 품고 있는 진주는 더 값지고 더 크겠구나!'라고 생각하라. 그러면 오늘 우리가 흘리는 눈물은 내일이면 아름다운 진주로 바뀔 테니까.

## 🌿 옹졸한 원소

원소가 조조를 멸하고자 기주, 청주, 유주, 병주 등에서 70만에 달하는 군사를 소집하여 허도 공략에 나서기로 마음을 굳힌다. 옥중에서 출정 소식을 전해들은 전풍은 원소에게 서신을 써서 간한다.

'당금의 형세를 살펴보건대 주공께서는 천시를 기다리는 것이 유리합니다. 무리하게 군사를 일으키시면 얻는 것보다 잃는 것이 많을 것입니다.'

원소의 안색이 일그러진다. 모사 봉기가 원소의 감정을 자극한다.

"주공께서 대의를 위해 나서는데 이런 불길한 글이나 올리는 전풍의 저의를 알지 못하겠습니다."

원소는 크게 노해 좌우에 명한다.

"당장 놈을 옥에서 끌어내어 참수하라!"

주위에서 일제히 만류한다.

"고정하십시오. 대사를 앞두고 피를 보면 군사들의 사기에 좋지 않습니다."

원소가 간신히 분을 삭이며 말한다.

"좋다. 내 조조를 죽이고 돌아와 반드시 치죄하겠다."

원소는 그러나 오히려 조조에게 크게 패한다.

한편 옥중의 전풍은 전장에 대한 근심으로 잠 못 이루는 날들을 보내고 있었다.

하루는 옥리가 다가오며 말한다.

"축하드리옵니다."

전풍은 흠칫하며 묻는다.

"그게 무슨 말인가?"

"주공께서 싸움에서 패하고 돌아오신다 하니 이제 어르신을 중용하시지 않겠습니까?"

그 말에 전풍의 얼굴이 사색으로 변한다.

"아아, 내가 이제 죽게 되었구나!"

옥리가 어리둥절한 표정을 지으며 묻는다.

"모두들 어르신께 좋은 일이라고 기뻐하는데 그게 무슨 말씀입니까?"

전풍이 탄식하며 말한다.

"주공께서는 편협한 분이시네. 싸움에서 이겼다면 사면을 내리겠지만 패하였으니 날 반드시 죽이실 걸세."

옥리는 전풍의 말을 믿지 않았다.

다음 날, 원소의 명이 전해진다.

"전풍을 참수하라!"

―나관중의 『삼국지연의』에서

244

# 🌿 내가 좀 밑진다 싶어야 탈이 없단다

어느 부모도 자식에게 그렇게 가르쳤다. 얼마나 훌륭한가! 문제는 행간에 흐르는 기류가 인내와 희생이라는 점이다. 결코 지탱할 수 없는 구조다. 갈등과 불화가 당연하다. 부모들은 자식들을 다시 교육시켜야 한다. '네가 밑진 듯하지만 그것은 밑진 것이 아니라 비로소 공평하게 된 것이다'라고. 왜냐하면 그것이 진실이니까.

'나를 용서하는 마음으로 남을 용서하고 남을 책망하는 마음으로 나를 책망하라.'

『명심보감』에 실려 전하는 이 글에 숨어 있는 뜻이 무엇이겠는가?

# 🌿 스탠퍼드 교도소 실험

선량한 사람이 상황만 주어지면 순식간에 악인으로 변한다는 걸 증명한 '스탠퍼드 교도소 실험'이라는 게 있다. 평범한 학생들을 교도관과 죄수로 나누기만 했는데 교도관 역할의 학생들이 가학적이고 악랄하게 변하는 것을 보여준 실험이다.

이 실험을 주도한 심리학자 필립 짐바르도는 이렇게 말했다.

"악인은 기질적으로 타고나는 게 아니라 상황과 시스템이 만들고, 썩은 상자에 들어가면 선량한 사람조차 사악하게 돌변할 수 있다."

# 9
# 인생길 Ⅱ

항상 귀에 거슬리는 말을 듣고

마음속에 거슬리는 일이 있다면,

이는 곧 덕을 쌓고 행실을 닦는 숫돌이 된다.

만약 모든 말이 듣기에 좋고

하는 일마다 마음을 즐겁게 한다면,

이는 곧 목숨을

짐새(독이 있는 새)의 독 속에 처넣는 것과 같다.

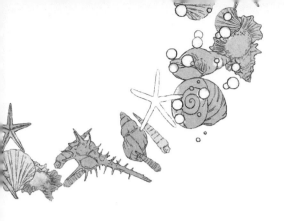

## 🌿 율곡과 노승

율곡은 16세에 어미를 잃었다. 그의 어미는 세상을 하직하며 남편에게 간곡히 당부했다.

"우리 사이에 일곱 자식이 하나같이 잘 자라 주었습니다. 그러나 아직 미치지 못한 구석이 많은 아이들입니다. 후실을 들이지 마십시오."

남편은 그러나 얼마 지나지 않아 새 여자를 맞아들인다. 새 여인이 들어오고부터 화목했던 가정은 단숨에 지옥으로 변해 버렸다.

율곡은 3년을 참고 견디다 마침내 가출한다. 그의 독서가 폭넓어 세상 이치에 대한 이해가 깊지만 구체적인 현실의 고난을 극복해 내기에는 약관의 나이가 걸림돌이었을 듯하다. 그는 모든 것을 포기하는 심정이 되어 중이 되고자 산으로 들어간다.

하루는 금강산 깊은 계곡 속에서 수도하며 거닐다 조그만 암자를 발견하고 그리로 들어간다. 한 노승이 벽을 향해 가사입고 정좌하고 있는데 기척을 내도 돌아보지 않는다. 하릴없이 앉아 있다 절 안 곳곳을 둘러보았지만 취사의 흔적이 없었다.

한참이 지나 노승이 비로소 돌아앉는다. 소년은 가볍게 인사한 다음 묻는다.

"취사의 흔적이 없습니다."

노승은 미소를 지으며 앞산의 소나무를 가리킨다.

"저 소나무가 내 양식이오."

"……?"

내가 이 스님과 변론을 한번 할 만하겠구나. 율곡은 마음속으로 그리 생각하고는 노승에게 묻는다.

"공자와 석가 중 누가 성인입니까?"

"노승을 놀리지 마시오."

"불교는 오랑캐의 가르침이 아닙니까?"

"그대들이 그토록 떠받드는 요임금, 순임금도 동이일 뿐이오. 주의 문왕 또한 서쪽 오랑캐가 아니오!"

"그렇다 한들 불가의 묘한 이론이 우리 유가의 가르침을 능가하지 못하는데 왜 스님께서는 유가를 버리고 불가에서 도를 찾으려 하시는지요?"

"유가에 즉심시불(卽心是佛)이 있소?"

"맹자는 말마다 성선(性善)을 이야기했고 또한 우리 모두가 요순(堯舜)이 될 수 있다고 했는데 그것이 즉심즉(시)불과 무엇이 다르겠습니까? 다만 우리는 불가처럼 출가해서 허황된 진리를 찾으려 하지 않고 현실 속에서 진리를 구현하려 할 뿐입니다."

"그대는 비색비공(非色非空)을 아오?"

잠시 침묵을 지키던 율곡이 팔을 들어 암자 밖 저 먼 곳을 손짓하여 가리키며 말한다.

"저 멀리로 광대한 하늘이 펼쳐져 있고 하얀 구름이 한가로이 떠가고 있습니다. 땅 위에는 형형색색의 수목들이 녹색의 진풍경을 이루고 있으며 깎아지른 듯한 바위산의 절경은 또 얼마나 그림같이 아름답습니까? 이 모든 것이 비색비공이 아니고 무엇이겠습니까!"

노승이 빙그레 웃기만 했다. 율곡이 묻는다.

"유가에서 전하는 연비어약(鳶飛魚躍)은 색입니까, 공입니까?"

"색도 아니고 공도 아니오. 그것은 진여, 곧 진리의 본체라 할 만하오."

노승이 말하자 율곡은 발끈하여 들이대듯 묻는다.

"언설이 있으면 경계가 있는 법인데 어찌 연비어약을 비색비공이며 진리의 본체라고 하십니까? 그런 식이라면 유가의 현묘한 이치는 말로써 다 밝힐 수 없고, 불가의 진리는 문자 밖으로 나갈 수 없을 것입니다."

"그대는 범속한 사람이 아니로다. 내게 연비어약(鳶飛魚躍)의 시구를 써 주기 바라오."

율곡이 일필휘지(一筆揮之)하여 단숨에 써 내려 간다.

瑟彼玉瓚(슬피옥찬) 산뜻한 구슬잔엔
黃流在中(황류재중) 황금 잎이 가운데 붙었네

豈弟君子(기제군자) 점잖은 군자님께

復祿攸降(복록유강) 복과 녹이 내리네

鳶飛戾天(연비려천) 솔개는 하늘 위를 날고

魚躍于淵(어약우연) 고기는 연못에서 뛰고 있네

豈弟君子(기제군자) 점잖은 군자님께서

遐不作人(하부작인) 어찌 인재를 잘 쓰지 않으리오

- 시경, 대아 한록편


솔개가 하늘에서 날고 고기가 연못 속에서 뛰고 있다는 것은 성군의 다스림으로 정도에 맞게 움직여지는 세상을 표현한 것이다. 새는 하늘에서 날아야 자연스러운 것이며, 물고기는 물에서 놀아야 자연스럽다. 이는 천지의 조화 바로 그 자체인 것이다.

다 쓴 다음 노승에게 공손히 전하니 노승은 그것을 한번 읽고 고이 접어 소매 속에 넣고는 돌아앉았다.


## 🌿 나녀(裸女)의 유혹

'이토록 깊은 밤, 폭풍우 속에 여자가 찾아올 리 없지.'

거센 비바람 속에서 얼핏 여자의 음성을 들었던 원효 스님은 자신의 공부를 탓하며 마음을 굳게 다졌다.

'아직도 여인에 대한 그리움이 나를 유혹하는구나. 마음의 평정을 이루기 전에는 결코 자리를 뜨지 않으리라.'

스님은 자세를 고쳐 앉고 참선에 들어갔다.

'……마음은 무엇이며 나는 누구인가? 육신은 또 무엇이며 누구의 것인가? 나의 참은 육신일까, 마음일까? 그리움은 어디에서 발원하는 것인가? 이 정체를 알 수 없는 야릇한 느낌은 대체 무엇인가?'

스님은 자신의 본래의 모습을 찾기 위해 무서운 내면의 갈등에 시달리고 있었다. 시간이 지나면서 점차 자신의 존재마저 아득해져 감을 느꼈다.

그때였다. 바지직, 하고 등잔불이 기름을 튕기며 탔다. 순간 스님은 눈을 번쩍 떴다. 비바람이 토굴 안으로 밀려들었다. 비바람 소리에 섞여 나긋한 여자의 음성이 들려왔다.

"원효 스님, 문 좀 열어 주세요."

스님은 벌떡 일어났지만 멈칫했다. 여인은 황급하게 문을 두드리며 스님을 불렀다.

스님은 문을 열었다. 강한 비바람이 방안으로 들이치면서 등잔불이 꺼졌다.

"스님, 죄송합니다. 이렇게 어두운 밤에 찾아와서……."

칠흑 같은 어둠 속에서 비를 맞고 서 있는 여인을 대하고서도 스님은 선뜻 방 안으로 들일 수 없었다.

"스님, 하룻밤만 묵어가게 해 주세요."

스님은 마지못해 문 한쪽으로 비켜섰다. 여인이 토막 안으로 들어섰다.

"스님, 불 좀 켜 주세요. 너무 컴컴해요."

스님은 묵묵히 화롯불을 찾아 등잔에 불을 옮겼다. 방 안이 밝아지며 비에 젖어 떨고 서 있는 가녀린 여인의 모습이 눈에 들어오자 그동안 잠자고 있던 스님의 남성적 관능이 일시에 깨어났다. 스님은 아프게 입술을 깨물었다.

"스님, 추워서 견딜 수가 없어요. 따스한 손으로 제 몸 좀 녹여 주세요."

여인을 보지 않으려고 스님은 눈을 감았지만 비에 젖어 속살이 들여다보이는 여인의 선정적인 모습이 더욱 눈앞에 아른거렸다. 공연히 방에 들였나 싶어 후회가 마음속에 일었다.

'모든 것은 마음에 따라 일어나는 것. 내 마음에 색심이 없다면 이 여인이 목석과 다를 바가 무엇이랴.'

스님은 부지중에 중얼거렸다. 그리고는 여인을 안아 침상에 눕히고 언 몸을 주물러 녹여 주기 시작했다. 전신으로 번지는 여체의 감각에 스님은 묘한 느낌이 일기 시작했다. 이미 해골물을 달게 마시고 '일체유심조'의 도리를 깨달았다 자부하는 스님이었지만 온몸 구석구석에서 무섭도록 세차게 이는 색정은 세속의 범부와 다를 바 없었다.

스님은 순간 침상에서 물러났다.

'나의 오랜 수도를 하룻밤 사이에 허물 수야 없지.'

스님은 애써 자기 정리를 시작했다.

'해골은 물그릇으로 알았을 때는 그 물이 맛있더니, 해골을 해골로 볼 때는 그 물이 더럽고 구역질이 나지 않았던가. 일체 만물이 마음에서 비롯된다 하였으니 내 어찌 더 이상 속으랴.'

이 여인을 목석으로 볼 것이 아니라 있는 그대로의 여인으로 보면서도 마음속에 색심이 일지 않아야 자신의 공부는 비로소 온전하다고 생각했다.

스님은 다시 여인에게 다가가 여인의 몸을 만지면서 염불을 했다.

'이는 여인의 육체가 아니라 한 생명일 뿐이다.'

스님은 여인의 혈맥을 찾아 한 생명에게 힘을 부어주고 있었다.

'남을 돕는 것은 기쁜 일. 더욱이 남과 나를 가리지 않고 자비로써 도울 때 그것은 이미 남을 돕는 것이 아니라 나의 삶이 된다. 도움을 주는 자와 받는 자의 구별이 없을 때 사람은 경건해진다.'

여인과 자기의 분별을 떠나 한 생명을 위해 움직이는 원효 스님은 마치 자기의 마음을 찾듯 준엄했다.

여인의 몸이 서서히 따뜻해지기 시작했다. 정신을 차린 여인은 요염한 웃음을 지으며 스님 앞에 일어나 앉았다. 여인과 자신의 경계를 느낀 스님은 순간 밖으로 뛰쳐나왔다.

폭풍우가 지난 후의 아침 해는 더욱 찬란하고 장엄했다. 간밤의 폭우로 물이 많아진 옥류폭포의 물기둥이 폭음을 내며 떨어지고 있었다.

스님은 훨훨 옷을 벗고 옥류천 맑은 물에 몸을 담갔다. 뼛속까지 시원한 물속에서 한껏 희열감에 젖어 있는데 여인이 다가왔다.

"스님, 저도 목욕 좀 해야겠어요."

여인은 옷을 벗어 던지고는 물속으로 들어와 스님 곁으로 다가왔다. 아침 햇살을 받은 여인의 몸매는 눈부시게 고와 주위의 모든 사물들이 숨죽여 지켜보는 듯했다. 스님은 생명체 이상으로 보이는 그 느낌에 항거하며 소리쳤다.

"너는 나를 유혹해서 어쩌자는 것이냐!"

"호호호, 스님도. 유혹이라니요? 이깟 육신이 뭐가 그리 대숩니까? 이미 마음으로는 저를 범했으면서요."

일순 스님은 방망이로 얻어맞은 듯 혼돈에 사로잡혔다. '마음은 이미 범했다'는 여인의 목소리가 계속 스님의 귓전을 때렸다. 거센 폭포 소리도 들리지 않았다. 계속하여 여인의 음성만이 혼돈으로 가득 찬 머릿속을 파헤치며 들어올 뿐이었다.

스님은 성찰의 늪 속으로 깊이 빠져들었다.

'색정은 어디서 나서 어디로 향하는가, 그것이 무엇이기에 이리도 허무하게 무너져 내려야 하는가? 왜 나는 속절없이 그것을 맞아들여야만 하는 것일까!

그러나 이미 내 마음에 여인이 들어와 있거늘 발버둥을 쳐본들 무슨 소용이 있을 것인가!

깨달음의 길은 멀고도 험난한 것, 그 동안 작은 성취에 오만했을 뿐, 달라진 것도 낙담할 것도 없다. 나는 정진중인 수도승, 겸손한 마음으로 나의 미치지 못함을 인정하자. 아름다운 여인의 향기에 취했음을 받아들이자. 처음으로 돌아가 새로운 마음으로 시작하자. 여인으로 인해 나의 진면목을 보았고 끝 모를 길 깨우쳤으며……'

낮은 곳, 새로운 출발을 거듭거듭 뇌면서 스님은 서서히 깨달음으로 다가갔다.

폭포 소리가 신선한 느낌으로 들려왔고 캄캄했던 눈앞의 사물들이 고유의 빛을 찾으며 모습을 드러냈다.

스님은 홀연히 개안의 순간을 맞는다. 한순간에 삶과 죽음, 자연과 인간, 남과 여, 환락과 고통, 나아감과 물러섬의 이치가 명료하게 눈에 보였으며 가슴에 느껴졌다.

'옳거니, 바로 이것이로다!'

스님은 물을 박차고 일어나 발가벗은 몸을 여인 앞에 거리낌 없이 드러내며 유유히 걸어 나왔다. 주변의 산과 물, 여인과 나무 등 일체의 것들이 전과는 다른 모습으로 생동하고 있었다.

이윽고 여인은 금빛 찬란한 후광을 띤 보살이 되어 원효 스님을 내려다보며 폭포를 거슬러 사라졌다.

원효 스님은 그곳에 암자를 세웠다. 자기의 몸과 마음을 뜻대로 할 수 있었던 곳이라 하여 절 이름을 '자재암'이라 했다. 지금도 단풍으로 유명한 소요산 골짜기에는 보살이 목욕했다는 옥류폭포가 있고 그 앞에는 스님들이 자재의 도리를 공부하는 '자재암'이 있다.


## 🌿 원효와 상좌중

원효대사가 한때 수행했다는 괴산의 군자산(君子山)에는 이런 전설이 내려오고 있다.

어느 날 원효가 상좌중과 길을 걷다가 중도에 개울을 만났다. 마침 장마철이어서 물이 불어 건너기가 어려웠다. 옷을 입고 건너자니 물이 깊어 옷이 젖을 지경이었고 옷을 벗고 건너자니 그리 깊지는 않았다.

그런데 원효는 서슴없이 옷을 벗더니 아랫도리를 다 드러내고 물을 건너려 했다. 마침 그때 옆에는 젊은 여인이 난감한 표정을 짓고 서 있었다. 원효는 주저 없이 그 아낙을 업고 물을 건넜다. 내를 건너 저편에 이른 원효는 아무 일도 없었다는 듯이 옷을 입고 길을 걸었다. 따라오던 상좌중이 원효에게 말씀을 드렸다.

"스님, 이제 저는 스님의 곁을 떠나렵니다."

"왜 그런 생각을 했느냐?"

"출가한 스님이 벌거벗은 몸으로 젊은 여인을 업고 내를 건넜으니 계율에 어긋난다고 생각했기 때문입니다."

원효는 껄껄껄 웃으며 상좌중에게 이렇게 말했다.

"너는 아직도 그 여인을 업고 여기까지 왔단 말이냐?"


## 아차비아 하우자재(我且非我 何憂子財)

두 스님이 산길을 걸어갔다. 제자 스님이 배가 고파서 도저히 걷지 못하겠다고 했다. 두 스님이 고개를 넘자 그들 앞에 참외밭이 나타났다. 스승 스님은 제자 스님에게 참외를 몇 개 따오라고 말했다. 워낙 배가 고팠던 제자 스님은 주인 모르게 숨어들어 참외를 땄다. 그 순간 스승 스님이 "도둑이야!"라고 외쳤다. 주인이 달려나오자, 제자 스님은 죽어라고 뛰어 달아났다.

두 스님은 한참 후에야 서로 만났다. 스승 스님이 물었다.

"조금 전에는 배가 고파서 한 걸음도 걷지 못하겠다고 하더니,

지금은 잘도 달리는구나. 조금 전의 네가 너이더냐, 아니면 잘도 달리는 지금의 네가 너이더냐? 나는 참된 나를 모른다. 더러는 선한 생각을 하기도 하고, 더러는 거짓을 생각하기도 한다. 더러는 선한 행동을 하기도 하고, 더러는 거짓된 행동을 하기도 한다. 어떤 내가 진정한 나의 모습인가?"

아차비아 하우자재(我且非我 何憂子財)의 의미는 '내가 또한 내가 아닌데, 어찌하여 자식과 재산을 걱정하는가'라는 말이 된다.

부모의 모든 걱정은 자식에게로 몰린다. 그러나 자식의 생애는 철저하게 자식의 몫이다. 재물도 자기에게 주어진 몫이 있다. 자기 몫 이상의 재물은 화(禍)가 되거나 어느 날 소리 없이 나가 버린다.

모든 걱정을 털어내고 진실한 자아를 찾아보라. 자기가 무엇인지도 모르는데, 그런 자기가 어떻게 다른 것을 걱정하는가?


## 🌿 시련은 정신의 자양분

지인들과 담소를 나누다 보면 가끔은 서로의 주장이 다를 때가 있다. 그때 다른 사람이 저쪽 의견에 손을 들어줄 때 몹시 기분이 상한다. 내 손이 들리면 당연히 기분이 좋다.

그런데 문제는 지금껏 내 기분 나쁜 것만 생각했을 뿐 상대가 울적할 것에 대해서는 전혀 생각하지 않았다는 점이다. 내가 기분이 좀 나쁘더라도 다른 이가 유쾌할 수 있다면 좋은 일, 바람직한 일이 아닐까?

그렇다면 불쾌해진 내 마음은 어찌할까? 지금 이 순간, 괴롭고 불쾌하지만 이것이야말로 내 정신을 살찌우는 자양분이 아닌가? 고난과 시련이 없는 삶, 얼마나 싱거운 맛일까!

'항상 귀에 거슬리는 말을 듣고 마음속에 거슬리는 일이 있다면, 이는 곧 덕을 쌓고 행실을 닦는 숫돌이 된다. 만약 모든 말이 듣기에 좋고 하는 일마다 마음을 즐겁게 한다면, 이는 곧 목숨을 짐새(독이 있는 새)의 독 속에 처넣는 것과 같다.'

## 🍃 축복의 구간

유치원생 예쁜 딸 하나를 슬하에 두고 사랑하는 아내와 한껏 행복한 삶을 누리던 전도유망한 한 사업가가 어느 날 졸지에 모진 운명의 덫에 걸려 사업 파트너를 죽인 흉악범으로 추락, 영어(囹圄)의 몸이 된다.

그러나 결국 그는 누명을 벗고 사랑하던 가족과도 해후한다. 40년이 지나 인생의 종착점을 앞에 두고 그는 종종 지나온 삶을 추억하는데, 생각은 매번 그의 삶 중 가장 불행했던 치욕의 옥살이 구간에서 긴 시간을 머문다.

회상의 초입에서 그의 얼굴은 잠시 사납게 경직되기도 하지만 차차로 온화해진다. 그 시절 비록 견딜 수 없을 만큼의 시련을 겪었지만 이제 와 삶의 전반을 놓고 멀찍이서 바라보면, 자신의 삶에서 그의 정신에 그만한 자양분이 투여된 구간은 없었다.

배신한 친구의 거짓 증언으로 사형을 선고받고, 분노에 치를 떨고, 이후 친구의 표적이 아내임을 알게 되고, 아내를 되찾기 위해 탈옥을 감행하고……. 그 일련의 과정에서 겪은 고난은 몸서리쳐지는 것이었지만 한편으로 감방 동료들과 주위 사람들의 따스한 우정과 사랑을 맛보았고, 아웃사이더들의 아픔을 가슴으로 느낄 수 있었으며 무엇보다 절망을 받아들이고 소화해 내는 것을 온몸으로 터득했다.

불과 한두 해만에 그의 정신은 성큼 자랄 수 있었다. 불행했던 그 구간은 정신의 성장이란 측면에서 온전히 효율적이었던 것이다. 인간의 삶에서 정신의 성숙이 점하는 가치의 비중을 고려할 때 그 구간은 축복이라고까지 할 수 있을 것이다.

이제 그는 새삼스레 어쩌면 자신이 유죄일 수도 있다고 생각한다. 사랑을 쟁취한 죄, 친구에게 실연의 쓰라림을 안기고도 당당했던 죄, 친구의 아픔을 헤아리지 못한 죄…….

사람들은 대부분 불우함을 걱정하지만, 나는 불우함으로 인해 형통할 수 있었다. 여러 번 과거시험에 낙방하여 불우했기에 형통하기를 바라다가 가야 할 길을 찾게 되었고, 그 길을 가다가 본연의 마음을 볼 수 있었으며, 부모와 형제의 가르침을 들을 수 있었다. 굶주림 끝에 먹을 것을 얻고 근심 끝에 즐거움을 얻은 셈이니, 나의 불우함을 세상 사람들의 형통함과 바꿀 수 있겠는가? 나는 바꾸지 않으련다.

-남명 조식

# 10
# 글을 마치며

차가운 밤공기에 경직되어 있던 얼굴이

일순 환하게 펴진다.

그런 아내의 얼굴을 바라보며

그는 아무것도 묻지 못했다.

언제부터 이렇게 떨고 서 있던 것인지,

저녁 식사는 하고 나온 것인지…….

그저 아내의 꽁꽁 언 몸을

으스러지도록 꼭 안아주었을 뿐.

## 총잡이의 배포

황량한 느낌마저 감도는 한적한 마을 거리, 쎄무 모자를 왼편으로 비스듬히 눌러 쓴 총잡이 한 명이 멋진 포즈를 취하며 걸어간다. 그가 멈추어 선 곳은 이발소 앞, 잠시 상을 찌푸리며 안을 살펴보던 총잡이는 결심한 듯 안으로 들어선다.

무료한 얼굴로 이발 기구를 손질하고 있던 이발사가 긴장한 표정으로 그를 맞는다. 총잡이는 모자와 권총 혁대를 입구의 벽걸이에 걸어 놓고 이발사에게로 다가간다.

"면도 좀 해 주게."

총잡이는 의자에 길게 눕더니 이내 눈을 감는다. 비누 거품이 총잡이의 목과 턱에 하얗게 덮이고 이발사는 면도기를 손에 든다. 총잡이의 뺨이며 목의 수염이 면도기에 매끈히 깎여 나가고…… 총잡이는 살짝 코마저 곤다. 이발사의 얼굴이 고뇌로 일그러진다.

'죽여야 한다. 이 손에 조금만 힘을 가해 내리 그으면 이 자는 죽는다. 이 순간을 얼마나 기다렸는가. 그어라. 세게 내리 긋는 거다. 이 자는 코까지 골고 있다. 그래, 바로 지금이다. 지금……!'

얼마나 지났을까. 총잡이는 말끔한 얼굴로 권총 혁대를 다시 두른 다음 이발사를 힐끗 바라보며 악의 없는 미소를 보낸다. 모자를 비스듬히 눌러 쓰고 방을 나서며 총잡이가 말한다.

"내 예상이 맞았군. 살인은 아무나 할 수 있는 게 아니지. 당신이 날 못 죽일 줄 알았네."

## 🌿 이항복의 치욕

오성 이항복이 하루는 느닷없이 절친인 한음에게 고백 성사를 한다.

"내 자네의 부인과 통정을 하고 말았네."

"……!"

며칠이 지난 어느 날, 한음이 오성을 집으로 초대했다. 안주인은 아무것도 모르는 듯 예전과 다름없이 오성을 극진히 대했다.

"오늘은 특별히 좋아하시는 만두를 빚었으니 많이 드십시오."

"예. 잘 먹겠습니다."

오성은 수선스런 목소리로 말하며 만두를 먹기 시작한다. 그런데 두어 개를 먹더니 슬그머니 수저를 놓는다. 옆에서 지켜보고 서 있던 안주인이 회심의 미소를 짓는다.

"왜, 맛이……?"

"만두에서 이상한 냄새가……."

오성이 상을 찌푸리며 말한다.

"아, 네……."

안주인은 무슨 말인지 알겠다는 듯 살짝 웃음 짓더니,

"실은 만두소에다 똥을 좀 넣었지요. 거짓말이나 하는 더러운 입에는 똥이 제격이 아닐까 싶어서요."


## 🌿 칸트와 강도

한 노인이 산길에서 강도를 만났다.

강도는 노인에게 가진 것을 모두 내어 놓으면 목숨만은 살려주겠다고 했다. 노인은 말이며 지갑을 비롯해 주머니 속에 있는 모든 것을 내주고 목숨을 건졌다.

빈손이 되어 터벅터벅 가던 길을 가고 있었는데 주머니 속에 이물감이 있어 꺼내보니 금붙이였다.

노인은 급히 발길을 돌려 오던 길로 되돌아가 강도를 불러 세우고는 금붙이를 건네며 사죄했다.

노인의 정직성에 감복한 강도는 빼앗은 것을 모두 돌려 주었다. 용서를 빌며 이름을 물으니

"내 이름은 임마누엘 칸트입니다."라고 하였다.

## 🌿 마오쩌둥과 덩샤오핑

마오쩌둥이 당 간부들을 모아놓고 중요 회의를 주재하던 중 찬반 의사를 물을 때 반대하는 사람들은 자리에서 일어서도록 했다.

누가 감히 일어설 수 있을까. 그런데 저만치서 한 사람이 일어서 있다. 워낙 작달막해서 얼핏 봐서는 서 있는 건지 앉아 있는 건지 구분이 안 간다. 150㎝대의 덩샤오핑이다. 입장이 난처하다. 순간 마오쩌둥이 기지를 발휘한다.

"덩샤오핑 동지는 앉은 거나 선 것이나 차이가 없기 때문에 그냥 앉아 있는 것으로 알겠습니다."


## 🌿 악마를 곧 만날 거니까요

'라비니아 피셔'는 18세기 전반 '미국 최초의 여성 살인마'라고 불리는 인물이다. 여관을 운영하고 있던 라비니아는 남편 존과 공모하여 손님을 살해하고, 소지품을 빼앗는 범죄를 일삼았다.

그들은 체포되어 처형되었는데 남편인 존은 처형을 앞두고,

"나는 그리스도에게 죄의 고백을 했기 때문에 무죄다."라는 주장을 끝까지 펼쳤지만, 라비니아는 단념했었던 것 같다.

그녀는 교수형 직전에, 둘러선 사람들에게

"악마에게 전할 말이 있는 분은 지금 바로 저에게 해주세요. 제가 곧 만날 거니까요."라고 말했다.

# 🌿 정갑손의 정의

　세종 때 함길도 감사 정갑손이 왕의 부름을 받고 서울에 갔다가 향시의 합격자 방을 보았다. 방에 아들의 이름이 적혀 있다. 정갑손의 두 눈꼬리가 치켜 올라가고 수염이 빳빳이 곤두섰다.

　그는 곧장 관가로 가 시관장을 불렀다. 몇 마디 문답이 오가고 나자 정갑손이 시관장에게 호통을 친다.

　"에이, 못난 놈이로다. 내게 아첨을 하려고 내 자식 녀석을 급제시키다니……."

　"사또 나리, 도련님은 당당히 실력으로 합격……."

　"듣기 싫다! 자식을 제일 잘 아는 자는 그 아비라고 했거늘……. 실력이 안 되는 자를 급제시킴은 관의 기율을 어지럽히는 부정이요, 나아가서는 임금을 기만하는 죄임을 몰랐더냐?"

　크게 꾸짖고 정갑손은 붓을 들어 아들의 이름을 지운 다음 시관장을 파면시켰다.


# 🌿 이 주먹은?

　이항복의 장인은 행주대첩으로 유명한 권율이다. 권씨 집안과 이항복에 관한 재미있는 일화가 있어 소개한다.

　이항복이 어렸을 때, 두 집은 담 하나를 사이에 두고 있었다. 이항복의 집에는 감나무가 있었는데 워낙 커서 가지가 권씨네 집 담

266

장 안으로 뻗어 나갔고, 권씨네 집에서는 그 감을 아무 생각 없이 따 먹었다. 이항복네 하인이 항의하면 권씨네 하인들은,

"우리 집에 넘어 왔으니 우리 거여!"

하며 아주 당당하게 나왔다.

이를 지켜본 이항복은 권씨네 집으로 갔다. 그리고는 다짜고짜 권율의 아버지 권철의 방문에 대고 주먹을 내질렀다. 창호지 문이 찢기며 구멍이 났고 이항복의 작은 주먹은 방 안으로 들어갔다. 그는 놀라 어리둥절하고 있는 권철에게 대뜸,

"이 주먹이 누구 주먹이오?"

하고 물었다. 권철이,

"당연히 네 주먹이 아니겠느냐."라고 대답했고 다시 이항복이,

"이 주먹이 대감님 방 안에 있으니 대감님 거 아닙니까?" 하고 거칠게 몰아친다.

이 궤변에 권철은 어린 이항복에게 항복하고 만다. 하지만 권철은 속이 좁은 인물이 아니었다. 그는 이항복을 눈여겨보기 시작했고 후일 손주 사위로 삼는다.

## 🌿 진시황과 조조

진시황은 이사의 간계에 빠져 한비자를 옥에 가두라 명했으나 다음 날 자신의 경솔함을 깨닫고 그를 다시 부른다. 그러나 그것을 미리 내다본 이사의 간계로 한비자는 이미 자살을 하였다.

조조는 주유의 계책에 속아 수군 사령관인 채모를 참수하라 명한다. 그러나 그가 죽었다는 보고를 받는 순간 속았음을 깨닫는다.

이러한 일은 인간사에 비일비재하다. 이것이 우리에게 시사하는 바는 무엇일까?


## 🌿 아빠, 사랑해요

한 남자가 어려서 학대를 받았으나 열심히 노력한 끝에 자수성가를 했다고 합니다. 결혼을 하고 아들이 생겼고, 선망의 대상이자 인생의 목표였던 최고급 스포츠카를 구입했습니다.

어느 날, 차를 손질하러 차고에 들어가던 그는 이상한 소리가 들려 주변을 살펴보았습니다. 그때 어린 아들이 천진난만한 표정으로 못을 들고 최고급 스포츠카에 낙서를 하고 있는 광경을 보았습니다.

이성을 잃은 그는 손에 잡히는 공구로 아들의 손을 가차없이 내려쳐 버렸고 아들은 대수술 끝에 결국 손을 절단해야 했습니다.

수술이 끝나고 깨어난 아들은 아버지에게 잘린 손으로 울며 빌었습니다.

"아빠, 다신 안 그럴게요. 용서해 주세요."

소년의 아버지는 절망적인 심정으로 집으로 돌아갔고 그날 저녁 차고에서 권총으로 자살했습니다. 그가 본 것은 차에 그의 아들이 남긴 낙서였습니다.

낙서의 내용은,

"아빠, 사랑해요."


## 🌿 충격범, 서럽게 울다

충격 사건의 범인, 보통 사람처럼 착하고 순하게 생겼다는 변호사의 말에 참으로 서럽게 운다.

'사람들은 약자에게 더 모질잖아요!' 하면서…….


## 🌿 사랑이여

세밑 언저리, 야근을 마친 그의 호주머니엔 버스비로 쓸 동전 몇 닢조차 없었다. 칼바람이 살을 에는 깊은 밤, 인적이 끊긴 얼어붙은 거리를 어지러이 휘날리는 눈보라와 싸워 가며 무거운 발걸음을 재촉한 지 두 시간여, 자정이 가까워지는 시각, 마침내 동네 어귀의 구멍가게 앞에 다다르자 저만치서 아내가 발을 동동거리며 서 있다.

그를 보자 재빨리 달려온다.

"어머, 늦었네요."

차가운 밤공기에 경직되어 있던 얼굴이 일순 환하게 펴진다. 그런 아내의 얼굴을 바라보며 그는 아무것도 묻지 못했다.

언제부터 이렇게 떨고 서 있던 것인지, 저녁 식사는 하고 나온 것인지…….

그저 아내의 꽁꽁 언 몸을 으스러지도록 꼭 안아주었을 뿐.


## 칠보시(七步詩), 조식

조조의 아들 조식이 형인 문제(文帝)의 미움을 받아서 일곱 걸음을 걷는 동안에 시(詩)를 짓지 못하면 죽이겠다는 위협을 받은 즉시 일곱 걸음 만에 지어서 죽음을 모면하였다는 시.


煮豆燃豆萁(자두연두기)

豆在釜中泣(두재부중읍)

本是同根生(본시동근생)

相煎何太急(상전하태급)


콩대를 태워 콩을 삶으니

콩이 가마솥 안에서 우는구나

본디 한 뿌리에서 자랐건만

어찌하여 이리 급하게 볶아 대는가

## 🌿 조선의 여인, 이옥봉

若使夢魂行有跡(약사몽혼행유적)

門前石路半成沙(문전석로반성사)


밤으로 당신에게 가는 내 혼이 흔적을 남기기라도 한다면

내가 밤으로 딛고 다닌 당신 집 앞 돌들이 반쯤은 모래가 되어 있을 거외다